Écrivain né en 1942, Jean-Loup Chiflet a créé sa propre maison d'édition, Chiflet & Cie. Il est passionné par les expressions idiomatiques, les difficultés grammaticales et les aberrations de la langue française. Il est notamment l'auteur de *Sky My husband !*, *Le Mokimanké*, *Le Dictionnaire des mots qui existent enfin*, *99 mots et expressions à foutre à la poubelle* et *99 proverbes à foutre à la poubelle*.

Jean-Loup Chiflet

OXYMORE, MON AMOUR !

Dictionnaire inattendu
de la langue française

Chiflet & Cie

Artiste associée : Anne Camberlin

ISBN 978-2-7578-4805-0

LE GOÛT DES MOTS

UNE COLLECTION DIRIGÉE PAR PHILIPPE DELERM

Les mots nous intimident. Ils sont là, mais semblent dépasser nos pensées, nos émotions, nos sensations. Souvent, nous disons : « Je ne trouve pas les mots. » Pourtant, les mots ne seraient rien sans nous. Ils sont déçus de rencontrer notre respect, quand ils voudraient notre amitié. Pour les apprivoiser, il faut les soupeser, les regarder, apprendre leurs histoires, et puis jouer avec eux, sourire avec eux. Les approcher pour mieux les savourer, les saluer, et toujours un peu en retrait se dire : « Je l'ai sur le bout de la langue – le goût du mot qui ne me manque déjà plus. »

Ph. D.

À Claude Gagnière

Avant-propos

Il y a déjà un certain temps, et peut-être davantage, que je fais mon cirque avec des mots : je jongle, je batelle, je prestidige, je funambule, j'escamote, j'histrionne, je cabotine, bref, j'acrobate avec plus ou moins de bonheur.

Mais il arrive un moment où, à force de modeler, palper, chatouiller, gratter, caresser, titiller, tordre, bref, malaxer les mots, il vous vient l'incoercible envie de tout savoir sur eux, à l'image du dompteur qui doit apprivoiser ses fauves pour être à même d'anticiper leurs humeurs et leurs réactions ; car le mot lui aussi est imprévisible, et si l'on veut apprendre à le maîtriser, il faut apprendre à le connaître.

C'est pourquoi, un jour, je suis entré sagement dans un dictionnaire, mû par le désir raisonnable et légitime de parfaire mon apprentissage lexical. J'étais loin d'imaginer qu'en pénétrant dans l'univers subtil de ce livre dont le mot est le *héros*, ma dépendance aux bizarreries du langage deviendrait aussi puissante que celle à l'héroïne, puisque je suis maintenant drogué à l'homophonie, à la polysémie, à la paronymie et autres hétérographes, homophones et polysèmes. Je ne sais plus *dans quel état j'erre*, pourquoi *les poules du couvent couvent*, ce que serait *fur* sans *mesure*, *for* sans *intérieur*, *dare* sans son jumeau ; je trouve bien singulier que *déclin* et *berne* soient privés de pluriel, alors que *victuailles*, *fiançailles* et *vivres* y sont condamnés. Et je me demande comment *pendule* peut être masculin entre les mains d'un radiesthésiste et féminin quand il s'agit de donner l'heure. Cela me rappelle ce mot de Courteline qui, fasciné par la masculinité du mot « orgue » au singulier et par sa féminité au pluriel, disait : « Je ne me vois pas en train d'écrire : j'ai vu un orgue magnifique. C'est le plus beau des plus belles. »

Vous l'avez compris, pour moi, *ouvrir un dictionnaire*, c'est d'abord découvrir avec émerveillement toutes les subtilités qui font le charme de notre langue, mais c'est aussi prendre conscience du pouvoir de cet outil exceptionnel.

Celui que vous avez entre les mains se veut *inattendu* et du fait même amusant, ou du moins je l'espère, puisque comme dirait le bon père Hugo *le rire naît de l'inattendu*.

Inattendu aussi parce qu'il est imprévu, déconcertant et déroutant face à ces *mots* qui nous intimident et qu'il faut apprivoiser, à cette *langue* qui souffre mal d'être enrichie, et à cette vieille dame qu'on appelle grammaire… et qui a toujours ses règles.

Vous y trouverez mes coups de cœur et mes coups de gueule ; vous y croiserez entre autres l'anagramme, cette éprouvette dans laquelle on mélange les lettres, le calembour, qui n'est en fait qu'un acte manqué réussi, et l'oxymore pour lequel, vous l'aurez compris, j'ai un faible puisque ce prince du *nonsense* convient parfaitement à mon goût de l'équivoque.

Jean-Loup Chiflet

A

A

La lettre A chez presque toutes les nations devint une lettre sacrée, parce qu'elle était la première. (Voltaire.) Si les A nous étaient « comptés » : le *a* de la troisième personne du présent de l'indicatif du verbe avoir, le *à* préposition (de a *à* z), le *â* coiffé d'un chapeau d'âne, les *a* du mot en comportant le plus, *abracadabrant*, le *ā* surmonté d'un trait que l'on trouvait au XIXe siècle sur les maisons abonnées au balayage, le A noir de Rimbaud, le A des prénoms des douze frères et sœurs d'Ambrose Bierce ou des quarante-deux héroïnes de l'écrivain Pierre Benoit, le A au fer rouge marquant les personnes accusées d'adultère, le « A » titre d'une œuvre majeure du poète américain Louis Zukofsky, l'*alpha* grec, le *a* d'alphabet.

ABRÉVIATIONS

Après Jésus-Christ : apr. J.-C.
Avant Jésus-Christ : av. J.-C.
C'est-à-dire : c.-à-d.
Éditeur, édition : éd.
Établissements : Éts.
Exemple : ex.

Faubourg : fg.
Féminin : fém.
Figure : fig.
Idem : *id.*
Italique : ital.
Monsieur : M.
Nota bene : N.B.
Notre-Dame : N.-D.
Note de l'auteur : N.D.A.
Note de l'éditeur : N.D.É.
Note de la rédaction : N.D.L.R.
Note de la traduction : N.D.T.
Post-scriptum : P.-S.
Répondez s'il vous plaît : R.S.V.P.
Société anonyme : S.A.

ACADÉMIE FRANÇAISE

Le maréchal Foch, entré à l'Académie en 1918, avait l'habitude de sommeiller pendant les séances. Quand on arriva au mot *mitrailleuse*, il se réveilla en sursaut et en donna cette définition : *C'est une sorte de fusil qui fait pan, pan, pan.*

Voltaire constatait déjà : *Un corps où l'on reçoit des gens titrés, des hommes en place, des prélats, des gens de robe, des médecins, des géomètres… et même des gens de lettres !*

L'Académie se compose de 40 membres : *Donnez-moi quarante trous du cul et je vous fais une Académie française.* (Georges Clemenceau.) Ce qui ne manquait pas d'étonner Alphonse Allais : *Pourquoi dit-on qu'ils sont immortels alors qu'ils ne dépassent jamais la quarantaine ?* et faisait dire à André Roussin : *Si je suis élu, je serai « Immortel »… et si je ne le suis pas, je n'en mourrai pas !*

Le célèbre « habit vert » est en fait noir, mais, à leur âge, la vision est parfois déficiente, et il est agrémenté du bicorne, de la cape et de l'épée : *C'est la première fois que je porte une épée, et je n'ai jamais eu si peur de ma vie.* (Labiche.) Il est assez onéreux et, de ce fait, certains écrivains hésitent à briguer un fauteuil :

Académicien ? Non. Le costume coûte trop cher. J'attendrai qu'il en meure un de ma taille. (Tristan Bernard.)

Il fallut trois siècles et demi – elle fut fondée par Richelieu en 1634 – pour qu'une femme entre à l'Académie française ; ce fut Marguerite Yourcenar en 1980. Ce qui faisait dire à Jean d'Ormesson : *Désormais il y a deux portes aux toilettes de l'Académie : « Messieurs » et « Marguerite Yourcenar ».*
Depuis, d'autres femmes ont été élues : Jacqueline de Romilly, Hélène Carrère d'Encausse, Florence Delay, Assia Djebar, Simone Veil et Danièle Sallenave. Voilà pourquoi Paul Morand ne pourrait plus écrire : *L'Académie ? Avec une minuscule, c'est un corps de jolie femme. Avec une majuscule, c'est un corps de vieux barons.* En janvier 2011, on pouvait noter qu'au moins quatre académiciens n'ont pas le français pour langue maternelle : François Cheng était chinois ; Hélène Carrère d'Encausse parlait le russe avec sa mère ; Assia Djebar est algérienne ; Hector Bianciotti, piémontais par ses origines, fut élevé en Argentine.

Quand ils cherchaient à y siéger…

Monsieur le Secrétaire perpétuel,
J'apprends avec douleur la perte que l'Académie et la France viennent de faire dans la personne de M. le comte Daru ; sa mort laisse une place vacante à l'Académie ; honoré une première fois de suffrages nombreux de cet illustre corps, j'ose me présenter de nouveau à son choix. Mais forcément éloigné de Paris par un motif impérieux, une grave maladie de ma belle-mère, je ne puis faire connaître individuellement mon désir à chacun des membres de l'Académie. Je me vois donc à regret contraint de vous demander de leur présenter

mon vœu le plus cher, celui d'être admis par eux au nombre des hommes qui sont l'élite de leur siècle et de la France. J'aime à espérer qu'ils voudront bien avoir égard à l'impossibilité absolue où je me trouve d'aller cette fois solliciter en personne leur indulgence et leur faveur, et compter les visites que j'ai faites en 1822 comme une manifestation suffisante de mon vif désir d'être honoré de leurs suffrages dans cette occasion. Soyez assez bon, monsieur, pour leur donner communication à ce que mes faibles titres fussent appuyés par vous auprès de vos illustres collègues.
J'ai l'honneur d'être avec une respectueuse considération, monsieur le Secrétaire perpétuel, votre très humble et très obéissant serviteur. (Alphonse de Lamartine, 11 septembre 1829.)
Lamartine fut élu à l'Académie française le 5 novembre 1829.

Monsieur,
J'ai l'honneur de vous prier d'annoncer à MM. les membres de l'Académie française que je me mets sur les rangs comme candidat au fauteuil vacant par la mort de M. le vicomte de Chateaubriand.
Les titres qui peuvent me mériter l'attention de l'Académie sont connus de quelques-uns de ses membres, mais, comme mes ouvrages, ils sont si nombreux que je crois inutile de les énumérer ici. Plusieurs des membres actuels de l'Académie voudront-ils bien se rappeler les visites que j'ai eu l'honneur de leur faire lors d'une première candidature, de laquelle je me suis désisté devant la proposition de M. Hugo par feu Charles Nodier, et ce fut, à cette occasion, monsieur le Secrétaire perpétuel, que j'eus l'honneur de vous voir. Cette observation n'a d'autre but que de déclarer à l'Académie que cette fois je poursuivrai ma

candidature jusqu'à l'élection, plusieurs des membres de l'Académie ayant eu la bonté de me dire que, pour être élu, il fallait avant tout se présenter.
Je saisis cette occasion, monsieur le Secrétaire perpétuel, de vous présenter les hommages dus à toutes vos supériorités, et j'ai l'honneur de me dire, en toute obéissance, votre très humble serviteur. (Honoré de Balzac, 15 septembre1848.)
Honoré de Balzac ne fut jamais élu à l'Académie française.

(Lettres citées par Christophe Carlier.)

ACCENTS

Stoïques et grands enfants, nous reçûmes de la maîtresse, très sévère, une fessée.
Mais pourquoi les voyelles ont-elles besoin de tous ces chapeaux ?
Parce que, au fil du temps, certaines ont évolué avec des sons différents et voilà pourquoi nous nous retrouvons avec *à, â, î, ï, ô, û, ü* et *é, è, ê, ë*. L'aîné étant l'accent aigu (´) et le petit dernier l'accent circonflexe (^) qui faillit ne jamais voir le jour, car il mit deux cents ans à être accepté.

Hérités des Grecs, repris par les Romains, l'*acutus* devient l'accent aigu, le *gravis*, l'accent grave, et le *circumflexus*, le circonflexe.
Ils vont disparaître pendant plus d'un millénaire en raison de la négligence des copistes, ce qui n'est pas sans nous rappeler le nouveau langage des textos, dans lesquels, pour gagner du temps, nous prenons l'habitude de les omettre. N'en déplaise aux *escoliers* devenus écoliers, ils reviendront grâce à un certain Gutenberg, inventeur de l'imprimerie typographique en Europe.
Les accents ont non seulement une fonction phonétique, c'est-à-dire qu'ils peuvent préciser, comme on l'a vu, la prononciation d'une voyelle (le *e* n'est pas prononcé de la même façon), mais une fonction distinctive, c'est-à-dire qu'ils peuvent distinguer des homophones (*ou* et *où*, *la* et *là*, *sur* et *sûr*) et éviter par là bien des contresens :

Le policier tué et non le policier tue !
Le policier gêné et non gêne !
Le policier agrafe et non agrafé !
Le policier maltraité et non maltraite !
Le policier et les jeunes et non les jeûnes !

→ Accent aigu

Il permet de distinguer le son [é] du son [e].
Devenu dilemme du scripteur (aigu ou grave ?), cet accent fut à l'origine créé… pour faciliter la lecture des ignorants par l'imprimeur du roi à Rouen, Geoffroy Tory (1480-1533). Comme quoi l'enfer est pavé de bonnes intentions.
Il a sa place sur chaque *e* fermé qui termine une syllabe (bonté) et lorsque le *e* est première lettre d'un mot (éditeur) sauf dans ère.

* Le *e* s'en passe et s'en porte fort bien quand il est suivi d'une consonne finale autre que *s* ou de consonne + *s*.
* De même si la lettre *z* termine le mot, sur le *e* qui précède un *x* (exemplaire) ou sur un *e* qui précède une consonne double (trompette).
* Il remplace assez souvent un ancien *s* supprimé, comme dans école – escole.

Accent grave

Sa naissance se situe entre celle de l'accent aigu et celle de l'accent circonflexe. Il fut introduit par l'imprimeur Étienne Dolet en 1540.

L'accent grave a ses lettres de prédilection où il ne change pas la prononciation :

* Sur le *a*, il évite la confusion entre :
– *à* préposition et *a* forme du verbe avoir ;
– *là* adverbe et *la*, article ou pronom ;
– *ça* et le rarissime *çà* que l'on ne rencontre plus guère excepté dans l'expression *çà et là* et dans *deçà, déjà, holà, voilà*.
* Sur le *u*, il distingue les homonymes et particulièrement le *où* pronom relatif ou adverbe de lieu, et *ou* conjonction de coordination, comme dans cet extrait de *Paroles* ; Jacques Prévert y joue sur l'ambiguïté du *To be or not to be* :

Je suis « où » je ne suis pas
Et, dans le fond hein, à la réflexion,
Être « où » ne pas être
C'est peut-être aussi la question.

* Sur le *e* à qui il donne le son [ai] devant une dernière syllabe muette, dans tous les mots terminés par *s* et ceux terminés par *ège*.

Grâce à la maîtresse de mon père, je vais avoir accès à un bon collège.

→ Accent circonflexe

C'est en quelque sorte le mariage de l'accent aigu et de l'accent grave.

* On peut le trouver sur les voyelles *a*, *e*, *i*, *o*, *u* mais non sur l'*y*.

Il remplace le *s* venu du latin que l'on trouve entre voyelle et consonne. Il eut du mal à s'imposer et même Montaigne demandait à son éditeur de ne pas l'utiliser.

* Pourtant, il faut le respecter, car il permet de distinguer les homonymes.

J'ai pêché ou *j'ai péché ?*

J'ai fait une tâche ou *j'ai fait une tache ?*

* Certains mots prennent un certain plaisir à « ôter leur chapeau », lorsqu'il s'agit de leurs dérivés :

Arôme, aromate, aromatique, aromatiser
Bête, bétail, bétaillère
Cône, conique, conifère
Drôle, *drôlerie*, *drôlement*, drolatique
Extrême, *extrêmement*, extrémité, extrémisme, extrémiste
Fantôme, fantomatique
Infâme, infamie
Pôle, polaire, polariser, polarisation
Symptôme, symptomatique

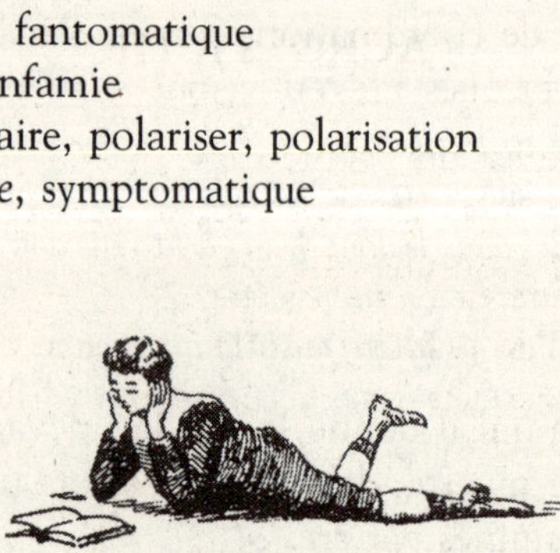

ACRONYME

L'acronyme est l'abréviation d'un groupe de mots formés par la ou les premières lettres de ces mots, dont le résultat se prononce comme un mot normal : Assedic, Benelux, Laser, Unesco, NASA.
L'acronyme russe Niiomtplaboparmbetzhelbetrabsbomonimonkonotdtekhstromont est le plus long du monde (56 lettres) et signifie : Laboratoire pour des opérations de couverture, de renfort, de béton et de béton armé pour les constructions composites-monolithiques et monolithiques du Département de la technologie des opérations du bâtiment assemblé de l'Institut de recherches scientifiques de l'Organisation pour la mécanisation de bâtiment et l'aide technique de l'Académie du bâtiment et de l'architecture de l'Union des républiques socialistes soviétiques.
Il ne faut pas le confondre avec le « sigle » dans lequel la suite des lettres initiales est épelée : S.N.C.F., C.G.T., H.L.M., etc.

ACROSTICHE

L'acrostiche est un poème dont les lettres initiales de chaque vers, lues de haut en bas, peuvent former un nom, un mot ou une phrase.

Ainsi, Alfred de Musset écrit à George Sand :

> *Quand* je mets à vos pieds un éternel hommage
> *Voulez*-vous qu'un instant je change de visage ?
> *Vous* avez capturé les sentiments d'un cœur
> *Que* pour vous adorer forma le Créateur.

Je vous chéris, amour, et ma plume en délire
Couche sur le papier ce que je n'ose dire.
Avec soin, de mes vers lisez les premiers mots
Vous saurez quel remède apporter à mes maux.

Réponse de George Sand :

Cette insigne faveur que votre cœur réclame
Nuit à ma renommée et répugne à mon âme.

ADJECTIFS DE COULEUR

Comment se repérer dans cette palette de couleurs digne de Claude Monet !

Les nuages rouges, orangés, lie-de-vin compartimentaient le ciel en plages – orange, mauves, bleues, bleu horizon, jaune doré.

La peinture à l'huile c'est très difficile, dit la chanson, mais l'accord des adjectifs de couleur aussi !

S'ils sont simples, les adjectifs de couleur s'accordent en genre et en nombre avec le nom auquel ils se rapportent : *des couleurs blanches, des tableaux bleus.*

Les dérivés d'un adjectif ou d'un nom de couleur s'accordent, eux aussi, en genre et en nombre, avec le nom auquel ils se rapportent : *des couleurs blanchâtres, des tableaux bleuâtres.*

Ils sont invariables :

– Lorsqu'ils sont composés : *pour réaliser son tableau Monet rassembla des feuilles jaune-vert, des fleurs jaune paille et des plantes vert émeraude.*

– Lorsqu'ils sont réunis par deux, trois ou plus pour qualifier un seul substantif : *des drapeaux bleu, blanc, rouge.*

– Lorsque le mot qui désigne la couleur est un nom commun pris adjectivement : *abricot*, *absinthe*, *acajou*, *acier*, *aluminium*, *amadou*, *amande*, *ambre*, *améthyste*, *banane*, *café*, *coquelicot*, *églantine*, *émeraude*, *fraise*, *framboise*, *fuchsia*, *praline*, *prune*, *tomate*, *topaze*, *turquoise*, *vanille*, *vermillon*, etc. (Excepté écarlate, fauve, incarnat, mauve, pourpre et rose que l'usage a assimilés à de véritables adjectifs et qui s'accordent.)

ADJECTIFS ORDINAUX

À l'exception des adjectifs *premier*, *second* et *dernier*, les adjectifs ordinaux sont composés d'un déterminant auquel on ajoute la terminaison *-ième*. Tous s'accordent en nombre, mais seuls *premier*, *second* et *dernier* peuvent prendre la marque du féminin.
À noter que le cardinal « zéro » n'a pas d'ordinal !

À ne pas confondre avec les adverbes numéraux :
– premièrement, deuxièmement, troisièmement…
– primo, secundo, tertio, quarto, quinto, sexto, septimo, octavo, nono, decimo…

Pour les abréger, on inscrit en chiffres le nombre auquel il se rapporte suivi, selon le cas, des lettres finales des adjectifs :
Exemples : 1er, 1re, 2^{d} et 2de, 3e, 4e ou au pluriel : 1ers, 1res, 2^{ds} et 2des, 3es, 4es.

ADYNATON

Non, il ne s'agit pas d'un pharaon découvert par un archéologue mort d'une étrange fièvre « pyramidale », mais d'une figure de style du grec qui signifie « impossible ». Il appartient aux figures d'exagération, une « super hyperbole », comme on dirait maintenant, très utilisée dans la publicité pour forcer les qualités (supposées) d'un produit, marquant ainsi la mémoire du récepteur. On retrouve l'adynaton dans la plupart des genres littéraires : poésie, roman, théâtre, avec la fameuse tirade du nez de *Cyrano*, entre autres :

C'est un roc !... C'est un pic !... C'est un cap !...
Que dis-je, c'est un cap ?... C'est une péninsule !
C'est la mer Rouge quand il saigne !
Ce monument, quand le visite-t-on ?

ALLÉGORIE

Celle que Diderot appelait *la ressource ordinaire des esprits stériles* est un procédé stylistique qui consiste à rendre concrète une idée abstraite au moyen d'un ensemble d'éléments symboliques ou de métaphores. En créant des images, elle rend plus accessibles ces notions abstraites.

Ainsi, dans *Les Contemplations* de Victor Hugo :

Je vis cette faucheuse. Elle était dans son champ
Elle allait à grands pas, moissonnant et fauchant
Noir squelette, laissant passer le crépuscule.

Nous comprenons immédiatement : c'est la mort. Nous allons à l'abstrait à travers le concret. Ce n'est pas très gai, mais ça a le mérite d'être clair.

ALLER

Ce mot de cinq lettres a l'originalité de se conjuguer avec trois radicaux différents : *va – ir – all.*

Il dérive de trois verbes latins : *ambulare* « se promener », *ire* « aller, marcher », *vadere* « marcher ». Les formes *allais*, *aille*, *allasse*, etc., sont issues d'*ambulare* ; les formes *vais*, *vas*, *va*, *vont*, etc., de *vadere* ; les formes *irai*, *iras*, *ira*, *iront*, etc., de *ire*.

Devant *y*, *va* prend un s.

Vas-y !

Mais : *Va, cours, vole, et nous serons riches !*

ALLITÉRATION

C'est la répétition d'une ou de plusieurs consonnes à l'intérieur d'un même vers ou d'une même phrase, visant un effet rythmique et phonique. Elle est d'autant plus perceptible que la distance qui sépare les mots est restreinte.
Elle a inspiré des compositeurs comme Serge Gainsbourg ou Bobby Lapointe et sa *Méli-mélodie* :

Léda dont les dix dents de lait
Laminaient les mâles mollets
D'un malade mendiant malais
Dînant d'amibes amidonnées
Mais même amidonnée l'amibe
Même l'amibe malhabile…

ALPHABET

Maurice Chapelan, journaliste et romancier français né en 1906, estimait qu'*il est vertigineux de penser que tous les chefs-d'œuvre littéraires sont implicitement contenus dans les vingt-six lettres de l'alphabet*. Certes les lettres ne sont pas toutes utilisées avec la même fréquence. Le pourcentage des voyelles est de 44 %, avec le *e* en première position (17,76 %), puis vient loin derrière une consonne, le *s* avec 8,23 %, talonné par le *a*, 7,68 %, lui-même serré par le *n*, 7,61 %, le *t*, 7,30 % et le *i*, 7,23 %, poursuivis par le *r*, 6,81 %, le *u*, 6,05 %. Le *l* suit avec 5,89 %, le *o* atteint péniblement les 5,34 %. Puis viennent les traînards : le *d* (3,60 %), le *c* (3,32 %), le *p* (3,24 %), le *m* (2,72 %), le *q* (1,34 %), le *v* (1,27 %), le g (1,10 %), le *f* (1,06 %), le *b* (0,80 %),

le *h* (0,64 %), le *x* (0,54 %), le *y* (0,21 %), le *j* (0,19 %), le *z* (0,07 %).
Nous ne parlerons pas du *k* et du *w* pour ne pas leur donner de complexes…

Ce qu'il en dit…
Signes insensés pour les besoins de la cause, signes dont on ne fait qu'élargir ce qu'ils étaient déjà par vocation quand on les prend pour symboles d'autre chose que ce à quoi ils sont conventionnellement attachés, les caractères alphabétiques se prêtent mieux que toute espèce de graphisme naturel à l'exercice de notre sagacité. […]
Ainsi, les lettres ne restent pas « lettres mortes », mais sont parcourues par la sève d'une précieuse kabbale, qui les arrache à leur immobilité dogmatique et les anime, jusqu'aux extrêmes pointes de leurs rameaux. Très naturellement, l'A se transforme en échelle de Jacob (ou échelle double de peintre en bâtiment) ; l'I (un militaire au garde-à-vous) en colonne de feu ou de nuées, l'O en sphéroïde originel du monde, l'S en sentier ou en serpent, le Z en foudre qui ne peut être que celle de Zeus ou de Jéhovah. […]
B la forme bedonnante de « Bibendum » (ce gros bonhomme qui se gonfle et se dégonfle, en une effrayante respiration), la moue lippue d'un « bébé » ou l'allure molle d'un « bémol » ; P ce qu'il y a de hautain dans une « potence » ou dans un « prince » ; M la majesté de la « mort » ou de la « mère » ; C la concavité des « cavernes », des « conques » ou des coquilles d'œufs prêtes à être brisées. […]
(Michel Leiris, *Biffures*, 1948.)

AMBIGUÏTÉS

Il existe des mots étranges qui signifient une chose et son contraire.
Par exemple : si je suis invité, je suis l'*hôte*, mais si je reçois, je suis également l'*hôte*. Je peux aussi *louer* un appartement qui m'appartient à des locataires et *louer* un appartement à un propriétaire. Mais ces ambiguïtés peuvent aussi être flagrantes en fonction de la construction d'une phrase : *remercier*, n'est-ce pas à la fois dire merci à quelqu'un et le licencier ?
Autres ambiguïtés :
Cet homme aime sa fille plus que sa femme (ne l'aime ?).
Jean et Paul sont pacsés (ensemble ou séparément ?).
Alphonse n'a pas confiance en lui (en Pierre, Paul, Jacques, ou en lui-même ?).
Alfred admire Georges autant que Frédéric (admire Georges ?).
Isabelle est comme ma sœur (elle a les mêmes défauts ou elle m'est si proche qu'on croirait ma sœur ?).
Françoise s'occupe encore aujourd'hui de sa mère (aujourd'hui ou d'habitude ?).

AMPHIGOURI

Ce qui se conçoit bien s'énonce clairement et les mots pour le dire arrivent aisément, confiait Boileau, dans son Art *poétique*. L'amphigouri, c'est exactement le contraire. Ce qui fut un jeu de société jusqu'à la fin du XIXe siècle est devenu notre pain quotidien. Discours politiques, critiques de cinéma, de théâtre, de musique, de littérature en usent et en abusent pour « noyer le poisson ». C'est là, le versant déplaisant de l'amphigouri. En revanche, lorsqu'il est utilisé à des fins humoristiques, comme dans le discours incompréhensible de Sganarelle du *Médecin malgré lui*, c'est un régal :

Or ces vapeurs dont je vous parle, venant à passer, du côté gauche où est le foie, au côté droit où est le cœur, il se trouve que le poumon, que nous appelons en latin armyan, *ayant communication avec le cerveau que nous nommons en grec* nasmus, *par le moyen de la veine cave, que nous appelons en hébreu* cubile, *rencontre en son chemin lesdites vapeurs qui remplissent les ventricules de l'omoplate ; et parce que lesdites vapeurs... comprenez bien ce raisonnement, je vous prie ; et parce que lesdites vapeurs ont une certaine malignité...*

Et, quand l'amphigouri se moque de lui-même, c'est un véritable festival : *Le discours amphigourique, auquel se rallient plusieurs textes de la modernité, nous amène à établir, du moins si l'on veut bien faire vibrer les séquences sur des intensités, des inventaires de signes discontinus sur le plan paradigmatique, à reconstituer des lexiques, des réseaux combinatoires, bref une systématique de marques corrélatives, entre autres des séries nominales abolissant leur divergence dans le jeu de la différence. (Ceci afin de montrer le « caractère différentiel » du fonctionnement*

sémiologique, soumis aux espèces de la contradiction et de la logique multiple.) (Emmanuel Cocke.)
Quel diable de langage est-ce là ? se serait sans doute écrié Pantagruel !

AN

Il y a 24 façons différentes de rendre ce son en l'écrivant !

Ean : engageant.
End : rend.
Ens : ensemble.
Ent : régent.
Uent : affluent.
Eant : songeant.
Hen : Hendaye
Emps : temps.
An : pélican.
Ands : brigands.
Ang : anglais.
Ans : mansarde.
Amp : ampère.
Ham : hamburger.
Aon : paon.
Em : embauche.
Ant : antérieur.
Han : hanche.
En : enceinte.
Eng : engelure.
Anc : ancolie.
Am : ambigu.
Ends : rends.
And : andante.

ANACOLUTHE

C'est une brusque rupture dans la construction syntaxique d'une phrase. La phrase commencée est interrompue. C'est un peu comme si on mélangeait deux phrases.
Elle vient plus d'un goût de l'asymétrie ou d'une faute involontaire que d'un début de maladie d'Alzheimer.
Cette faute grammaticale survient notamment lorsque le sujet du verbe principal n'est pas le même que le

sujet qui fait l'action exprimée par le participe présent, le participe passé ou l'infinitif de la subordonnée.
Les formules de fins de lettres sont souvent construites ainsi :
Espérant avoir de vos nouvelles sous peu, veuillez recevoir mes salutations distinguées.
Marcel Proust, dans *La Prisonnière*, s'amuse à dévoiler le caractère volontairement trompeur de l'anacoluthe : *Elle usait, non par raffinement de style, mais pour réparer ses imprudences, de ces brusques sautes de syntaxe ressemblant un peu à ce que les grammairiens appellent anacoluthe ou je ne sais comment. S'étant laissée aller en parlant femmes, à dire : « Je me rappelle que dernièrement je », brusquement, après un quart de soupir, « je » devenait « elle ».*

ANAGRAMME

La plus célèbre est celle qu'André Breton imagina pour stigmatiser l'amour que Salvador Dalí portait à l'argent, en le transformant en *Avida Dollars*.

Ce jeu, qui consiste à redistribuer les lettres d'un mot pour en reformer un nouveau, existait bien avant nos jeux télévisés puisqu'on retrouve des anagrammes cabalistiques dans certains rites des Mystères antiques. Les poètes grecs et surtout Lycophron la désacralisèrent. L'anagramme traversa allègrement les siècles (François Rabelais s'était transformé en *Alcofribas Nasier*) ; elle est toujours très prisée par des amateurs de pseudonymes, tel *Pascal Obispo* (Pablo Picasso).

ANAPHORE

Répétition d'un mot, ou de plusieurs nombres de phrases, pour obtenir par exemple un effet de symétrie.

Rome, l'unique objet de mon ressentiment !
Rome, à qui vient ton bras d'immoler mon amant !
Rome qui t'a vu naître, et que ton cœur adore !
Rome enfin que je hais parce qu'elle t'honore !
(Corneille, *Horace*, IV, 5.)

Paris, Paris outragé ! Paris brisé ! Paris martyrisé !
Mais Paris libéré !...
(Charles de Gaulle, 25 août 1944.)

Elle est censée rythmer une phrase, souligner un mot, renforcer une affirmation, en produisant un effet musical qui communique de l'énergie au discours.

ANIMAUX

L'âne brait, le cheval hennit, le chat miaule, le chien aboie, mais les autres ?

L'aigle *trompette*.
L'alouette *grisolle*.
La baleine *chante*.
Le bélier *bêle*.
La biche *brame*.
Le bouc *chevrote*, *béguète*.
La brebis *bêle*.
Le buffle *beugle*, *mugit*.
La caille *cacabe*.
Le canard *cancane*.
Le chacal *jappe*.
La chauve-souris *grince*.
Le criquet *stridule*.
La corneille *craille*.
Le coucou *coucoule*.
Le crocodile *lamente*.
Le cygne *siffle*.
Le dindon *glougloute*.
L'éléphant *barrit*.
La fauvette *zinzinule*.
La grenouille *coasse*.
La hyène *hurle*.
Le lapin *clapit*.
Le lièvre *vagit*.
Le lion *rugit*.
Le loup *hurle*.
La mésange *zinzinule*.
L'ours *grogne*.

La pie *jacasse.*
Le pingouin *jabote.*
Le pinson *ramage.*
Le porc *grogne.*
La poule *glousse.*
Le renard *glapit.*
Le rhinocéros *barète.*
La souris *couine.*
Le tigre *feule.*

ANTANACLASE

Lorsque Jules Renard écrit : *Un homme de caractère n'a pas toujours bon caractère* et Prévert : *Ils faisaient souffrir tranquillement ceux qui ne pouvaient pas le souffrir*, ils utilisent (peut-être sans le savoir, tel M. Jourdain) cette figure de style peu estimée en littérature (du grec *anti* « contre » et *anaklasis* « répercussion ») mais très appréciée dans l'univers du cabaret et du théâtre de boulevard, sans oublier San Antonio qui en redemandait et qui en faisait ses choux gras.

ANTICONSTITUTIONNELLEMENT

Avec ses 5 N, ses 5 T, ses 3 E et 3 I, son A, son C, son M, son S, son U, ses 2 O et ses 2 L, soit 25 lettres, il n'est pourtant pas le mot le plus long de la langue française. D'autres, scientifiques pour la plupart, le battent à plate couture, comme le chlorure d'*aminométhylpyrimidinylhydroxyéthylméthylthiazolium* et ses 49 lettres (en fait, la vitamine B2).

En Allemagne, record battu avec *Rindfleischetikettierungsüberwachungsaufgabenübertragungsgesetz* (63 lettres), « loi sur le transfert des obligations de surveillance de l'étiquetage de la viande bovine », du ministre Till Backhaus. On peut dire qu'il n'était pas sujet à l'*hippopotomonstrosesquippedaliophobie* (36 lettres), qui, ironiquement, désigne... la peur des mots trop longs !

ANTIMÉTABOLE

En voilà une belle et presque pas connue : *Il faut manger pour vivre et non vivre pour manger.*
On l'aura compris, l'antimétabole est une répétition selon un ordre inversé : du grec *anti* « en sens inverse », *meta* « changer » et *ballein* « en jetant ».

J'ai appris qu'une vie ne vaut rien, mais que rien ne vaut une vie.
(André Malraux.)

L'amour était toujours mêlé aux affaires et les affaires à l'amour.
(Mme de La Fayette.)

C'est aussi un beau tremplin pour les jeux de mots : *Il ne fait pas le Dictionnaire du commerce, mais le commerce du dictionnaire.*
Et bien sûr du pain (ou du café) bénit pour les publicités :
Café Leroy, le roi des cafés.

ANTI-RIMES

Certains mots ne riment avec aucun autre nom commun. Ainsi, *triomphe*, *quatorze*, *quinze*, *simple*, *pauvre*, *meurtre*, *monstre*, *belge*, *goinfre* et *larve* ne riment à rien ! C'est bon à savoir lorsque l'on décide d'écrire un poème. Attention à ne pas confondre la rime avec l'assonance, où seules les voyelles et non les consonnes doivent être identiques.

APHÉRÈSE ET APOCOPE

Si l'on veut gagner du temps, rien de tel que de voyager en *bus* et non en *autobus*, en *car* et non en *autocar*, de prendre son *vélo* et non son *vélocipède*, son *auto* et non son *automobile*. Dans le cas du *bus* et du *car*, ces deux mots ont en quelque sorte perdu leur tête : c'est une *aphérèse*. Dans le cas du *vélo* et de l'*auto*, le mot a perdu sa queue, c'est l'*apocope*.

Les plus atteints par ces maux abréviatifs sont les mots d'origine grecque ou latine, souvent des noms composés se terminant par *o* : *accro*, *gynéco*, *archéo*, *philo*, *astro*, *cardio*, *gastro*, *sténo*, *dactylo*, *géo*, etc.

Les noms propres n'échappent pas à cette réduction : *Boul'Mich'*, *Troca*, *Sébasto* ou *Vél' d'hiv'*.

Raymond Queneau, fasciné par l'apocope, en avait même fait un chapitre dans ses fameux *Exercices de styles* : *Je mon dans un aut plein de voya. Je remar un jeu hom dont le cou é sembla à ce de la gira et qui por un cha a un ga tres…*

Si vous êtes vraiment pressé et si vous n'avez pas le temps d'écrire Monsieur en entier, écrivez M. et non Mr ; Messieurs, MM. et non Mrs. Pour Madame ce sera Mme ou Mme, si elles sont plusieurs, Mmes ou Mmes ; pour Mademoiselle, Mlle ou Mlle et pour Mesdemoiselles, Mlles ou Mlles.

APOSIOPÈSE

Consiste à interrompre une phrase sans achever sa pensée, en laissant au lecteur le soin de la compléter. L'aposiopèse est très proche d'une autre figure de style, la *réticence*.

Osez-vous, sans ma permission, ô vous, bouleverser le ciel et la terre et soulever de telles masses ? J'ai envie de vous… ! Mais il faut d'abord apaiser les flots déchaînés… (Virgile, *L'Énéide*.)

Tu vas ouïr le comble des horreurs.
J'aime… À ce nom fatal, je tremble, je frissonne.
J'aime…
(Racine, *Phèdre*.)

APPÂT OU APPAS ?

Si Josiane a de beaux appas, en l'occurrence une poitrine opulente et des fesses superbes, et qu'elle s'en sert en guise d'appât parce qu'elle est motivée par l'appât du gain, tout est dit, ou presque. Vous avez sans doute saisi les nuances entre les trois sens qui ont sans doute émoustillé vos sens... Racine n'en pensait d'ailleurs pas moins :
Cette ardeur que j'ai pour ses appas, Bérénice en mon sein l'a jadis allumée.

APTONYMES

Lorsqu'un docteur Bargeot se retrouve psychiatre, un Beaupoil, coiffeur ; un Bobo, médecin ; un Bœuf, vétérinaire ; un Bonichon, spécialiste du cancer du sein ; un Cachet, pharmacien ; un Chatré, vétérinaire ; un Condom, gynécologue-obstétricien ; un Moutard, pédiatre ; un Fusil, armurier ; un Vitrier, vitrier ; un Robinet, plombier ; un Serrurier, serrurier ; un Boudin, charcutier... On dit que ces braves gens ont des patronymes « aptonymiques », en latin *qui convient exactement.*
Certaines familles, on le voit, ne sont pas très avantagées, mais d'autres ont plus de chance, telle Mme Simone Loterie qui a gagné, mais si ! le gros lot.

ARGOT

En 1907, dans son introduction à son *Dictionnaire de la langue verte*, Hector France avance que l'argot a *existé de tout temps, dès qu'il y a eu deux classes, la haute et la basse.*

L'argot est un langage particulier à un groupe social ou… asocial, qui a pour but d'exclure de la communication tout tiers étranger à ce groupe, ce qui lui donne un rôle identitaire.

De fait il n'existe pas un argot, mais des argots, et l'argot n'est plus seulement la langue des malandrins, voleurs et autres gueux de la cour des Miracles comme l'étaient les *sordida verba* des Romains. Il s'est affranchi et on est loin de cette *langue triviale et cynique, brutale et impitoyable, athée aussi, féroce aussi* comme la décrivait Alfred Delvau, auteur lui aussi d'un *Dictionnaire de la langue verte* (1866), tandis que Victor Hugo affirmait : *C'est le verbe devenu forçat.*

Il est vrai que le lexique argotique est spécialement florissant dans certains registres tels que la sexualité, la violence, l'argent, le crime et la drogue. Rien d'étonnant puisque la langue verte a effectivement pris naissance dans le milieu « malfrat » ; depuis, elle a proliféré et a désormais droit de cité dans nos dictionnaires. *L'argot est un langage qui tombe la veste et crache dans ses mains, mais fait le boulot.* (Roger Ferdinand.)

Ainsi, *argent* qui se décline à merci : *artiche*, *as*, *aspine*, *aubert*, *avoine*, *balles*, *beurre*, *biftons*, *blanquette*, *blé*, *boules*, *braise*, *bulle*, *caire*, *carbure*, *carme*, *chels*, *caillasse*, *claude, craisbi, douille, fafiots, fifrelins, flouze, fourrage, fraîche, fric, galette, galtouse, ganot, gibe, graisse, grisbi, japonais, lard, love, maille, monaille, mornifle, némo, os, oseille, osier, pépètes, pèse, picaillons, pimpions, plaque, plâtre, pognon, radis, rafia, ronds, pascal, louis d'or, écusson, sauce, soudure, talbins, trèfle, thune…*

Ce qu'il en dit…

Un voleur raconte l'exécution d'un camarade :
En enquillant dans la vergne d'Arnelle, pastiquant sur la placarde, j'ai rembroqué un abadis du raboin, en balançant mes chasses j'ai remouché la béquille et la cognade à gayet servant le trêpe pour laisser abouler une roulotte farguée d'un ratichon, de charlot et de son larbin, et d'un garçon de cambrouze que j'ai reconobré pour le Petit Nantais *; il rigolait malgré le sanglier qui voulait lui faire remoucher et bécoter Hariadan Barberousse. J'ai prêté loche pour entraver le boniment du garçon qu'on allait brancher.* […]

Traduction :
En entrant dans la ville de Rouen, et marchant sur la place, j'ai remarqué un rassemblement du diable ; en jetant mes regards çà et là j'ai vu la potence, et la gendarmerie à cheval qui faisait ranger la foule afin de laisser approcher une charrette chargée d'un prêtre, du bourreau et de son valet, et d'un voleur de grande-route que j'ai reconnu pour le Petit Nantais *; il riait malgré le confesseur qui voulait lui faire regarder et embrasser un crucifix. J'ai prêté l'oreille pour comprendre le discours du voleur que l'on allait pendre.* […]
(E. F. Vidocq, *Les Voleurs. Physiologie de leurs mœurs et de leur langage*, 1837.)

AROBASE

Quand l'enfant est baptisé tout le monde veut être parrain. Après que Ray Tomlinson, ingénieur américain, eut inventé l'e-mail, il fallait définir l'adresse électronique, en séparant l'adresse en deux parties : d'un côté, le nom de l'utilisateur, et de l'autre, le nom de l'ordinateur sur lequel se trouve la boîte de réception. Son choix se porte alors sur l'arobase, @.

Pourquoi ce signe ? Plusieurs explications :

Arobase viendrait d'un rapprochement ou d'une confusion avec le symbole d'une unité de poids espagnole, *arroba*, dont le nom français est *arrobe*, et dont l'origine est l'arabe (*ar-roub*) ou encore *arobas* qui serait la déformation de *a rond bas* (de casse), c'est-à-dire *a* minuscule entouré d'un rond.

Certains le disent abréviation latine, utilisée dès le XVIIe siècle, et peut-être même avant, dans le latin dit de chancellerie, et cela dans toute l'Europe. Elle correspond à la préposition latine *ad* avec l'idée de direction, à l'origine d'ailleurs de *à* en français et de *at* en anglais.

Dans les assurances maritimes, ce signe était, paraît-il, imprimé à l'avance sur les formulaires de règlement des sinistres, comme symbole de la conversion en francs de la somme calculée.

Un correcteur de l'Imprimerie nationale donne, lui, cette version : *Depuis 1976, l'Imprimerie nationale, pionnière de la photocomposition programmée, utilisait le système allemand de Siemens, où ce signe @ est le symbole du retour à la ligne ou d'un nouveau paragraphe, et nous l'énoncions « arobass » et non « arobase », sans nous priver de calembours du genre « arobasque », mais nous l'écrivions arobas.*

Le débat reste ouvert…

ARRIVER

Ce qu'il en dit…

De quelque façon que l'on se serve de ce verbe (et les emplois en sont fort divers), chacun songe à rive *comme radical ; car l'étymologie est transparente. En effet, dans l'ancienne langue, arriver signifie uniquement mener à la rive.*

Chose singulière, malgré la présence évidente de rive, le sens primordial s'oblitéra ; il ne fut plus question de rive : et arriver prit la signification générale de venir à un point déterminé : arriver à Paris ; puis : arriver aux honneurs ou à la vieillesse. Mais là ne s'est pas arrêtée l'extension de la signification. On lui a donné pour sujet des objets inanimés que l'on a considérés comme se mouvant et atteignant un terme : De grands événements arrivèrent ; ce désordre est arrivé par votre faute. Enfin, la dernière dégradation s'est produite quand, pris impersonnellement,

arriver a exprimé un accomplissement quelconque : Il arriva que je le rencontrai. Ici toute trace de l'origine étymologique est effacée ; pourtant la chaîne des significations n'est pas interrompue. L'anomalie est d'avoir expulsé de l'usage le sens primitif ; et il est fâcheux de ne pas dire comme nos aïeux : les vents les arriva.
(Émile Littré, 1880.)

ARTICLE ET NOMS PROPRES

A *priori*, les noms propres ne sont pas précédés de l'article.
Poussin n'a jamais peint de poussins.
Mais, accompagné d'un adjectif ou d'un complément, on pourra dire *le grand Poussin* ou encore, j'ai *acheté un Balzac complet.*
On met l'article devant les œuvres d'art ou les pièces de théâtre : *la Joconde*, *le Misanthrope*, devant les noms d'artistes : *le Primatice*, *l'Arioste*, *l'Arétin*, *le Tasse*, *le Bernin et le Caravage*, les actrices illustres : *la Champmeslé*, *la Magnani*, les cantatrices : *la Callas*, *la Castafiore*...
Dans le langage populaire :
la Mathilde est revenue.
Mais aussi quand le nom propre (qui, lui, reste au singulier) est au pluriel : *les Dupont.*

ASSONANCE

Emploi répété d'un même son dans un ensemble de mots rapprochés. Ces voyelles peuvent se trouver au début, au milieu ou à la fin d'un mot, mais il est

fréquent de les rencontrer en finale du mot. L'assonance est fondée sur des sons vocaliques identiques. Parfois, ces jeux de combinaisons sonores cherchent à inspirer au lecteur une relation entre le sens du texte et l'effet d'insistance inscrit dans sa matière. Contrairement à l'allitération, on ne tient compte que des sons ou phonèmes.
À ne pas confondre avec *rime*.

Tout m'afflige et me nuit et conspire à me nuire. (Racine, *Phèdre*.)

Le pacha se pencha, attrapa le chat, l'emmena dans sa villa et le plaça près du lilas.

Si mon tonton tond ton tonton, ton tonton sera tondu.

ASYNDÈTE

L'asyndète est une forme d'ellipse qui supprime les liens logiques et les conjonctions dans une phrase.
Bon gré, mal gré ; bon pied, bon œil ; à la vie, à la mort ; tel père, tel fils.
L'effet recherché par l'asyndète est d'exprimer le désordre, et elle est assez prisée en littérature, afin de matérialiser la confusion :

Fuyards, blessés, mourants, caissons, brancards, civières, on s'écrasait aux ponts, pour passer les rivières. (Victor Hugo, *L'Expiation*.)

ATHÉE OU AGNOSTIQUE ?

L'*agnostique* est quelqu'un qui pense que la connaissance des phénomènes métaphysiques est impossible car ils échappent à toute forme de démonstration expérimentale. Si vous demandez à un *agnostique* : « Dieu existe-t-il ? », il vous fera une réponse de Normand : « Ptêt'ben qu'oui ptêt'ben qu'non ». Pour lui, l'esprit humain est limité à la connaissance du monde naturel, et Dieu peut aussi bien exister que ne pas exister, en l'absence de toute forme de preuve. Posez la même question à un *athée*, il vous répondra : « Dieu n'existe pas », puisque l'athéisme est une doctrine philosophique qui nie l'existence de toute divinité, et de Dieu en particulier. Sans vouloir vous commander, si vous êtes sceptique et que vous devez choisir votre camp, je vous conseille l'agnosticisme plutôt que l'athéisme. Parce que l'*agnostique*, contrairement à l'*athée*, lui, au moins, croit en beaucoup de choses : l'existence des extraterrestres, des fées, des sirènes et surtout en… l'athéisme.

AUJOURD'HUI

Aujourd'hui est un pléonasme admis et régulier puisqu'il est formé de « au jour » auquel on ajoute « hui » du latin *hodie* qui signifie « ce jour ». Aujourd'hui signifie donc « au jour de ce jour ». C'est suffisant. On a bien compris ; mais il y a pire : « au jour d'aujourd'hui » qui est un double pléonasme – c'est exactement comme si l'on disait : « au jour du jour de ce jour » !
Alors, pourquoi pas « à demain demain d'main » ?

AUTOCATÉGORÈME

L'autocatégorème, du grec *autos* « le même » et *katêgoria* « accusation », est une figure de style pour masochiste ou pour hypocrite, suivant la situation. C'est une accusation, une fausse modestie ou une ironie dirigée contre soi dans le but d'atteindre la sympathie en attente d'un démenti…

Suis-je idiote ! (Elle attend : *Mais non !*)

On peut s'amuser à repérer des autocatégorèmes dans les conversations du quotidien. On ne vous apprendra rien en vous disant qu'il est proche du *chleuasme* (fausse modestie et ironie tournée vers soi) et de la *prospoïèse* (figure de style qui consiste à pratiquer l'autodépréciation).

B

BAGOUT

De « bagouler » (parler inconsidérément) et de « goule » (gueule). Pour le dictionnaire, c'est un *bavardage où il entre de la hardiesse, de l'effronterie, et même quelque envie de faire illusion ou de duper. Mot tout à fait populaire.*

Je ne sais trop pourquoi je frayai avec Blanchette Weiss. Petite, replète, dans son visage bouffi de suffisance s'affairaient des yeux malveillants ; mais je fus médusée par son bagout philosophique ; elle amalgamait les spéculations métaphysiques et les commérages avec une volubilité que je pris pour de l'intelligence.
(Simone de Beauvoir, *Mémoires d'une jeune fille rangée*, 1958.)

BARAGOUIN

Je pense qu'elles sont folles toutes deux, je ne puis comprendre ce baragouin. (Molière, *Les Précieuses ridicules.*)

En ce genre d'estude des histoires, il fault feuilleter sans distinction toutes sortes d'aucteurs et vieils et nouveaux, et barragouins et françois.
(Montaigne.)

L'origine de ce vieux mot est donnée pour bretonne, de *bara* « pain » et *gwin* « vin » ou *gwin*, ancien masculin de *gwenn* « blanc » ; mots que les voyageurs français entendaient souvent dans la bouche des Bretons au Moyen Âge et qui leur servirent à désigner un langage difficilement intelligible.

BARBARISME

À l'origine, le terme « barbare » – emprunté en 1308 au latin *barbarus* – servait à désigner d'autres peuples, dont on ne parvenait pas à comprendre la langue.
D'où le *barbarisme*, cette faute grossière de langage que l'on doit aux étrangers (barbares), qui avaient une fâcheuse tendance à importer dans les langues latine et grecque les règles de morphologie de leurs propres langues.
Si le solécisme est une faute grammaticale, le *barbarisme* est une faute lexicale (*hynpotiser* au lieu de *hypnotiser*) ou morphologique (*riâmes* au lieu de *rîmes*). Il peut aussi consister à prendre un mot de la langue dans un sens différent de celui qui lui est assigné par le bon usage.

Exemples :
Mettre à jour une statue du Moyen Âge (au lieu dc *mettre au jour*)
Agonir (au lieu d'*agoniser*)
Conjecture (au lieu de *conjoncture*)

À noter qu'on ne dit pas…

Aller en vélo	*mais*	Aller à vélo
Aréoport	"	Aéroport
Aéropage	"	Aréopage
Un astérix	"	Un astérisque
Bâiller aux corneilles	"	Bayer aux corneilles
Bourré de remords	"	Bourrelé de remords
Carapaçonner	"	Caparaçonner
Dilemne	"	Dilemme
Infractus	"	Infarctus
Inéquité	"	Iniquité
Obnibuler	"	Obnubiler
Pécunier	"	Pécuniaire
Périgrination	"	Pérégrination
Rénumérer	"	Rémunérer

BEAU

On remplace *beau* par *bel*, *mou* par *mol*, *fou* par *fol*, *nouveau* par *nouvel*, *vieux* par *vieil*, lorsqu'ils sont placés devant un nom masculin commençant par une voyelle ou un *h* muet et lorsque la conjonction *et* se trouve entre deux adjectifs.

Le fol amour de ce vieil homme pour ce bel et angélique enfant et le nouvel émoi de ce grand-père.

Mais on conservera les formes *belles*, *folles*, *molles*, *nouvelles* et *vieux* si les deux adjectifs précèdent un nom commençant par une consonne ou un *h* aspiré.

BESCHERELLE

Le lexicographe Louis Nicolas Bescherelle (1802-1883), bibliothécaire au Louvre, jouissait comme d'autres de sa génération d'un goût prononcé pour les lettres et particulièrement pour la compilation d'ouvrages portant sur la langue française. La loi Guizot de 1833 sur la scolarisation, qui fixe le français comme langue de l'école primaire, accompagne le grand mouvement de la première philologie française, que Salvandy et Guizot lancent à la demande du roi Louis-Philippe, en dépêchant dans les bibliothèques de France et de l'étranger tous les érudits en mesure de rapporter à Paris les premiers monuments littéraires de la langue française.

En 1829 Louis Nicolas Bescherelle inaugure sa nouvelle profession de grammairien en rédigeant : *Le Participe passé ramené à sa véritable origine et soumis à un seul et unique principe*.

Aidé par son frère Henri-Honoré (1804-1852), il publie, en 1834, les 900 pages de sa *Grammaire nationale* intitulée en toute simplicité : *De la grammaire en France, et principalement de la* Grammaire nationale, *avec quelques observations philosophiques et littéraires sur le Génie, les Progrès et les Vicissitudes de la langue française*.
Le *Dictionnaire national* (130 000 entrées), complément de la grammaire de 1846, se veut être le dictionnaire de « tout le monde ». On le voit, la liste des ouvrages des frères Bescherelle est infinie.

BIZARRE

Dans la langue française on rencontre parfois des associations de mots bien singulières qui font la joie de nos humoristes et aussi la nôtre ; que penser par exemple de :
Une *tricoteuse* qui cherche patron pour vivre à ses crochets.
Une *fausse septique* qui cherche un vrai croyant.
Un *dentiste moscovite* qui joue à la roulette russe.
Un *sans-abri* qui cherche une femme d'intérieur.
Un *bigame* qui vend des lunettes double foyer.
Une *bonne à rien* qui cherche une bonne à tout faire.
Une *femme canon* qui jette de la poudre aux yeux.
Un *garçon de café* qui demande un pourboire pour manger.

BONS VIEUX MOTS

Depuis un siècle et demi, 25 000 mots auraient disparu du Grand Littré. Certains dictionnaires s'empressent de les effacer abusivement de leurs pages pour les remplacer par les « derniers sortis ». Tous n'ont pas dit leur dernier mot ! Contrairement aux cimetières « remplis de gens indispensables », les cimetières de mots sont remplis de mots irremplaçables :

Acagnarder (s') : s'acoquiner, mener une vie libertine, oisive.
Babouillard : noceur.
Chasse-cousin : mauvais vin.
Crapaudière : lieu malpropre et humide.
Craquignoler : insulter.
Débagouler : vomir.
Encoliflucheter : être mélancolique.
Fretinfretailler : baiser charnellement, donner du plaisir.
Gobeloter : boire toute la journée.
Harpioner : quereller, disputer.
Incaguer : se moquer de quelqu'un.
Joqueter : peupler le monde par l'acte de chair.
Kaïr : tomber.
Lantiponner : différer, hésiter.
Mideronner : dormir l'après-midi.
Nacquetter : suivre ou attendre quelqu'un de façon servile.
Ocquisener : tourmenter.
Patrociner : défendre son point de vue.
Pleure-pain : avare.
Mâche-dru : goinfre.
Quailler : jouer de la queue avec une femme.

Quinteux : souvent de mauvaise humeur.
Rassoter : rendre sot.
Ripopée : mélange de restes de vin.
Roger-bontemps : drille, luron.
Suppétider : terrasser.
Tranchecouiller : châtrer.
Uréder : courir de-ci de-là.
Vidimer : certifier conforme.
Zingoliner : bleuir.

BOUTADE

Au XVIIe siècle, la boutade était un poème satirique « exutoire », voisin de l'épigramme « défouloir » ; de nos jours elle navigue entre le trait d'esprit et la pique ; Pierre Loti l'utilise dans le sens de caprice : *Cessez donc ces boutades d'enfant malade*. On la trouve aussi chez Saint-Simon : M. *de Richelieu et* M. *de Rohan étaient gens à boutades qui ne donnèrent pas peu d'affaires aux autres* et chez Molière dans *L'École des femmes* :

> *Eh bien ! Souperons-nous avant la promenade ?*
> *– Non, je jeûne ce soir. – D'où vient cette boutade ?*

BOUTS-RIMÉS

Rimes proposées d'avance pour faire des vers. Ainsi ce sonnet composé par Molière à la demande du prince de Condé qui lui avait fourni les rimes : grenouille, hypocras, fatras, chatouille, plâtras, Coutras, barbouille, cagot, magot, danse, chardonneret, manse, guilleret.

Que vous m'embarrassez avec votre **grenouille**
*Qui traîne à ses talons le doux mot d'***hypocras !**
Je hais des bouts-rimés le puéril **fatras**
Et tiens qu'il vaudrait mieux filer une **quenouille.**
La gloire du bel air n'a rien qui me **chatouille ;**
Vous m'assommez l'esprit avec un gros **plâtras ;**
Et je tiens heureux ceux qui sont morts à **Coutras,**
Voyant tout le papier qu'en sonnets on **barbouille.**
M'accable derechef la haine du **cagot,**
Plus méchant mille fois que n'est un vieux **magot,**
Plutôt qu'un bout-rimé me fasse entrer en **danse !**
Je vous le chante clair, comme un **chardonneret ;**
Au bout de l'univers je fuis dans une **manse.**
Adieu, grand Prince, adieu ; tenez-vous **guilleret.**

BRISSET (JEAN-PIERRE)

Ce fou littéraire (1837-1919), plus connu sous l'appellation de « Prince des penseurs » ou encore comme un saint du calendrier de pataphysique, pensait que l'homme descend de la grenouille ; cette trouvaille qu'André Breton trouvait géniale tendait à démontrer que *L'homme est né dans l'eau, son ancêtre est la grenouille dont les cris sont à l'origine du langage humain*. Mais son œuvre maîtresse est sans doute *La Grammaire logique ou Théorie d'une nouvelle analyse mathématique*.

Ce qu'il en dit…

Les cris de la grenouille

Vers l'âge de onze ans, nous avions surpris une grenouille et avec la méchanceté du garnement, nous l'écrasions avec une tige de bois appuyée sur son ventre, quand la pauvre bête étendant tout à coup les jambes et les bras nous frappa de stupéfaction. Nous nous baissâmes pour mieux voir : on dirait une personne… et nous nous en allâmes étonnés, tout pensifs et repentants de notre barbarie, car il n'y a pas à dire, aucun animal ne possède une grâce corporelle, du talon au cou, qui le rapproche autant de celle du corps humain.

Un jour que nous observions ces jolies petites bêtes, en répétant nous-mêmes ce cri : coac, *l'une d'elles nous répondit les yeux interrogateurs et brillants, par deux ou trois fois* coac. *Il nous était clair qu'elle disait :* coac, quoi que *tu dis ? Un autre jour nous vîmes un mâle, qui avait par trois fois manqué son accouplement, tourner le dos complètement, avec un dépit marqué à la petite femelle trop remuante.*

À l'époque des amours, elles s'assemblent en troupe, avec des chants sans fin ni arrêt, mais aussi entremêlés de silence : coaque, coèque, coéque. *Le dictionnaire Larousse leur attribue les cris :* Brekekek, coax et ololo. Au l'eau lo *égale* Là à l'eau. Au lolo *est un appel enfantin à boire du lait et l'eau est le premier lait.*

Les collages se font pour plusieurs jours, car bien que n'ayant pas de sexe, ces petits animaux se mettent l'un sur l'autre pour lâcher leur frai dans l'eau où éclosent les têtards. À cette époque le mâle fait entendre vigoureusement le cri : Que r'ai ait, que rere ai haut, cœur ai haut, *où l'on peut voir l'origine* créo, *du verbe créer.*

Nous avons encore noté, cara, cara ; cate cate, *mais surtout le cri* qu'ai quête *qui est un appel :* quai quête *égale* viens chercher. *On dit qu'elle demande une* quéquête. *Le petit enfant a une quéquête, la grenouille n'en a pas.*

Il semble que les naturistes n'aient jamais été frappés de son chant si semblable à notre parole, de sa forme presque humaine. Ils sont devant la grenouille, comme le linguiste devant le calembour : pétrifiés et aveugles.

Ainsi que l'homme, la grenouille vit sous tous les climats, sur terre et sur l'eau. Elle est de jour et de nuit, aime les soirées chantantes, mais reste le matin dans son lit, le limon de la terre : Je t'attends au saut du limon, petit, *au saut du lit, mon petit. Son langage varie selon les lieux, les temps et les saisons. Il comprend certainement les sons :* que, re, te, au, ou, à, ai, aie, y *et sans doute :* be, ce, le, *et d'autres. En étudiant ce langage avec soin on y découvrira de nombreux rapports avec les diverses langues. Les cris de la grenouille sont l'origine du langage humain ainsi que nous l'avons montré dans nos premiers ouvrages.*

(Jean-Pierre Brisset, *La Grammaire logique*, Deleatur, 2001.)

BURLESQUE

Est burlesque ce qui est d'un comique extravagant, ridicule. Le genre burlesque, en vogue au XVIIe siècle, est caractérisé par l'emploi de termes comiques, familiers, voire vulgaires, pour évoquer des choses nobles et sérieuses. Georges Brassens aimait le remettre au goût du jour à sa façon :

> […] *La plus grasse de ses femelles*
> *Ouvrant son corsag' dilaté*
> *Matraque à grands coups de mamelles*
> *Ceux qui passent à sa portée.*
> *Ils tombent, tombent, tombent, tombent,*
> *Et s'lon les avis compétents*
> *Il paraît que cett' hécatombe*
> *Fut la plus bell' de tous les temps.*
> […]
> (Georges Brassens, *Hécatombe*.)

C

CADAVRE EXQUIS

Le jeu dit du « cadavre exquis » n'est autre que celui – fort connu des écoliers d'antan – dit des *petits papiers*, remis à la mode en 1927 par les surréalistes, qui y voyaient un moyen d'explorer l'inconscient des participants et d'étendre les possibilités de l'écriture automatique. Nous en emprunterons la règle au poète Georges Hugnet, qui la publia dans sa *Petite Anthologie poétique du surréalisme* :

Chacun de vous note, en se cachant des autres, sur une feuille, le substantif devant servir de sujet à une phrase. Vous passez cette feuille pliée de manière à dissimuler l'écriture à votre voisin de gauche en même temps que vous recevez de votre voisin de droite la feuille qu'il a préparée de la même manière. Vous appliquez au substantif que vous ignorez un adjectif ou un membre de phrase susceptible de le qualifier ou de le déterminer. Vous vous séparez de la feuille et vous en récupérez une autre de la même façon que précédemment. Vous procédez ensuite de même pour le verbe, puis pour le substantif devant lui servir de complément direct, et enfin pour l'adjectif ou le membre de phrase susceptible de qualifier ou de déterminer ce substantif. Il ne vous reste plus qu'à déplier la feuille et à donner lecture du résultat après avoir accordé grammaticalement les membres de la phrase.

Le premier résultat « poétique » obtenu en utilisant cette technique était : *Le cadavre exquis boira le vin nouveau.* D'où le nom du jeu auquel s'adonnèrent sans retenue André Breton, Louis Aragon, Robert Desnos, Benjamin Péret, Raymond Queneau et bien d'autres.
Quelques exemples :
La grève des étoiles corrige la maison sans sucre.
La vapeur ailée séduit l'oiseau fermé à clé.
La colombe des branches contamine la pierre lamartinienne.
La topaze vengée mangera de baisers le paralytique de Rome.
Le dortoir de petites filles friables rectifie la boîte odieuse.

CALEMBOUR

Jeu d'esprit et lapsus volontaire, le calembour se construit sur la différence de sens entre des mots qui se prononcent de la même façon : homonymie ou homophonie (mots qui s'écrivent ou se prononcent de façon identique, mais différents par le sens), paronymie (mots dont l'écriture ou la prononciation est très proche) ou encore polysémie (mots ayant plusieurs sens).
Certains auteurs l'ont dénigré. Molière le disait *ramassé parmi les boues des Halles et de la place Maubert*, pour Voltaire, c'était *l'éteignoir de l'esprit*, et pour Victor Hugo la *fiente de l'esprit qui vole.*
Le roi du calembour, c'est le marquis de Bièvre (1747-1789), mousquetaire et… auteur de la *Lettre à la comtesse Tation*, des *Sentiments et Réflexions utiles de*

l'abbé Quille ou encore des *Amours de l'ange Lure* ! Il osait tout : *Je vais me retirer dans ma tente ou ma nièce…* Autres maîtres ès calembours : Alexandre Breffort, Alphonse Allais, Antoine Blondin, Frédéric Dard, Raymond Devos, Pierre Desproges, Jacques Prévert, Boby Lapointe, Patrice Delbourg, Marc Favreau, Jean-Paul Grousset, entre autres.

Florilège :
Il ne faut pas courir deux lèvres à la fois. (Balzac.)

Jonas resta trois jours dans le ventre de la baleine. Sans jamais dire : C'est *assez !* (Cami.)

Si tu ne veux pas que je meure, ne me parle pas de cyprès. (Jean Cocteau.)

Vous me connaissez mal : la même ardeur me brûle / Et le désir s'accroît quand l'effet se recule. (Corneille.)

Le col tue lentement ! (Antoine Blondin.)
L'amour avec un grand tas.
Police se goure.
Elle est très belle, vue de dot. (Alexandre Breffort.)

On est mieux assis que debout, et vermouth cassis. (Pierre Dac.)

Les trempettes de la renommée.
L'enfer c'est les hôtes.
L'ami Molette.
L'erreur est du Maine.
Sois belge et tais-toi ! (Patrice Delbourg.)

C'est beau mais c'est twist !
Les choses étant ce caleçon…
Un peu d'Eire, ça fait Dublin ! (Jean-Paul Grousset.)

Trèfle de plaisanterie.
Lâcher la proie pour Londres.
Être pris en flagrant débit.
Fermez l'aorte SVP. (Alphonse Allais.)

Il y a une remarque assez singulière à faire sur ceux qui écoutent un kalembour ; c'est que le premier qui le devine le trouve toujours excellent, et les autres plus ou moins mauvais, à raison du temps qu'ils ont mis à le deviner, ou du nombre de personnes qui l'ont entendu avant eux ; car dans le monde moral, c'est l'amour propre qui abhorre le vide. (Supplément à l'Encyclopédie, 1777.)

CAMBRONNE

Victor Hugo a écrit : *Cambronne à Waterloo a enterré le premier empire dans un mot où est né le second.* [...] *Dire ce mot, et mourir ensuite. Quoi de plus grand ! Car c'est mourir que de le vouloir, et ce n'est pas la faute de cet homme, si, mitraillé, il a survécu. [...] L'homme qui a gagné la bataille de Waterloo, c'est Cambronne. Foudroyer d'un tel mot le tonnerre qui vous tue, c'est vaincre...* alors que pour Colville le misérable *zut* n'est qu'une *pauvre injure libératrice des culs-bénits et autres indécrottables bourgeois qui n'ont jamais osé lancer le fameux « merde » libérateur !*

Nul besoin de préciser ce dont il s'agit puisque c'est le mot de cinq lettres le plus connu de la langue française, réponse du général Cambronne, après le célèbre *La garde meurt, mais ne se rend pas* à la bataille de Waterloo (1815) devant l'insistance des officiers britanniques qui le pressaient de se rendre ; mot dont la paternité a été souvent contestée par Cambronne lui-même.

Le général Michel affirma que *le mot* était de son père ; Antoine Deleau, de la vieille garde napoléonienne, se trouvait lui à côté de Cambronne quand celui-ci le prononça. De toute façon, ainsi que le constatait Tristan Bernard, ce n'était pas une bonne idée :

Cambronne, on y pense avec peine,
Ne se montra pas bien français :
Crier aux ennemis le mot qui porte veine,
C'était fatalement assurer leur succès.

Heureusement que *Cambronne ne mâchait pas ses mots*, ironisait Jean Yanne !

CARABISTOUILLES

Il est des mots que l'on aime prononcer, *carabistouilles* est de ceux-là.

Le *Dictionnaire universel* Larousse en 2 volumes de 1930 ne signale pas l'existence de la carabistouille. En revanche, les éditions récentes la mentionnent comme étant la version belge de la galéjade. Toujours est-il qu'à la même époque elle existe déjà, mais en wallon de Liège, orthographiée *carabistouye*, sous la plume de Jean Haust dans son dictionnaire liégeois. Il lui attribue alors la traduction française *faribole*.

Le Petit Larousse l'a accueillie avec pour synonymes *bêtises*, *fariboles*. Le Petit Robert la boude ; pourtant Bernard Pivot, dans *100 mots à sauver* (2006), lui dédiait ce texte :

Les carabistouilles – ah ! quel mot comique et truculent, original et farceur ! – viennent de Belgique. Ce sont des fariboles, des bêtises, des propos anodins et un peu trompeurs. Ce mot est si rarement employé qu'il ne figure ni dans le Grand ni dans le Petit Robert. Absent du Grand Dictionnaire encyclopédique *Larousse, il est heureusement présent, au pluriel, dans le Petit Larousse. Par pitié, qu'on l'y laisse !*

CATACHRÈSE

Une des injures préférées du capitaine Haddock, qui devait probablement en ignorer le sens ! Du grec *katakhrésis* « abus », elle consiste à détourner un mot de son sens propre en étendant sa signification.

En prenant des *bains de soleil*, les coudes sur les *bras d'un fauteuil*, près d'un *bras de mer*, un verre de limonade posé près du *pied de la table* ou à *cheval sur un mur*, vous avez « catachrésé » cinq fois.

CÉDILLE

Au XVI[e] siècle, quand on voulait donner au son [c] le son de [s], on plaçait sur le *c* un petit *s*. Un peu plus tard, on mit ce *s* sous le *c*. Et voilà notre *cédille* moderne. *Cédille*, de l'espagnol *cedilla*, signifie « petit *z* ». L'usage manuscrit est repris en imprimerie, d'abord par les Espagnols et les Portugais, puis par l'imprimeur français Geoffroy Tory en 1533.

CÉLÈBRE OU CONNU ?

Faut-il être *célèbre* ou *connu* pour être dans le *Who's Who*, ce *célèbre* dictionnaire des vanités ? Si vous n'êtes *connu* que par les membres de votre famille, vous avez peu de chances d'y figurer car vous n'êtes pas *célèbre*.

Contrairement à l'expression « ni vu ni *connu* », être *célèbre*, c'est être vu et *connu*.
Jules Renard disait que tous les grands hommes furent d'abord méconnus, et ajoutait avec espièglerie : « Mais je ne suis pas un grand homme et j'aimerais être *connu* tout de suite. »
Si vous êtes un peu *connu*, rassurez-vous, il y aura toujours quelqu'un lors de votre enterrement pour dire qu'il vous a bien *connu*. C'est mieux que rien. Mesrine et Jack l'Éventreur avaient réussi à être *connus* (des services de police…) et *célèbres*. Mais ce n'est pas le genre de parcours que je vous conseille. En résumé, pour être *célèbre*, vous pouvez figurer dans le *Livre des records* en tant que plus gros mangeur d'œufs durs du monde ou avoir gagné au Loto, cela ne changera rien. On ne vous verra pas pour autant recevoir un oscar ou remplir le Zénith. Mais si vous devenez *célèbre*, vous risquez d'en pâtir en habitant dans une maison protégée par des caméras dignes de l'ambassade des États-Unis. À Bagdad. Tout en méditant, mais trop tard, cette pensée profonde de Chamfort pour qui la célébrité, c'était *l'avantage d'être connu par ceux que vous ne connaissez pas*. Pas de quoi fouetter un chat, et de plus, vous prenez le risque de redevenir totalement inconnu. Ce n'est pas moi qui le dis, mais Henri Jeanson : *Vous avez déjà lu le Larousse ? C'est un recueil de noms célèbres complètement inconnus*.
Allons, amis presque anonymes, consolez-vous en vous disant que l'on parlera toujours du tristement célèbre Adolf Hitler, mais jamais du tristement connu Marcel Bidochon…

CHARABIA

Alors que l'on traitait de « baragouin » le parler inintelligible des Bas-Bretons, on parlait de *charabia* pour les Auvergnats : *Les femmes (auvergnates) charabiaient en tricotant*, nous apprend Alphonse Daudet dans ses *Contes du lundi*.

Charabia a une étymologie aussi obscure que le langage auquel il fait allusion. On a parlé d'une origine arabe *al'arabia via* l'espagnol *algarabia* (parler incompréhensible), de *Schrakiah*, ville d'Arabie, ou du provençal *charrá* « causer, faire conversation », et Flaubert dans *L'Éducation sentimentale* parle d'un *charabia moitié alsacien, moitié nègre.*

CHARIENTISME

Ce mot a pratiquement disparu du vocabulaire. Il ne vient pas du verbe *charrier*, mais du grec qui signifie « gracieux ». Il est dommage de ne plus le rencontrer car il donne un supplément de précision dans l'emploi de l'ironie. Avec le charientisme on… charrie gentiment. Il désigne une ironie savoureuse, fine, gaie, en opposition à l'ironie sarcastique. C'est en somme un gentil persiflage fait pour séduire ; le persiflage, *l'aristocratie de l'esprit* selon l'expression de Rivarol.

CHEFS-D'ŒUVRE

Pour Frédéric Beigbeder, *les chefs-d'œuvre préfèrent vivre, c'est-à-dire, être lus, triturés, contestés et abîmés* et ce ne sont pas, comme le dit Hemingway, *des livres dont tout le monde parle et que personne ne lit.*
Frédéric Beigbeder a donc lu les cinquante livres du XXe siècle plébiscités par les Français au début de ce siècle :

1. *L'Étranger* d'Albert Camus.
2. *À la recherche du temps perdu* de Marcel Proust.
3. *Le Procès* de Franz Kafka.
4. *Le Petit Prince* d'Antoine de Saint-Exupéry.
5. *La Condition humaine* d'André Malraux.
6. *Voyage au bout de la nuit* de Louis-Ferdinand Céline.
7. *Les Raisins de la colère* de John Steinbeck.
8. *Pour qui sonne le glas* d'Ernest Hemingway.
9. *Le Grand Meaulnes* d'Alain-Fournier.
10. *L'Écume des jours* de Boris Vian.
11. *Le Deuxième Sexe* de Simone de Beauvoir.
12. *En attendant Godot* de Samuel Beckett.
13. *L'Être et le Néant* de Jean-Paul Sartre.
14. *Le Nom de la rose* d'Umberto Eco.
15. *L'Archipel du Goulag* d'Alexandre Soljenitsyne.
16. *Paroles* de Jacques Prévert.
17. *Alcools* de Guillaume Apollinaire.
18. *Le Lotus bleu* d'Hergé.
19. Le *Journal* d'Anne Franck.

20. *Tristes Tropiques* de Claude Lévi-Strauss.
21. *Le Meilleur des mondes* d'Aldous Huxley.
22. *1984* de George Orwell.
23. *Astérix le Gaulois* de Goscinny et Uderzo.
24. *La Cantatrice chauve* d'Eugène Ionesco.
25. *Trois Essais sur la théorie de la sexualité* de Sigmund Freud.
26. *L'Œuvre au noir* de Marguerite Yourcenar.
27. *Lolita* de Vladimir Nabokov.
28. *Ulysse* de James Joyce.
29. *Le Désert des Tartares* de Dino Buzzati.
30. *Les Faux-Monnayeurs* d'André Gide.
31. *Le Hussard sur le toit* de Jean Giono.
32. *Belle du Seigneur* d'Albert Cohen.
33. *Cent Ans de solitude* de Gabriel García Márquez.
34. *Le Bruit et la Fureur* de William Faulkner.
35. *Thérèse Desqueyroux* de François Mauriac.
36. *Zazie dans le métro* de Raymond Queneau.
37. *La Confusion des sentiments* de Stefan Zweig.
38. *Autant en emporte le vent* de Margaret Mitchell.
39. *L'Amant de lady Chatterley* de D. H. Lawrence.
40. *La Montagne magique* de Thomas Mann.
41. *Bonjour tristesse* de Françoise Sagan.
42. *Le Silence de la mer* de Vercors.
43. *La Vie mode d'emploi* de Georges Perec.
44. *Le Chien des Baskerville* d'Arthur Conan Doyle.
45. *Sous le soleil de Satan* de Georges Bernanos.
46. *Gatsby le Magnifique* de Francis Scott Fitzgerald.
47. *La Plaisanterie* de Milan Kundera.
48. *Le Mépris* d'Alberto Moravia.
49. *Le Meurtre de Roger Ackroyd* d'Agatha Christie.
50. *Nadja* d'André Breton.

(*Dernier Inventaire avant liquidation*, Grasset, 2001.)

CHIASME

Prononçons [kjasm] (*kiasm*), et non [Siasm] (*chiasm*). Le chiasme, du grec *khiasma* « croisement », grâce à sa construction spécifique permet de créer un rythme particulier. Examinons celui-ci de Victor Hugo : *Et l'on voit de la flamme aux yeux des jeunes gens, mais dans l'œil du vieillard on voit de la lumière.*

Sur quatre éléments, le 1er et le 4e peuvent être associés, le 2e et le 3e peuvent être rapprochés : le chiasme dispose en ordre inverse, par interversion, les segments de deux groupes de mots syntaxiquement identiques. En littérature, le chiasme a pour effet de frapper l'imagination du lecteur. Victor Hugo en était un fervent utilisateur :

La neige fait au nord ce qu'au sud fait le sable.
Rester dans le paradis, et y devenir démon,
rentrer dans l'enfer, et y devenir ange !
Je ne songeais pas à Rose ; Rose au bois vint avec moi.
Un roi chantait en bas, en haut mourait un Dieu.

CITATION

C'est la *répétition erronée d'une déclaration d'autrui.* (Ambrose Bierce.)

Citation de citation de citation. Ainsi s'écrivent les livres. (Gilles Leroy.)

Si la citation est une phrase complète, on la précède de deux points et on met une majuscule.

Je me cite souvent moi-même. Cela ajoute du piquant à la conversation. (George Bernard Shaw.)

Un texte peut comporter une citation qui contient elle-même une citation. On marque alors la distinction avec les guillemets français (« ») et les guillemets anglais (" "). « Vous n'êtes pas rancuniers ! Ces "cochons" d'Anglais ont brûlé Jeanne d'Arc ! »

CLICHÉS

Ils sont partout ! Ils se reproduisent, et polluent l'environnement. Minée par ces expressions usées, la langue se fatigue et se fige, car les dilemmes sont hélas, toujours cruels, les célibataires endurcis, les éminences grises… Et les buveurs ? Invétérés.
Alors, si ces expressions stéréotypées et banales à force d'utilisation vous intéressent, n'hésitez pas, servez-vous :

Une énergie débordante
La cheville ouvrière
À deux vitesses
Essuyer les plâtres
La cité phocéenne
À dose homéopathique
La fuite des cerveaux
Un amateur éclairé
La langue de bois
La morosité ambiante
Au-dessus de la mêlée

Avoir les coudées franches
La vindicte populaire
Une longue traversée du désert
Faire couler beaucoup d'encre
Une prison dorée
Un illustre inconnu
Une végétation luxuriante
Faire ses choux gras
Une volée de bois vert
La cellule de crise
Un vœu pieux

La chasse aux sorcières
À géométrie variable
Avoir voix au chapitre
La vitesse de croisière
Une bouffée d'oxygène
Un large débat
Le charme discret
Le nerf de la guerre
Clouer au pilori
Le fer de lance
Une véritable course de vitesse
Le haut du pavé
Dans le bon sens du terme
Le revers de la médaille
Dans le plus simple appareil
L'immense majorité
De plates excuses
Le spectre du chômage
Un démenti cinglant
Marquer d'une pierre blanche
Des allégations mensongères
Mettre la pédale douce
Des applaudissements nourris
Monter au créneau
Des dépenses somptuaires
Une pagaille monstre
Des suites d'une longue maladie
Un panorama complet
Déterrer la hache de guerre
Par monts et par vaux
Donner du grain à moudre
Placer la barre très haut
D'une banalité affligeante
Prendre en otage
En odeur de sainteté
Redorer son blason
Entrer dans la légende
La cerise sur le gâteau
Remettre les pendules à l'heure
Les sentiers battus
Un silence assourdissant
Un vaste tour d'horizon
Un accouchement douloureux
Un calme olympien
Un bilan provisoire

COLLECTIONNEURS

Une manie, c'est le plaisir passé à l'état d'idée. (Honoré de Balzac, *Le Cousin Pons*.)
Collectionnez, collectionnez, il en restera toujours quelque chose…

Aquariophile	Poissons d'aquarium
Avrilopiscicophile	Poissons d'avril
Bibliophile	Livres
Canivettiste	Images pieuses
Capillabélophile	Étiquettes de fonds de chapeaux
Cartophile	Cartes postales
Cervalobélophile	Sous-bocks de bière
Conchyophile	Coquillages
Copocléphile	Porte-clés
Cucurbitaciste	Étiquettes de melons
Échéphile	Jeux d'échecs
Érinnophile	Vignettes sans valeur postale
Fabophile	Fèves (de gâteaux des rois)
Ferrovipathe	Trains miniatures
Fibulanomiste	Boutons
Fiscophiliste	Timbres fiscaux
Glacophile	Pots de yaourt
Glycophile	Emballages de morceaux de sucre
Héraldiste	Blasons
Lithophiliste	Pierres
Ludophile	Jeux
Malacologiste	Mollusques
Marbétophile	Étiquettes d'hôtels
Marcophiliste	Flammes postales
Microtyrosémiophile	Étiquettes de crèmes de gruyère
Minéralophile	Minéraux
Nicophiliste	Paquets de cigarettes
Numismate	Pièces de monnaie
Œnosémiophiliste	Étiquettes de bouteilles de vin
Oologiste	Œufs d'oiseaux
Ornithologiste	Oiseaux
Philatéliste	Timbres-poste

Philuméniste	Boîtes d'allumettes
Pressophile	Fers à repasser anciens
Schoïnopentaxophile	Cordes de pendus
Scripophile	Actions et titres anciens
Scutelliphile	Écussons
Sigillophiliste	Sceaux
Tyrosémiophile	Étiquettes de fromages
Vexillologiste	Drapeaux et étendards
Vitolphiliste	Bagues de cigares
Xylophile	Gravures sur bois

CONCORDANCE DES TEMPS

Quand on passe du discours direct au discours indirect, si le verbe principal (celui qui introduit les paroles rapportées) est au présent ou au futur, il n'y a pas de changement dans le temps du verbe subordonné.

Discours direct :	Discours indirect :
Il dit : je fume.	*Il dit qu'il fume.*
Tu diras : j'ai tort.	*Tu diras que tu as tort.*

Quand le verbe principal est au passé, le verbe subordonné se met à l'imparfait, s'il était au présent de l'indicatif dans le discours direct.

Discours direct :	Discours indirect :
Il a dit : je fume.	*Il a dit qu'il fumait.*
Tu as dit : j'ai tort.	*Tu as dit que tu avais tort.*

Quand le verbe principal est au passé, le verbe subordonné se met au plus-que-parfait, s'il était au passé composé dans le discours direct.

Discours direct :
Il a dit : j'ai fumé.
Tu as dit : j'ai eu tort.

Discours indirect :
Il a dit qu'il avait fumé.
Tu as dit que tu avais eu tort.

Quand le verbe principal est au passé, le verbe subordonné, s'il était au futur dans le discours direct, se met au conditionnel dans le discours indirect.

Discours direct :
Il a dit : je fumerai.
Tu as dit : j'aurai tort.

Discours indirect :
Il a dit qu'il fumerait.
Tu as dit que tu aurais tort.

De toute façon on n'a plus le droit de fumer…

CONFUSION

Attention ! Ces mots apparemment proches sont pourtant très différents.

À nouveau et de nouveau, à travers et au travers, accumuler et cumuler, adepte et disciple, adéquat, approprié et pertinent, adjoint, aide et assistant, aligner et enligner, amoral et immoral, arrière et derrière, avancer et devancer, avant et devant, baser et fonder, bénéficier et profiter, bougie et chandelle, but et objectif, calculer et mesurer, calomnie et médisance, capter, captiver et capturer, carnivore et carnassier, célébrer et commémorer, cher, dispendieux, coûteux et onéreux, chercher et rechercher, chiffre et nombre, clore et clôturer, collègue et confrère, combien et comment, commencer et débuter, compléter et achever, compliqué et complexe, composant et composante, compris et inclus, concentrer et condenser, congrès et colloque, conseiller et consultant, constituer et instituer, construire et fabriquer, conventionnel et traditionnel, convoquer et inviter, copie et exemplaire, critiquer et dénigrer, cueillette et collecte, de concert et de conserve, déclencher et enclencher, dédoublement et chevauchement, désintérêt et désintéressement, détenteur et titulaire, dilemme et alternative, diplomate et diplomatique, distraction et inadvertance, durable et permanent, échantillon et échantillonnage, émotif et émotionnel, empathie et sympathie, en regard de et au regard de, énergique, énergétique et énergisant, ennuyant et ennuyeux, entériner et ratifier, extrêmement et excessivement, faire que et faire en sorte que, fleurissant et florissant, français et francophone, futur et avenir, gageure et pari, grâce à et à cause de, gratis et gratuit, héréditaire et congénital, information et renseignement, innovateur et novateur, intense et intensif, jadis, naguère, autrefois et d'antan, joindre et rejoindre, juridique, judiciaire et légal, lier et relier, macabre et morbide, malentendu et quiproquo, mission et mandat, montrer et démontrer, nouveau et neuf, nutritionnel et nutritif, œuvrer et travailler, opinion et avis, par contre et en revanche, par la suite et par suite, paraître et apparaître, piétonnier et pédestre, prédire et prévoir, préliminaire et provisoire, près de et presque, privé et privatif, problème et problématique, procédé et processus, proposition et suggestion, pyromane et incendiaire, raison et motif, rancœur et rancune, rébarbatif et réfractaire, recouvrer et retrouver, regret, remords et repentir, requis, nécessaire, exigé, voulu, savoir et connaître, second et deuxième, sécuritaire et sûr, semblable et similaire, similitude et similarité, socialiser et sociabiliser, somptueux et somptuaire, teindre et teinter, tendresse et tendreté, thèse et mémoire, tout à coup et tout d'un coup, tout de suite et de suite, translucide et transparent, triade, trilogie et trinité, trouver et retrouver, usagé et usé, valable et valide, voici et voilà, vrai, véritable et véridique. Il faut savoir aussi qu'une *acception*, c'est-à-dire le sens particulier d'un mot, peut en cacher un autre. Ne soyez

Aucun élève ne pense qu'il est dans l'erreur. (Il l'est !) Indicatif.
Aucun élève ne pense qu'il soit dans l'erreur. (Il a encore une chance de ne pas l'être !) Subjonctif.
Mais, après *après que*, on doit mettre le verbe à l'indicatif et non au subjonctif, comme on pourrait le croire, tant cette faute est habituelle. Le subjonctif est un mode virtuel. À la différence d'*avant que*, qui n'exprime qu'une possibilité, qu'une hypothèse, *après que* suppose que l'action s'est produite, donc impose l'emploi du mode indicatif.
Longtemps, longtemps, longtemps après que les poètes ont disparu..., chantait Charles Trenet.

CONTRE

Généralement suivi d'un trait d'union sauf en particulier pour : *contralto*, *contravis*, *contrebalancer*, *contrebande*, *en contrebas*, *contrebasse*, *contrebattre*, *contrecarrer*, *contre-champ*, *contrecœur*, *contrecoller*, *contrecoup*, *contredanse*, *contredire*, *contrefaire*, *contrefaçon*, *contrefort*, *contremaître*, *contremarche*, *contremarque*, *contreparement*, *contrepartie*, *contrepente*, *contrepèterie*, *contrepoids*, *contrepoint*, *contrepoison*, *contreprojet*, *contreproposition*, *contrescarpe*, *contreseing*, *contresens*, *contresigner*, *contretemps*, *contretype*, *contrevent*, *contrevenir*, *contrevérité*, *contrordre*.

CONTREPÈTERIE

Quand, en 1960, Coluche transforme *Mammouth écrase les prix* en *Mamie écrase les prouts*, il est le digne successeur de son ancêtre Rabelais et de sa fameuse *femme folle à la messe et femme molle à la fesse* de 1532. Ce jeu de mots, comique verbal, consiste à permuter certains phonèmes ou syllabes d'une phrase afin d'en obtenir une nouvelle qui présente alors un sens différent, parfois grivois.
Le terme *contrepèterie* dérive de l'ancien français *contrepéter*, « rendre un son pour un autre ». On donne rarement la solution d'une contrepèterie. À chacun d'imaginer la solution ; elle nécessite trois protagonistes : celui qui l'invente, celui qui la comprend et… celui qui ne la comprend pas.

Quelques élégants contrepets :
La pièce du fond
L'art de caler les sons
Ces soupers manquent de pains.
Elle est assise sur la berge du ravin.
La Chine se lève à l'appel des Nippons.
Superman a une bouille incroyable.
Brancher les colonnes
Un mine de chapeau
L'Afrique est bonne hôtesse.

La cuvette est remplie de bouillon.
Des piles de boîtes
Elles se lèvent au couchant.
La botte à Staline
Mets ta casquette.

Certaines contrepèteries jouent sur les noms propres : Luther et Calvin (lutin et calvaire), Pelléas et Mélisande (pédéraste et médisante).
La fameuse rubrique « Sur l'album de la Comtesse » du *Canard enchaîné* devrait son nom à une Anglaise, Maxime Birley, qui avait épousé le comte Alain de La Falaise. Pour agacer celui-ci, dont elle était en train de divorcer, elle aurait autorisé son ami Yvan Audouard à baptiser la rubrique de son nom en 1951. Elle fut notamment reprise par Henri Monnier, Luc Étienne, et enfin Joël Martin.

COQUILLE

Elle peut être comme la langue « la pire et la meilleure des choses ». La pire, puisqu'elle conduisit au bûcher l'imprimeur lyonnais Étienne Dolet qui fut pendu et brûlé, comme athée et relaps, pour avoir ajouté *du tout* à la fin de cette phrase, traduite de Platon : *Après la mort, tu ne seras plus rien* ; et la meilleure : ces deux vers de Malherbe, dans son ode à M. Du Périer sur la mort de sa fille :

Et rose, elle a vécu ce que vivent les roses,
L'espace d'un matin.

Or, Malherbe avait en fait écrit :

Et Rosette a vécu…

Pour Pierre Larousse, on donne le nom de *coquille à l'omission, à l'addition, à l'interversion ou à la substitution, dans les ouvrages imprimés, d'un ou de plusieurs caractères typographiques*.
Difficile de trouver la véritable origine de ce terme. Entre autres provenances, on lui attribue celle de *vendre ses coquilles*, expression du Moyen Âge, *tromper*, évoquant ainsi les fausses coquilles vendues aux pèlerins de Saint-Jacques-de-Compostelle. Au temps de la composition manuelle, la coquille désignait également toute lettre placée par inadvertance dans un cassetin autre que celui qui lui était assigné. L'Anglais H. Johnson publia, en 1783, une notice relative à un nouveau procédé qu'il avait découvert et grâce auquel l'erreur typographique disparaîtrait ; mais la notice elle-même contenait une coquille ! On y lisait *Najesty* pour *Majesty*.

Florilège :

Le vieux persiste, pouvait-on lire dans les journaux alors que le prince Jérôme Bonaparte, frère de Napoléon et ancien roi de Westphalie, était mourant, au lieu de *Le mieux persiste*.
La vertu doit avoir des cornes au lieu de *bornes*.

Ces excellents produits (il s'agissait d'encres) *sortent des urines de M. Lorilleux* au lieu *d'usines*.
Attention aux couilles dans la lecture d'épreuves. (Manuel du correcteur d'imprimerie.)

COURT

Le mot *court*, si petit soit-il, se distingue par une pléthore d'homophones : *courre*, *cour*, *cours*, qui lui-même peut se targuer d'avoir mille et un sens différents, voisins certes, mais distincts :
Le *cours* de géométrie, etc. (la classe)
Le *cours* de sciences, etc. (le manuel)
Le *cours* de la Bourse (la cote)
Le *cours* de la rivière (son trajet)
Le *cours* supérieur (le degré d'études)
Le *cours* privé (l'établissement)
Le *cours* des événements (leur tournure)
Le *cours* du soleil (son mouvement apparent)
Le *cours* des saisons (la succession)
Le *cours* Mirabeau (l'avenue)
Le voyage au long *cours*
Avoir *cours*
Suivre son *cours*
Au *cours* de...
Bref ! Il court toujours...

CRITIQUE

On estime en général qu'une critique négative est du temps perdu. Il conviendrait de ne parler que des textes qui en valent la peine. Cette idée, infiniment ressassée, tout en donnant bonne conscience, masque souvent deux comportements : soit, tout bonnement, l'ordinaire lâcheté du monde intellectuel où l'on préfère éviter les ennuis, où l'on ne prend de risques que si l'on en attend un quelconque bénéfice, où dire du bien peut rapporter beaucoup, et dire du mal guère ; soit le refus de toute attaque portée à une œuvre littéraire, comme si, quelle que soit sa qualité, elle était à protéger en tant qu'objet culturel ; le fait qu'on ne puisse pas toucher à un livre illustre la pensée gélatineuse contemporaine : tout est sympathique. Le comportement mou se substitue à la passion. Ne parler que des bonnes choses ? Cela ressemble à une attitude noble, généreuse, raisonnable. Mais quelle crédibilité, quelle valeur peut avoir une critique qui se confond avec un dithyrambe universel ? Si tout est positif, plus rien ne l'est. Les opinions se résorbent dans une neutralité grisâtre. Toute passion a ses fureurs. Faut-il parler de littérature en se gardant de la fureur ? Si on l'admet, il faut alors aussi admettre qu'il ne s'agit plus d'amour, mais plutôt de l'affection qu'on porte au souvenir d'une vieille parente. L'éloge unanime sent le cimetière et la critique contemporaine est une anthologie d'oraisons funèbres.

(Pierre Jourde, *La Littérature sans estomac*, Pocket, 2002.)

CUIR

« Vice de langage » qui consiste à prononcer un *t* pour un *s* ou réciproquement, ou à intercaler l'une ou l'autre de ces lettres entre deux mots. On prétend que ce mot désigne la peau de l'homme ou des animaux, d'où par analogie : écorcher la peau / écorcher un mot. Brassens était un adepte du genre :

Quand il se fit tendre, elle lui dit : « J'présage
Qu'c'est pas dans les plis de mon cotillon
Ni dans l'échancrure de mon corsage
Qu'on va-t-à la chasse au papillon… »
(*La Chasse aux papillons.*)

CUISSEAU OU CUISSOT ?

Mérimée (1803-1870) avait en son temps concocté, à la demande de l'impératrice Eugénie, une dictée très difficile pour distraire la cour et dans laquelle il était question, entre autres, de *cuissots* et autres *cuisseaux*. Napoléon III aurait fait 75 fautes, l'impératrice 62, Alexandre Dumas fils 24 et le prince de Metternich, ambassadeur d'Autriche, seulement 3 !

Pour parler sans ambiguïté, ce dîner à Sainte-Adresse, près du Havre, malgré les effluves embaumés de la mer, malgré les vins de très bons crus, les cuisseaux de veau et les cuissots de chevreuil prodigués par l'amphitryon, fut un vrai guêpier. Quelles que soient, quelque exiguës qu'aient pu paraître, à côté de la somme due, les arrhes qu'étaient censés avoir données la douairière et le marguillier à maint et maint fusilier subtil, bien que lui ou elle soit censée les avoir refusées et s'en soit repentie, va-t'en les réclamer pour telle ou telle bru jolie par qui tu les diras redemandées, quoiqu'il ne lui siée pas de dire qu'elle se les est laissé arracher par l'adresse desdits fusiliers et qu'on les leur aurait suppléées dans toute autre circonstance ou pour des motifs de toutes sortes. Il était infâme d'en vouloir pour cela à ces fusiliers jumeaux et malbâtis et de leur infliger une raclée, alors qu'ils ne songeaient qu'à prendre des rafraîchissements avec leurs coreligionnaires. Quoi qu'il en soit, c'est bien à tort que la douairière, par un contresens exorbitant, s'est laissé entraîner à prendre un râteau et qu'elle s'est crue obligée de frapper l'exigeant marguillier sur son omoplate vieillie. Deux alvéoles furent brisés ; une dysenterie se déclara, suivie d'une phtisie. « Par saint Martin ! Quelle hémorragie ! » s'écria ce bélître. À cet événement, saisissant son goupillon, ridicule excédent de bagage, il la poursuivit dans l'église tout entière. (Prosper Mérimée.)

Ce pauvre Napoléon III se serait peut-être moins ridiculisé s'il eût su que : cuiss-e-a-u s'écrivait comme v-e-a-u. Apparemment Metternich, lui, le savait !

CULTURE

Ce qu'il en dit…

La culture est de nos jours la plus tangible des vertus puisque, semblable à cela à la Justice, elle a son ministre et que, telle la Tolérance, elle possède des maisons. Physique, elle sert à gonfler les muscles des culturistes, en principe peu cultivés. Générale, elle développe le cerveau d'intellectuels généralement peu musclés.

La culture est partout, dans les champs et dans les villes. Tout le monde cultive quelque chose, son apparence, ses contradictions, ses tendances, sa voix, sa mémoire, ses relations, le paradoxe ou ses connaissances, son jardin ou des microbes. De quoi se flinguer ! D'ailleurs, le nazi Goebbels disait : « Quand j'entends le mot de culture, je sors mon revolver. » Mais il était plus qualifié pour parler de l'un que de l'autre. Mot que Jean Yanne paraphrasait en disant que, lorsqu'il entendait parler de culture, il sortait

son transistor. La plus célèbre définition de la culture est celle d'un pédagogue japonais que cita (Notes et Maximes) *Émile Henriot : « La culture, c'est ce qui demeure dans l'homme une fois qu'il a tout oublié. »*
Le maréchal Foch, lui, prétendait : « Il n'y a pas d'homme cultivé, il n'y a que des hommes qui se cultivent. »
(Claude Gagnière.)

La culture, c'est aussi :

Agrumiculture	Culture des agrumes
Apiculture	Art d'élever les abeilles
Aquaculture	Art d'élever les animaux ou plantes aquatiques
Arboriculture	Culture des arbres
Astaciculture	Élevage des écrevisses
Aviculture	Élevage des oiseaux ou volailles
Capilliculture	Soins de la chevelure
Céréaliculture	Culture des céréales
Conchyliculture	Élevage industriel des huîtres, moules et coquillages
Coturniculture	Élevage des cailles
Cressiculture	Culture du cresson
Cuniculiculture	Élevage du lapin
Échiniculture	Élevage des oursins
Floriculture	Partie de l'horticulture qui s'occupe spécialement des fleurs
Héliciculture	Élevage des escargots
Hémoculture	Recherche de bactéries dans le sang
Horticulture	Art de cultiver les jardins
Monoculture	Système de production agricole où la terre est consacrée à une seule culture
Myciculture	Culture des champignons
Mytiliculture	Élevage des moules
Oléiculture	Culture de l'olivier et des plantes oléagineuses
Osiériculture	Culture de l'osier

Ostréiculture	Élevage des huîtres
Pisciculture	Art d'élever et de multiplier les poissons
Polyculture	Système consistant à pratiquer des cultures différentes dans une même exploitation
Puériculture	Ensemble des connaissances et techniques nécessaires aux soins des tout-petits
Riziculture	Culture du riz
Saliculture	Exploitation d'un marais salant
Salmoniculture	Élevage du saumon
Sériciculture	Industrie ayant pour objet la production de la soie
Spongiculture	Culture de l'éponge en parc
Sylviculture	Entretien et exploitation des forêts
Trufficulture	Production de truffes
Trutticulture	Élevage des truites
Viniculture	Ensemble des activités relatives au vin
Viticulture	Culture de la vigne

D

DAVANTAGE ET D'AVANTAGE

À ne pas confondre ! Une petite apostrophe et c'est l'erreur !

– *D'avantage* est composé d'une préposition et d'un nom. Dans ce contexte, il a le sens de « bienfait », « bénéfice » ou « intérêt ».

Il n'y a vraiment pas d'avantage à arriver si tôt à cette soirée.

Il n'y a pas d'avantages à lire cette rubrique avant de rédiger un CV.

– *Davantage* est un adverbe qui a le sens de « plus ».

Je n'aime plus que deux ou trois livres, à peine davantage de tableaux. (Marcel Proust.)

DE (particule nobiliaire)

Contrairement à une idée reçue, elle ne doit pas être prise systématiquement comme une marque de noblesse. *Ce n'est pas la particule qui fait la noblesse, mais l'anoblissement d'un patronyme auquel s'accole un nom de fief.* (Maurice Druon.)
Lorsque les patronymes sont apparus, les familles ont été désignées, entre autres, par le nom du hameau, du village, de la ville dont elles étaient originaires.
Notons qu'à partir de 1789 la particule n'est pas toujours déclarée à l'état civil et que, pendant la Révolution, certains nobles préfèrent la « couper » plutôt que de se faire couper la tête !
L'argent fut toujours un accélérateur de particules…
D'aucuns l'ont ajoutée à leur nom comme une indication de provenance : *Dupont de l'Eure*. De même Honoré s'est fait appeler de Balzac à la parution en 1831 de *L'Auberge rouge*.
Comme nous avons 9 chances sur 10 de descendre de Charlemagne – *Point de roi qui ne comptât un esclave parmi des aïeux ; point d'esclave qui ne comptât de roi.* (Louis-Sébastien Mercier, *Tableau de Paris.*) –, nous y avons presque tous droit.

De et *d'*, prépositions marquant l'origine, s'écrivent toujours en minuscules. Exemple : Mme de Sévigné.
La particule ne s'emploie que si elle est précédée : d'un prénom : *Ada de Lachance* ; d'un titre : *Madame de Compagnie* ; d'une dénomination : *le comte de Findannée.*
À la Révolution, les républicains faisaient l'amalgame « particule égale noblesse ». Ainsi cette anecdote : un jeune aristocrate comparaît et l'un des juges lui demande son nom :

– *François, comte de Saint-Cyr,* répond l'accusé.
– *Il n'y a plus de comtes.*
– *Alors : François de Saint-Cyr.*
– *Les particules sont supprimées*
– *Alors : François Saint-Cyr.*
– *Il n'y a plus de saints.*
– *François Cyr.*
– *Il n'y a plus de sire...*

DÉ-

Ce préfixe nous a habitués à exprimer une privation ou une inversion : *pendre* et *dépendre*, *peupler* et *dépeupler*, *bâtir* et *débâtir*, *boucher* et *déboucher*, *déboutonner* et *boutonner*, *dessaler* ou *saler*, *clouer* et *déclouer*, *froisser* et *défroisser* ou *mêler* et *démêler*.
Mais certains verbes peuvent nous jouer des tours : *déchanter* n'est pas le contraire de *chanter*, ni *déclamer* de *clamer*, *déchiffrer* de *chiffrer*, *démanger* de *manger*, *détimbrer* de *timbrer*, *débiner* de *biner*, *dépérir* de *périr*, *dérider* de *rider*, *débattre* de *battre*.
Je boulonne toute la semaine... en congé je ne déboulonne pas. Je bute sur des difficultés... mais je suis loin de débuter. Quand je colle les timbres... en léchant la colle je décolle.

DÉCADE OU DÉCENNIE ?

Décade, en français du XIVe siècle « partie d'un ouvrage ou ouvrage composé de dix chapitres ou dix livres », devient une « période de dix jours » lors de l'adoption du calendrier républicain en 1793 et si parfois on lui prête dix ans, ce serait sous l'influence de l'anglais, *dixit* le Robert. Le mot *décennie*, « période de dix ans », date, lui, de 1888.
En résumé, *décade* : dix jours ; *décennie* : dix ans.

DÉFENSE ET ILLUSTRATION DE LA LANGUE FRANÇAISE

Manifeste publié par Joachim Du Bellay en 1549, qui proposait deux objectifs : défendre, contre les adeptes du latin, l'usage du français comme langue de culture et promouvoir, par l'enrichissement et le perfectionnement de la langue française, une littérature nationale, capable de rivaliser avec la littérature gréco-latine. Contestée, dès sa parution, pour le caractère abrupt de certains de ses jugements, la *Défense* voulait ouvrir une brèche, et elle y parvint : *Ce fut une belle guerre*. (Étienne Pasquier.)

DELEATUR ₰

Désigne un signe typographique indiquant sur une épreuve soumise à la correction ce qui doit être supprimé. C'est un mot emprunté (1797) au latin *deleatur* ; littéralement : « Qu'il soit biffé, effacé. » Troisième personne du subjonctif présent de *delere* : « effacer et détruire ».

DÉPARTEMENTS

Si certains sont plus cotés que d'autres ou ont échangé leur nom contre un numéro (le 93), ils ont tous un genre, féminin ou masculin, un nombre, singulier ou pluriel, et sont précédés soit de la préposition *en* soit de *dans*. Quand ils sont simples, c'est... simple. Quand ils sont composés, par exemple de deux cours d'eau, dont l'un est masculin l'autre féminin, c'est le masculin qui l'emporte et l'on conserve le singulier : *le Tarn-et-Garonne*.

Les départements ayant pour origine des noms de montagnes, de situations géographiques, de forêts sont généralement au pluriel : *les Alpes-de-Haute-Provence*, *les Bouches-du-Rhône*, *les Landes*. Ici le féminin marque un point : ces noms sont presque tous féminins, soit pour des raisons historiques depuis l'Antiquité (Alpes, Pyrénées), soit pour des raisons de construction (*Côtes-d'Armor*, *Bouches-du-Rhône*).

En général, devant les noms de départements, on utilise la préposition *dans* (*dans le Morbihan*) ; cependant, certains noms commençant par une voyelle ou confondus avec une ancienne province préfèrent la préposition *en* (*en Isère*, *en Vendée*), et il en est de même pour

les noms composés de deux termes coordonnés (*en Seine-et-Oise*).
– *J'ai passé mes vacances* en *Corse*.
– Dans *la Haute-Corse ou* dans *la Corse-du-Sud* ?

DÉPENS

Dès que l'on engage des frais, on engage aussi le pluriel… Ainsi, *frais* n'a pas de singulier et *dépens* non plus. Ne vous engagez pas dans un procès sans être certain de le gagner, sans cela vous serez condamné *aux dépens*, ce qui entraînera une certaine dépense et la partie adverse rira *à vos dépens*.
Contrairement à ce que l'on pourrait croire, *dépens* appartient à la famille du verbe *dépenser* et non à celle de *dépendre* ; en conséquence il ne se termine pas par un *d*.

DEUXIÈME OU SECOND ?

Les puristes nous incitent à employer *second* quand il n'y a que deux choses et *deuxième* quand l'énumération peut être continuée. On dit *le Second Empire*, car il n'y en a eu que deux, mais *la Deuxième République*. C'est pourquoi il est préférable de dire *la Seconde Guerre mondiale* et non la Deuxième, sauf pour les marchands de canons qui attendent la troisième. De même, il vaut mieux dire *ma deuxième épouse* ou *mon deuxième mari*… Il se pourrait que celle-ci ou celui-ci les quitte pour la deuxième fois ou la seconde fois.
La « troisième classe » étant supprimée, on voyage désormais en *seconde* et non plus en *deuxième* classe.

Par contre, les élèves de *seconde* devraient logiquement se retrouver en *deuxième*.
De même, on préfère *second* dans les sens de ce qui vient tout de suite après, ou opposé à premier quand il y a une idée de recommencement.
Grâce à son deuxième mari elle a eu un second rôle dans le film.
Et devinez lequel est arrivé en premier dans notre langue française ? C'est *second*, au XIIe siècle ; *deuxième* est arrivé en second…

DIALECTE OU PATOIS ?

Selon Albert Dauzat (1877-1955), linguiste français, la distinction est d'ordre social : devient *patois* tout idiome, langue ou dialecte lorsqu'il n'est plus parlé par l'élite, alors qu'une autre théorie donne comme différence l'extension géographique.
Un dialecte, en linguistique, c'est la variante d'une langue. L'allemand, l'italien, par exemple, ont des dialectes très vivants. Le corse est un dialecte du groupe italien voisin du pisan et influencé par le génois ; alors que le *patois*, lui, a une connotation péjorative, surtout depuis la Révolution française.

DICODINGUE

Bouffon, cocasse, extravagant, cet ouvrage, commis en 1992 par le regretté Raoul Lambert, se situe dans la lignée des œuvres qui se jouent de la langue française avec facétie, traquant le moindre de ses pièges et de ses anomalies. Une merveille du genre ! Extraits :

Ad hoc : locution d'origine latine signifiant : ce poisson est fumé.
Aire : nid des rapaces. *Le fond de l'aire est frais.*
Bahut : buffet où l'on range les assiettes à potache.
Bise : baiser froid.
Borgne : hôtel où l'on ne dort que d'un œil.
Bouquet : ensemble de grosses crevettes que l'on offre à l'occasion d'une fête, d'un anniversaire.
Capote : couverture mobile d'une voiture. Les capotes anglaises roulent à gauche.
Carpe diem : chez les Romains, jour de l'ouverture de la pêche à la carpe.
Daltonien : automobiliste qui passe au vert sitôt que le vert est rouge.
Éon ! Éon ! : cri que poussent les paons en apercevant un chevalier.
Escargot : les escargots sont hermaphrodites. Les femelles aussi.
Quasimodo : personnage de Victor Hugo qui bossait à Notre-Dame.
Soutien-gorge : abribuste.
Terre-neuve : chien à poils longs utilisé pour la pêche à la morue.
Titi : gamin de Paris. Néfertiti : gamine d'Égypte.

Tronc : partie du corps humain (sans la tête ni les membres) dans laquelle les fidèles déposent leurs offrandes.
Tyrolienne : en Autriche comme en Italie, la glande tyrolienne permet de jolies fantaisies vocales.
Williams : variété de poire originaire du Tennessee et dont se nourrissent surtout les chattes sur un toit brûlant.
(Raoul Lambert, *Le Dicodingue*, Éditions du Rouergue, 1992.)

DICTÉE

Tu le savais bien, fidèle compagnon du temps passé, que ta mémoire, que tu assimilais, non sans emphase, à celle de l'éléphant, un jour te trahirait. D'ailleurs ces sympathiques pachydermes, quoi qu'on en dise, ne se remémorent guère que les sévices que d'impudents cornacs autrefois leur ont fait subir. Mais dans la sylve inextricable de tes prétendues réminiscences, avoue que quelquefois mon nom ne ressurgit qu'au terme d'une nuit où l'insomnie baignée de lune n'a brassé dans tes neurones que d'insipides patronymes, sur le canevas desquels tu serais bien en peine de broder une figure. Et sur les portraits noir et blanc qui défilent devant ton intime décodeur, l'apparence d'un déjà-vu ne se dessine qu'au fil des heures blêmes…
Le temps n'est plus, hélas, aux mouchoirs à carreaux, où l'insolite présence d'un nœud confectionné l'avant-veille nous plongeait dans une abyssale perplexité. Et nos modernes étourneaux ne peuvent plus compter, pour valider les desiderata de leur épouse aimée, sur cet humble carré de tissu bicolore, porteur occasionnel de sibyllins messages.

Toi, tu répugnais à user de pense-bêtes, à compulser des mémentos, à ouvrir des nota bene, à noircir des mémorandums. Tes laborieux alexandrins mnémotechniques nous abreuvaient d'une flopée de décimales du nombre pi, quand nous nous contentions d'un modeste trois, quatorze cent seize, tu récitais sans un accroc la « tirade des nez », tu déclamais, sans une pause, les imprécations de Camille. Et les jours de mélancolie, exhumant les fragrances des amours défraîchies aux couleurs un peu pâlottes de notre jeunesse, tu versais une larme, et buvais l'eau du Léthé, non sans l'avoir additionnée de quelque philtre à la teinte verdâtre et au parfum de réglisse officinale…
Mais tu ne te rappelles plus mon numéro de téléphone, pas plus, sans doute, que le nom de la déesse mère des Muses : dis-moi, n'était-ce pas…
Mnémosyne ?

Commentaires :

Quoi qu'on dise : *quoi que*, en deux mots, signifie quelle que soit la chose que ; à ne pas confondre avec *quoique*, en un seul mot, équivalent de bien que ; on se remémore, ou on se rappelle quelque chose, mais on se souvient de quelque chose.
Cornac s'écrit avec un *c* initial et un *c* final.
Leur ont fait subir : le participe passé de *faire* suivi d'un infinitif est toujours invariable.
Portraits noir et blanc : noir et blanc sont en apposition. « Noir et blanc » est invariable, du fait qu'il y a deux couleurs juxtaposées.
Déjà-vu : nom composé invariable, avec trait d'union.
Blêmes : prend un accent circonflexe.
Hélas : pas d'accent sur le *a* ! Mais déjà en a un.
Étourneaux : passereaux qui vivent en bande.

Desiderata : revendications, souhaits ; ce mot a gardé sa forme latine, donc ne prend ni accents ni *s* au pluriel.
Sibyllins : attention à la place du *y* !
Des pense-bêtes : pluriel de un pense-bête.
Mémentos et mémorandums : mots venus du latin mais francisés, ils prennent donc la marque du pluriel.
Nota bene : sans trait d'union, est invariable.
Amours : les amours littéraires sont toujours féminines.
L'eau du Léthé : fleuve des enfers.
Philtre : breuvage magique qui peut être à la rigueur passé dans un filtre.
(D'après Michel Courot, *Dico d'or*, 1995.)

DICTIONNAIRE

La bibliothèque municipale d'Angers possède une riche collection de dictionnaires, lexiques, glossaires et encyclopédies illustrant toute l'histoire de ces types d'ouvrages, des temps carolingiens à nos jours. Ils servaient autrefois à attraper les pots de confiture au-dessus de l'armoire ou à rehausser le fessier du petit dernier à une époque où, justement, on ne s'asseyait pas sur la culture.
Les dictionnaires de langue française furent d'abord multilingues. À l'origine, on trouve les glossaires, au Moyen Âge, qui regroupent les gloses, ou remarques explicatives, pour aider les clercs qui ne maîtrisent pas parfaitement le latin.
Le premier dictionnaire polyglotte qui connaîtra un succès exceptionnel est devenu un de nos noms communs : le calepin. Ambrogio Calepino, religieux lexicographe italien, rédige le *Dictionnaire de la langue latine* en 1502 ;

d'abord en italien, il s'enrichira petit à petit de versions française, allemande et anglaise. Cet ouvrage prestigieux est rapidement appelé le *Calepin*. Il inspirera Robert Estienne dont le *Dictionnaire françois-latin* (1539) est traditionnellement retenu comme le premier dictionnaire dont les entrées sont en français et non plus en latin (les articles y sont cependant rédigés en latin).

Suivront l'*Invantaire des deus langues françoise et latine, assorti des plus utiles curiosités de l'un et de l'autre idiome*, du Révérend Père Philibert Monet, de la Compagnie de Jésus, le plus important répertoire de mots français réalisé avant la fondation de l'Académie française, et le *Dictionnaire françois-latin* de Jehan Thierry, le plus grand relevé de mots français de l'époque (10 000 entrées) en 1564. Puis, l'Académie ayant pris le monopole, le premier véritable dictionnaire unilingue français de Pierre Richelet sera publié en 1680 à Genève.

Furetière (1620-1688) avec son *Dictionnaire universel, contenant généralement tous les mots françois tant vieux que modernes, et les termes de toutes les sciences et des arts* sera accusé de plagiat par ses contemporains. Il voulait surtout pallier la lenteur du travail mené par l'Académie, ainsi que l'absence de prise en compte des termes scientifiques, techniques et artistiques. Il fut exclu de l'Académie le 22 janvier 1685 à une voix de majorité.

Ce qu'ils en disent…

Comme écrivain, je ne me sers jamais d'un dictionnaire, à plus forte raison d'un dictionnaire analogique ou de synonymes, si ce n'est pour vérifier l'orthographe d'un mot. Je m'en tiens à ce sujet à la philosophie de Paul Léautaud, qui prétendait qu'un écrivain doit s'en tenir à sa palette, sans chercher artificiellement d'autres couleurs, au risque de perdre le seul bien véritable – la touche personnelle, le trait singulier. Quand Colette parle des fleurs, on sent qu'elle les possède charnellement depuis l'enfance. Quand Balzac énumère platement toute la flore des Alpes, je n'y crois pas, car je sens que sa science a glissé tout droit d'un dictionnaire. Non, pour moi, le dictionnaire garde un parfum délicieusement inutile. Il est lié à mes premières émotions érotiques – ces grandes pages glacées bistre où étaient reproduites en lascives postures orientales les femmes nues de Ingres ou de David. Le contraste entre le sérieux du contenant et la perversité de la quête jouait un grand rôle dans l'intensité de mes émois. (Philippe Delerm.)

Dictionnaire : la chose ? De moins en moins aisée à définir ; pas même un « livre », aujourd'hui, puisqu'il en prolifère sur la Toile, en ligne, hors ligne, entre les lignes, en cédés plus ou moins rom... Donc une liste ? un catalogue ? Pas toujours. Alphabétique ? Ho, ho, et les Chinois, et les dicos d'ancien égyptien, par hiéroglyphes ? Et les dictionnaires d'« idées », où les mots sont les cibles ?
Que reste-t-il de nos chers dictionnaires ? De collectionner des signes, pas seulement des « mots », et de répertorier des sens. Et l'on vient à ceci, qui est dans le mot : **dictionnaire** *: un répertoire de « manières de dire ».*
Les Allemands sont simples : Wörterbuch, le livre des mots. Les Grecs anciens profonds et ambigus : ils parlent du **logos**, *langage, mais aussi raison ; de* **glossa**, *la langue, d'où* **glossaire** *et* **glose**. *Les Latins, malins : qu'y a-t-il derrière le vocabulaire ? Du « dire »* (**dicere**). **Dicere**, *d'où* **dictio**, *la façon de dire les choses, et de les écrire, sans doute.*
Il a fallu attendre le XVIe *siècle pour que la langue latine, qui se portait alors fort bien en Europe occidentale, se préoccupât de nommer ce qui était un perfectionnement des*

« glossaires » (ici, on est en grec). Et notre grand Robert Estienne concocte son **dictionnarium** *latin-français, qu'il va, génialement, retourner comme un gant : le dictionnaire français, mot et chose embrassés, est né.*
(Alain Rey.)

DICTIONNAIRE
(des mots retrouvés)

L'équipe de joyeux drilles de la NRF, auteurs supposés, en 1938, de ce divertissement sémantique, justifie ainsi l'existence de ce dictionnaire :
Il nous est apparu que les mots français forgés par le peuple dans la riche matière grecque et latine, et consacrés par un emploi séculaire, étaient trop fréquemment, et surtout trop rapidement détournés de leur sens originel, pour le plus

grand dommage de notre vocabulaire. Le français, langue à la fois divine et diplomatique, ne saurait tolérer longtemps, sans réagir, une semblable défiguration. L'œuvre que nous entreprenons, nous ne craignons pas de l'affirmer, est une œuvre de réaction, réaction contre l'interprétation fantaisiste des mots, réaction contre les corrupteurs de notre langue, qui ne sont pas tous, hélas, des étrangers.

Extraits :
Aspirine : épouse d'un aspirant de marine. Généralement très élégante, elle donne à la mode un caractère particulier, un cachet d'aspirine.
Calviniste : coiffeur genevois.
Chèque : petit rongeur du Mexique, acclimaté et domestiqué en Europe. Doués d'un appétit féroce, les chèques meurent souvent faute de provisions.
Clovisse : ordre de religieuses fondé par saint Cloud. Les clovisses constituent un ordre rigoureusement fermé.
Diaconat : argot des valets de monastère. Employé souvent en manière de plaisanterie par les frères lais. A donné le verbe diaconner. *Le père Gaucher diaconna jusqu'au matin.* (Alphonse Daudet, *Lettres de mon moulin.*)
Duodénum : chant liturgique en usage chez les trappistes. *Entonner le duodénum.*
Haricot : sorte de grand mulet d'Afrique du Nord. *Devant la porte du falzar, Achmed mit pied à terre. Épuisé par une longue course, son haricot flageolait.* (Louis Bertrand, *L'Appel de la route.*)
Hypermétrope : dignitaire de l'Église orthodoxe grecque, auquel on prêtait la faculté de double vue.
Tirelire : pickpocket italien.
Uriage : nécessité pressante. *Il y a uriage.*

DICTIONNAIRE
(des termes officiels de la langue française)

En 1994, le ministre de la Culture, sous l'influence de quelques pressions conservatrices, décide de proposer une loi qui porte son nom (loi Toubon), pour lutter à juste titre contre les abus inacceptables d'origine anglo-saxonne qui viennent polluer notre belle langue française.
Mais pour bouter hors de France l'envahisseur britannique, il croit bien faire en publiant un dictionnaire des termes officiels qui devront remplacer les perfides substantifs originaires de l'Albion. Le résultat ne se fait pas attendre : il est étonnant…

Teaser : *aguiche*
Au finish : *au finir*
Camping-car : *autocaravane*
Drive-in : *ciné-parc*
Houseboat : *coche de plaisance*
Crash : *écrasement*
Corner : *jet de coin*
Club house : *maison de club*
Home-center : *maisonnerie*
Marketing : *mercatique*
Ferry-boat : *navire transbordeur*
Jerrican : *nourrice*
Nursery : *nourricerie*
Play-back : *présonorisation*
Tuner : *syntoniseur*
(Délégation générale à la langue française, 1994.)

DICTIONNAIRE
(des verbes qui manquent)

Benvoyonner : *émettre une réserve*
Bistrotter : *courir les bistrots*
Boffer : *manquer d'enthousiasme*
Bouibouir : *manger pas cher dans un restau pas cher*
Boulimer : *désirer inextinguiblement*
Bovarire : *supporter la routine domestique avec le sourire*
Dépouponner : *perdre les bonnes joues de l'enfance*
Dégarer : *sortir de sa place de parking*
Déloyer : *manquer à ses engagements*
Demir : *partager en deux*
Désinvolter : *agir sans gravité*
Désuer : *faire vieux jeu*
Embellemerder : *supporter un séjour chez la mère de sa moitié*
Hépatir : *souffrir du foie*
Hobbyre : *s'adonner à un passe-temps*
Holater : *mettre le holà*
Hormettre : *excepter*
Honoramender : *reconnaître ses erreurs*
Horservir : *cesser sa fonction*
Ignarer : *ignorer en plus fort*
Illicire : *franchir le pas permis*
Imbiter : *rester imperméable au sens*
Impétuer : *agir avec vivacité*
Impoter : *se déplacer avec difficultés*
(*Dictionnaire des verbes qui manquent*, collectif, Chiflet & Cie, 2010.)

DIDASCALIE

Une didascalie, dans le texte d'une pièce de théâtre ou le scénario d'un film, est une note rédigée par l'auteur à destination des acteurs ou du metteur en scène, donnant des indications d'action, de jeu ou de mise en scène.

Exemple tiré du *Médecin malgré lui* de Molière :

> Valère – *Vous n'êtes point médecin ?*
> Sganarelle – *Non.*
> Lucas – *V'n'estes pas médecin ?*
> Sganarelle – *Non, vous dis-je.*
> Valère – *Puisque vous le voulez, il faut s'y résoudre.*
> *(Ils prennent un bâton et le frappent.)*

DISSIDENTS

Alors que les adjectifs qui se terminent en *-et* ont leur féminin en *-ette*, neuf adjectifs se terminent en *-ète* au féminin (pour conserver leur orthographe étymologique latine) : *complet, complète* ; *incomplet, incomplète* ; *concret, concrète* ; *désuet, désuète* ; *discret, discrète* ; *indiscret, indiscrète* ; *inquiet, inquiète* ; *replet, replète* ; *secret, secrète.* Exemple : *Quoique replète, et grassouillette, elle reprit une crêpe complète.*

DOUBLET

En quittant son hôtel pour aller visiter quelqu'un à l'hôpital, on emploie un doublet, *hôtel* et *hôpital* ayant le même étymon, dont le premier est entré dans la langue par voie populaire (hôtel) et le second par voie savante (hôpital). Ces mots d'origine semblable, ayant

subi des transformations successives, ne diffèrent que par quelques particularités d'orthographe et de prononciation. La catégorie principale est constituée par des couples d'origine latine.

L'usage leur a donné des acceptions différentes :

Examen : essaim et examen.
Nativum : naïf et natif.
Fragilem : frêle et fragile.
Pastor : pâtre et pasteur.
Captivum : chétif et captif.
Cucurbita : gourde et courge.
Auscultare : écouter et ausculter.
Aquarium : évier et aquarium.
Firma : ferme et firme.
Articulum : orteil et article.

D'autres doublets nous sont venus par l'intermédiaire de dialectes français ou de langues romanes : *chef*, *cap*, *caisse*, etc.

DUCHAMP (MARCEL)

Ce peintre français (1887-1968) est celui qui le premier proclama avec l'insolence qu'on lui connaissait *la primarité pour l'artiste de la seule liberté*. Duchamp n'est pas seulement le créateur des fameux « ready-made » : *Roue de bicyclette*, *Porte-bouteilles*, *Fontaine* ou l'urinoir. Il est aussi l'auteur de savoureuses recherches verbales ; des phrases construites de mots soumis au *régime de la coïncidence*, des phrases caractérisées par des télescopages destinées à montrer ce que l'on peut attendre dans le langage de ce qu'il appelait *le hasard en conserve*.

Étrangler l'étranger.
Église, exil.
Un mot de reine, des mots de reins.
Nous livrons des moustiques domestiques (demi-stock).
Rrose Sélavy et moi esquivons les ecchymoses des Esquimaux aux mots exquis.
Robe oblongue dessinée exclusivement pour dames affligées du hoquet.
« Sa robe est noire », dit Sarah Bernhardt.
Une boîte de suédoises pleine est plus légère qu'une boîte entamée parce qu'elle ne fait pas de bruit.
Du dos de la cuiller au cul de la douairière.
Daily lady cherche démêlés avec Daily Mail.
Faut-il réagir contre la paresse des voies ferrées entre deux passages de trains.

E

ÉCRIT

Tout le monde écrit bien, sauf les écrivains. Je pense qu'il faut distinguer plusieurs notions : le bien écrit, qui s'oppose au mal écrit, et l'écrit, qui s'oppose au pas écrit. Le bien écrit consiste à écrire sans fautes de grammaire ou de goût ; mais quel goût ? La littérature n'est ni bien écrite, ni mal écrite : elle est écrite.
Dans certains livres, il y a des passages très bien écrits qui signalent que l'auteur s'ennuie : il tourne à vide.
Tout ce qui est écrit devrait l'être par des écrivains. Cela serait plus agréable et plus compréhensible. Donnez-leur à réécrire les modes d'emploi, tout le monde pourra mettre les machines en route. Et ne le fera peut-être pas : charmés par nos lectures, nous resterons béats, les fascicules à la main, près des chaînes hi-fi muettes.
(Charles Dantzig, *Dictionnaire égoïste de la littérature française*, Grasset, 2005.)

ÉCRITURE

Ce qu'il en dit…

La dramatisation de l'acte d'écrire, qui nous est devenue spontanée et comme une seconde nature, est un legs du XIXe *siècle. Ni le* XVIIe*, ni, encore moins, le* XVIIIe *ne l'ont connue ; un drame tel que* Chatterton *y serait resté incompréhensible ; personne ne s'est jamais réveillé un beau matin en se disant :* Je serai écrivain, *comme on se dit :* Je serai prêtre. *La nécessité progressive et naturelle de la communication, en même temps que l'apprentissage enivrant des résistances du langage, a chez tous précédé et éclipsé le culte du* signe d'élection *(en lisant en écrivant), dont le préalable marque avec précision l'avènement du romantisme. Nul n'a jamais employé avant lui cet étrange futur intransitif qui seul érige vraiment, et abusivement, le travail de la plume en énigme :* J'écrirai. (Julien Gracq.)

EH ! OU HÉ !

Petit mémo pour essayer de s'y retrouver :

– *Hé !*
– *Hé ! Hé !*
– *Eh oui !*
– *Eh !*
– *Eh ! Eh !*

Eh bien s'écrit *eh* et non *hé bien* ou *et bien.*

Quelle ponctuation suit *Eh bien* ? Si *Eh bien* est en début de phrase, il est suivi d'une virgule. En fin de phrase ou seul, d'un point d'exclamation.

Eh bien, ne vous avait-on pas dit que c'était facile !
Eh bien !

Si celui qui écrit estime que la phrase n'est pas terminée, il utilisera une minuscule pour le mot qui suit le point d'exclamation. Si, au contraire, il considère que c'est une nouvelle phrase, il y mettra une majuscule.

ELLIPSE

Avec son origine grecque (*elleipô* « laisser de côté », « négliger »), l'ellipse, c'est… une éclipse ! On supprime un mot sans pour cela nuire au sens de la phrase. Procédé très économique qui peut être ellipse grammaticale (omission d'un mot ou d'un verbe), narrative (omission d'une séquence temporelle pour accélérer le récit), poétique (omission d'un mot ou d'un groupe de mots, afin de produire un effet particulier).

> *Baobabs beaucoup baobabs, baobabs près, loin, alentour*
> *Baobabs, Baobabs.*
> (Henri Michaux.)

EMPRUNTS RUSSES
(aux mots français)

Les relations entre la Russie et la France ont connu des fortunes diverses, mais les liens lexicaux ont toujours été présents, voire très forts.
La preuve, par Sylvain Tesson…

« En Russie, on parle d'une *armia* (armée) composée de *divizii* (divisions), de *bâtalionne* (bataillons) et commandée par des *marchaly* (maréchaux), des *admirâly-flôta* (amiraux de la flotte), des *kôntr-admirâly* (contre-amiraux) et des *vitssê-admirâly* (vice-amiraux), des *guénérallietsiènanty-aviatsii* (général-lieutenant d'aviation), des *ofitsêrs* (officiers), des *kômmandiry* (commandants), des *kapitany-êkipâja* (capitaines d'équipage). On y trouve des *pilôty* (pilotes), des *maïôry* (majors), des *sêrjânty* (sergents) et des *aviatsionyie-spétsialisty* (spécialistes de l'aviation), des *minnotorpednyie* (spécialistes des mines torpilles), des *spétsialisty artillierii* (spécialistes en artillerie), des *spétsialisty-éléctromékhânik* (spécialistes en électromécanique).
En cas de *konflikt* (conflit), si la *mobilizatsia* (mobilisation) est déclarée, les *siriêny* (sirènes) hurlent le *signâl* (signal) et l'armée de *koalitsia* (coalition) en *ouniforma* (uniformes) coiffée de *képka* (képis) et de *kâska* (casques), dissimulée sous des *kâmouflâj* (camouflages), se met en marche au son de la *fanfâr* (fanfare). Les *chéfy* (chefs) émettent des *strateguia* (stratégies), échafaudent des *plany* (plans), attendent les *râpporty* (rapports), adaptent leur *tâktik*. L'*aviatsia* (aviation) est occupée à *likvidirôvat* (liquider) les *pozitsii* (positions) ennemies.
L'*artilleria* (artillerie) prépare le *territoria* (territoire) et ajuste ses *traïektôrii* (trajectoires).

Les *miny* (mines), les *gâzy* (gaz), les *râdiatsii* (radiations) représentent un *risk* (risque) permanent. Il faut faire sauter les *barrikâdy* (barricades), toucher les *tânky* (tanks) dans leur *tranchéi* (tranchée), *bombardivorat* (bombarder) la *baza* (base) d'en face pour faire *panikovat* (paniquer) les *soldâty* (soldats) réfugiés dans leur *kazemat* (casemate).

Des *frantirory* (francs-tireurs) résistent au *pistoliêt* (pistolet). On les déloge à la *rakieta* (fusée) : nous ne sommes plus au temps de l'*arbaliêt* (arbalète) ni de la *cavaliêra* (cavalerie)... Plus le *frônt* (front) s'étend, plus le *fachîzm* (fascisme) recule : bientôt sa *kapitouliatsia* (capitulation), l'*évakouâtsia* (évacuation). De retour au pays, les *vétérâny* (vétérans) *pâtrioty* (patriotes) recevront une *médâl* (médaille) et une *pensia* (pension). Pour les vaincus, en revanche, il n'y aura pas d'*amniêstia* (amnistie). »

Kokassof, non ?

(Sylvain Tesson, *Ciel mon moujik !*, Points, 2014)

« E » MUET

Pas question de rester muet sur ce piège à écoliers dans les dictées concoctées par des maîtresses sadiques. Nous avions déjà le *h*, le *e* muet en fin de mot, nous n'avions pas besoin de cet *e* interne ! Mais où se cache-t-il vraiment ?

– Entre voyelle et consonne : nous jouerons, il paiera.

– À l'infinitif du verbe *seoir* et de ses composés (s'asseoir, surseoir), ainsi que dans les conjugaisons au futur et au conditionnel présent de *surseoir*.

– En second élément du digraphe *ge* devant *a*, *o*, *u* (il mang*e*a, nous rag*e*ons, une gag*e*ure).
– Dans le digraphe *ce* prononcé *s* dans des cas où celui-ci a échappé à l'introduction de la cédille, comme dans douc*e*âtre.
– Dans certains mots tels qu'engouement, remerciement, balbutiement, scierie…

ÉNALLAGE

L'*énallage* (féminin) est la substitution à une forme attendue d'une autre forme. On parlera d'énallage dans le cas de l'infinitif de narration en français : *Ainsi dit le Renard et flatteurs d'applaudir* ou quand un adjectif prend la place d'un adverbe : *il chante terrible*.
Dumarsais (1676-1756), grammairien et philosophe, appuyé par Beauzée, autre grammairien élu à l'Académie française en 1772, adopta une position radicale : contestant à l'*énallage* une existence quelconque, ils proposèrent de la réduire à une faute, et de la traiter comme telle.

ENVI ET ENVIE

Certains jours nous aurions, si nous n'étions raisonnables, *envie* de boire ou de manger à l'*envi* ! Ces deux homophones n'ont rien en commun, ni leur sens ni leur origine, si ce n'est leur prononciation.

Envi a le sens de *à qui mieux mieux*, et ne survit plus guère que dans l'expression *à l'envi*.

> *La rage et l'amour le déchiraient à l'envi.*
> (Gustave Flaubert, *L'Éducation sentimentale.*)

ÉPENTHÈSE

En voilà une que les enfants ne boudent pas, tout comme l'*Ubu roi* d'Alfred Jarry et son « Merdre ! »
Du grec *epenthesis* « surajouter », c'est l'action d'ajouter sans que cela ne se justifie, à moins de rechercher un effet stylistique (les *Proèmes* de Francis Ponge), un phonème, une syllabe ou simplement une voyelle ou une consonne.
On la retrouve dans des fautes populaires de langage : *chartre* pour charte, *frustre* pour fruste, *peneu* pour pneu, un *ours(e) blanc* au lieu d'ours blanc, *lors(e) que* au lieu de lorsque.
Elle est souvent le fait d'une difficulté d'articulation en raison de la rencontre inhabituelle de deux phonèmes.

ÉPICÈNE

Sauf cas particuliers, pour nous, hommes et femmes, la vie est relativement simple quand nous nous présentons : *Bonjour Madame* ou *bonjour Monsieur*. En revanche, certains animaux ont une vie compliquée et si, pour draguer, monsieur Colvert reconnaîtra tout de suite madame Colvert, « le » jeune Souris, à sa première surprise-partie, risque justement d'avoir une surprise :

Bonjour ! Je suis une souris. Bonjour ! Je suis un souris ! Génial ! Vous habitez chez vos parents ?

Nous voici face à un *épicène* qui désigne aussi bien le mâle que la femelle d'une espèce, ou dont la forme ne varie pas selon le genre.

La baleine, la belette, la carpe, la chouette, la cigogne, la gazelle, la girafe, la grenouille, la mouette, la pie, la mite, la truite, la panthère, mâles, sont obligés(es ?) de consulter leur psychiatre pour assumer leur virilité, tandis que mesdames Castor, Chacal, Chimpanzé, Coyote, Dauphin, Dromadaire, Gorille, Guépard, Koala, Lama, Léopard, Panda, Phoque, entre autres, creusent le déficit de la Sécurité sociale à coups d'antidépresseurs. Bref, des centaines d'espèces animales n'ont qu'un genre et si, pour le kangourou, on peut toujours aller vérifier dans la poche, dans le cas d'un rhinocéros, c'est plus risqué !

ÉPÎTRE

Une épître est une lettre en vers. Clément Marot (1496-1544) était un adepte du genre. Dans *L'Épître des jarretières blanches*, il s'adresse à une femme dont on ne connaît pas le nom.

De mes couleurs, ma nouvelle Alliée,
Estre ne peult vostre jambe liée,
Car couleur n'ay, et n'en porteray mye,
Jusques à tant, que j'auray une Amye,
Qui me taindra le seul blanc, que je porte,
En ses couleurs de quelcque belle sorte.
Pleust or à Dieu, pour mes douleurs estraindre,
Que vous eussiez vouloir de les me taindre :
C'est qu'il vous pleust pour Amy me choisir
D'aussi bon cueur, que j'en ay bon désir :
Que dy je Amy ? Mais pour humble servant,
Quoy que ne soye ung tel bien desservant.
Mais quoy ? au fort, par loyaulment servir
Je tascheroye à bien le desservir.
Brief, pour le moins, tout le temps de ma vie
D'une autre aymer ne me prendroit envie.
Et par ainsi quand ferme je seroys,
Pour prendre noir, le blanc je laisseroys :
Car fermeté c'est le noir par droicture,
Pource que perdre il ne peult sa taincture.
Or porteray le blanc, ce temps pendant
Bonne fortune en amours attendant.
Si elle vient, elle sera receue
Par loyaulté dedans mon cueur conceue :
S'elle ne vient, de ma voulenté franche,
Je porteray tousjours livrée blanche.

C'est celle là, que j'ayme le plus fort
Pour le présent : vous advisant au fort,
Si j'ayme bien les blanches ceinturettes,
J'ayme encor mieulx Dames, qui sont brunettes.

ÉPITROCHASME

L'épitrochasme fait sautiller, gambader la phrase ou le vers par son accumulation de mots courts et expressifs.

Son esprit, strict, droit, bref, sec et lourd. (Alfred de Vigny, *Stello.*)

Les haïkus (poèmes classiques japonais de dix-sept syllabes réparties en trois vers) se fondent eux aussi sur des épitrochasmes, pour rendre compte d'impressions fugitives.

ÉPIZEUXE

Elle déclara que le chevreau serait tué, tué, mais tué par sa main à elle. Non ! Pierre Jean Jouve n'était pas en mal de synonymes, il s'est offert là une *épizeuxe*, en répétant un même terme sans coordination. On la retrouve dans les annonces publicitaires, quand on veut faire passer un message « fort ».

ESPÉRANTO

Ce qu'ils en disent…

> *Aujourd'hui, grâce à l'espéranto, nous pouvons allègrement enjamber les odieuses frontières du langage :*
> *– Puis-je vous demander du feuti, s'il vous plo ?*
> *– Ah ! désola, j'ai pas mes allumetti.*
> *– Quel cono !*
> *–* ÉTONNI, NA *?*
> (Pierre Desproges.)

> *Je parle l'espéranto comme un type du pays.*
> (Spike Milligan.)

ESPERLUETTE

Vous la rencontrez sans savoir que, sous cette appellation mutine, se cache le *et* commercial : le logogramme &. Elle résulte de la ligature des deux lettres du mot latin *ET* ou *et*, fusion de deux graphèmes d'une écriture pour n'en former qu'un seul nouveau. L'un des premiers signes d'esperluette apparaît sur un fragment de papyrus datant de 45 après J.-C. et on a trouvé à Pompéi un graffiti de 79 après J.-C.
Les copistes médiévaux utilisaient de nombreuses abréviations et nous pouvons les comprendre, heureux possesseurs que nous sommes de photocopieuses ou de photocopieurs, puisque ce mot est, comme l'escargot, « hermaphrodite ». Mais si, à l'origine, il s'agissait de gagner du temps, l'esperluette va s'enrichir et, hormis sa forme & simple, que l'on retrouve dans le style romain, certaines polices de caractères possèdent de magnifiques esperluettes.

ETC.

C'est une abréviation issue du latin médiéval : *et cetera*, « et les autres choses », utilisée pour montrer qu'une liste n'est pas exhaustive. Elle génère certaines incorrections :
– dans une énumération, *etc.* est toujours précédé d'une virgule ;
– *etc.* a le même sens que les points de suspension (…), c'est une redondance que de les utiliser ensemble. Un point suffit ;
– la locution ne doit pas être écrite en italique, sauf si on veut la mettre en valeur ;

– elle se prononce [èt sétéra] ou encore [èt kétéra], mais jamais [excétéra] ;
– on peut l'écrire avec une ligature æ, *e* dans l'*a*, *et cætera*, mais non *et cœtera*, *e* dans l'*o* ;
– à la fin d'une énumération de noms de personnes ou d'animaux, qui par définition ne sont pas « d'autres choses », on lui préfère les trois points de suspension (…) ;
– on peut rencontrer à la place *et al.* pour *et alii* « et les autres ». C'est souvent l'usage dans les notices bibliographiques pour indiquer qu'il existe des coauteurs sans les citer tous.

ÉTHIQUE OU DÉONTOLOGIE ?

Éthique : science de la morale tellement proche de la morale qu'en définitive, c'est la morale. Une sorte d'étiquette, mais plus axée sur le fond que sur la forme, au fond. Par extension « Art de diriger la conduite », affirme le Petit Robert. Ou de conduire la direction ? Je ne sais plus. En tout cas, pas « science de la conduite ». Parce que, auquel cas, il y aurait assez peu de différence entre l'éthique et le code de la route. Et entre le Comité d'éthique et les motards qui verbalisent sur la nationale. Quoique… Un type qui a de la conduite – pardon de l'éthique – n'est pas non plus un arbre à cames. Ni un chauffard. Parce que sinon, franchement, pour ce qui est de l'éthique, elle serait un peu du format peau de chagrin. Une éthique étique quoi…

Déontologie : théorie des devoirs en morale, et par extension, ensemble des devoirs qu'impose l'exercice de leur métier à des professionnels. On n'a pas dit : des professionnelles. Parce que la déontologie de ce corps de métiers a, paraît-il, dangereusement tendance à s'éloigner de l'éthique, c'est-à-dire de la morale. Mais pas forcément de la déontologie. Certaines figures géométriques et certains fignolages maison – qui prouvent qu'elles sont consciencieuses – entrent parfaitement dans la déontologie de la profession, bien qu'ils n'aient pas grand-chose à voir avec l'éthique. Vous saisissez ?

ÉTYMOLOGIE

Ce qu'il en pense…
Le facteur étymologique, dans l'analyse des sens, n'est pas à négliger, mais il doit être remis à sa place. L'origine d'un mot ne saurait commander, à plus forte raison rectifier le sens actuel, hors le cas, bien entendu, d'une bévue populaire […] *Ce que l'étymologie doit nous apprendre ou nous remettre en conscience, c'est la courbe d'évolution, la trajectoire des sens qui permet de mieux juger, comme point d'aboutissement, la valeur actuelle, et qui autorise les écrivains épris de tradition à maintenir les mots dans la bonne voie, et parfois à introduire tel sens latin qui commande l'évolution historique des sens ou qui s'accorde avec tel autre membre de la famille : je pense, par exemple, à procès au sens de processus, plus élégant et plus français que son calque latin, et qui trouve un point d'appui dans procéder (latin* procedere, *avancer : le procès juridique est un litige qui avance vers la solution).*
(Albert Dauzat, *Le Génie de la langue française*, 1944.)

EUPHÉMISME

Dire que l'euphémisme (du grec *euphêmismos*, de *eu*, « bien » et *phêmê* « parole ») est à la mode… en serait justement un, puisqu'il est omniprésent pour exprimer le *politiquement correct*.

Un analphabète devient un *illettré* ;
une augmentation d'impôts, un *élargissement du taux de base* ;
un aveugle, un *non-voyant* ;
un balayeur, un *agent de propreté* ;
une caissière, une *hôtesse de caisse* ;
un chômeur, un *demandeur d'emploi* ;
un artiste, un *intermittent du spectacle*…
Autant d'appellations atténuées, pour adoucir leur côté brutal.

Je dis qu'on ne saurait confondre certaines erreurs avec notre peuple […] *Certaines erreurs ! Qu'un euphémisme peut donc être ignoble ! Bien sûr, vos crimes sont, dans l'ordre politique, des erreurs, et ce n'est pas assez dire des bêtises insignes. Mais ils restent des crimes* […]
(François Mauriac.)

EUROPANTO

L'europanto est une drôle de langue imaginée par un traducteur italien plein d'humour, Diego Mariani. Pour lui, ce mélange d'anglais, d'allemand, d'italien, d'espagnol, de français et de flamand est une langue que tout Européen peut comprendre. Exemple au « restorante »…

Eura camarera est in eine renommed Azurrecoast balneare stazioon restorante. Euro est eine raffinado turisto in questo restorante mangeante.

Eura : Gut espera ! Wat ordonne ?

Euro : Mmmh ! Ich wil spaghetti thonno take.

Eura : Perdonne monherr, but van thonno habe nos nicht plus left.

Euro : Ah ! Dommagio ! Dann ich wil spaghetti crabe take.

Eura : Perdonne muchissimo monherr but van crabe habe nos nicht plus left !

Euro : Ah ! Bisdommagio ! Dann ich wil spaghetti mayonneza take.

Eura : Desolatissimo perdono implorante, monherr, but van mayonneza habe nos nicht plus left !

Euro : Ah ! Trisdommagio ! (Bit disappointado.) Dann hope ich que vos habe ten moins spaghetti bolognaise !

Eura : Securamente monherr ! Spaghetti bolognaise esse onse spezialità !

La camarera make una reverenza und sich retire polimente. Come zuback eine poquito later mit un plat van plain spaghetti. Euro regarde perplexo nel plat und observa :

Euro : Aber estos esse plain spaghetti und basta ! Where esse de bolognaise ?

Eura : Mich voilà, monherr ! Ich esse trulymente eine uit Bologna spezialità ! Gut appetito !

(Diego Marani, *Las Adventures des inspector Cabillot*, Mazarine, 1999.)

EUSKARA

La langue basque demeure un mystère. C'est l'une des quatre familles linguistiques d'Europe, avec les langues finno-ougriennes (finnois, estonien, same, hongrois, etc.), les langues altaïques (turc) et les langues sémitiques (maltais), à ne pas appartenir à la famille des langues indo-européennes. Fait remarquable, elle a subi très peu de modifications au cours des siècles et ne possède aucun terme commun avec les langues européennes actuelles. Un Basque se définit comme *eskualdun*, « celui qui a la langue basque ».
Malgré les recherches, qui n'ont débuté qu'au XVIe siècle, les origines du basque n'ont jamais pu être établies.
Le Pays basque est partagé entre la France et l'Espagne. L'origine du nom « basque » vient d'une déformation de *vasco*, appellation donnée par les Romains au peuple

qui occupait alors une grande partie de l'Aquitaine et du nord de l'Espagne.

Bonjour : *egunon*
Bonsoir : *arratsalde on*
Au revoir : *ikus arte*
Adieu : *agur*
Comment allez-vous ? : *Nora zala ?*
Excusez-moi : *barkatu*
S'il vous plaît : *plazer baduzu*
Merci : *milesker*
De rien : *deusetaz*
À votre santé : *Zure osagarriari*

EXCEPTION

Doit-on écrire des *ripous* ou des *ripoux* ? Ce mot récent est-il « normal » ou peut-il faire partie des exceptions ? Pour répondre à cette question, il faudrait savoir pourquoi *bijou*, *caillou*, etc., prennent un *x* au pluriel et si cette fameuse liste d'exceptions est définitivement close. Or nos manuels d'orthographe restent muets sur le sujet.

Nous ne pouvons donc pas appliquer la règle du pluriel des noms en *ou* aux mots nouveaux. Si l'exception confirme la règle, les exceptions l'*infirment* et la rendent inapplicable. D'ailleurs, peut-on réellement affirmer que notre orthographe a des règles ? Souvenons-nous de celles-ci : la plupart des noms masculins terminés par le son *i* s'écrivent *is* : *devis*, *hachis*, *paradis*, *radis*, etc. Mais : *brebis* et *souris* sont du féminin.

La plupart s'écrivent aussi *it* : *profit*, *fruit*, etc.

Mais : *nuit* est du féminin.

Sauf : *nid* et *puits* qui s'écrivent *id* et *its*.
La plupart, mais, sauf… Peut-on encore appeler ça une règle ? Non. En matière d'orthographe, il n'y a pas de règles, mais des régularités. D'où les nombreuses exceptions. Pourquoi ? Parce que notre orthographe est le fruit d'une évolution, parfois chaotique, et surtout le fruit de négociations au cours desquelles on a voulu ménager la chèvre et le chou :
– L'étymologie
– L'histoire
– Les anciennes règles latines
– La phonétique, etc.
Mais surtout, il a fallu ménager les susceptibilités des Français :
– L'attachement affectif des uns à la *figure* des mots
– L'amour des autres pour les *difficultés-subtilités*.
Parfois, les règles sont le simple fruit du hasard ou arbitraires. C'est pourquoi nos règles sont si douloureuses à enseigner, à apprendre et à expliquer.
En l'absence de véritables règles, nous ne pouvons compter que sur notre mémoire, car nous apprenons sans comprendre ; nous ne savons pas orthographier nos mots nouveaux ; nous sommes incapables de franciser nos anglicismes ; nous n'arrivons pas à féminiser nos noms de métiers.

Les dictionnaires ne nous sont pas d'une grande aide puisqu'ils n'ont pas vocation à créer des règles, mais à enregistrer l'usage.
J'appellerai usage ce qui est consacré parmi les gens les plus éclairés. (Quintilien.)
Nous n'avons donc pas voix au chapitre, puisque l'orthographe appartient aux écrivains.

En 1990, une réforme de l'orthographe a été approuvée par l'Académie. En fait de réforme, il s'agit de sages recommandations qui doivent *subir l'épreuve du temps*. La nouvelle orthographe recommandée sera adoptée définitivement quand l'*usage* l'entérinera, mais vingt ans plus tard, l'usage n'a rien entériné du tout, car cette réforme, pourtant modeste et mesurée, a été critiquée dès sa publication au *Journal officiel*.
Alors ne faudrait-il pas proposer une libéralisation de l'orthographe, en supprimant les exceptions, pour rendre les règles applicables ?

EXCLU

Jusqu'au XVIIe siècle, on admettait l'orthographe *excluse*.

> *Ce fut beaucoup de déplaisir à Psyché de se voir excluse d'un asile où elle aurait cru être mieux venue qu'en pas un autre qui fût au monde.*
> (La Fontaine, *Psyché*.)

> *Pourquoi de ce conseil moi seule suis-je excluse ?*
> (Racine, *Bajazet*.)

Aujourd'hui, on écrira : *exclu* et *inclus* ; *exclue* et *incluse*.

F

FAIRE

Voilà un verbe qui a fort à faire et auquel Littré ne trouvait, au XIXe siècle, pas moins de 83 sens différents parmi lesquels :

Créer en parlant d'une œuvre matérielle : *faire du pain.*
Créer en parlant d'une œuvre d'intelligence : *faire ses devoirs* de maths.
Préparer un repas : *faire le goûter* des enfants.
Opérer, effectuer : *faire la paix.*
Se déplacer : *faire de la route.*
Être dans un lieu : *que fais-tu ici ?*
Assembler : *faire des provisions.*
Former : *le professeur fait l'élève.*
Transformer : *que ferez-vous de votre crétin de fils ?*
Agir : *comment faire ?*
Déféquer : *bébé a fait sous lui.*

FEMME OU ÉPOUSE ?

Si l'on fait précéder le mot « femme » d'un article possessif, celle-ci quitte aussitôt sa condition de femelle sexuée, de femme fatale, de femme sublime, de femme femme quoi ! pour devenir une « épouse ». À l'inverse, le mot « épouse », lui, n'a pas besoin d'article possessif car une épouse appartient à un homme, alors qu'une femme est libre. Mauvaise pioche, donc, pour celle qui bénéficie de la condition d'épouse, car sa liberté de manœuvre est très réduite sinon nulle. Au masculin elle n'a que le choix de mon « époux » alors que la femme peut opter entre « mon mari » ou « mon homme ». Dans ce dernier cas, elle se révèle plus amoureuse. Et pourquoi l'épouse ne serait-elle pas amoureuse de son époux ? Les statistiques sont là et il est prouvé qu'à la Saint-Valentin on offre plutôt des fleurs à « une » femme qu'à son épouse… D'ailleurs, Reggiani lui-même ne chantait pas « l'épouse qui est dans mon lit n'a plus vingt ans depuis longtemps », mais « la femme »…

L'épouse est forcément soumise. Ce n'est pas elle qui va retourner chez sa mère, c'est la femme. D'ailleurs on ne dit pas « mon épouse me trompe ».

Enfin, l'épouse n'a qu'un droit, c'est d'être fidèle et à la rigueur jalouse… des autres femmes. Si elle est très sage, son époux l'emmènera à la préfecture pour une réception. « Monsieur le Préfet, je vous présente mon épouse. » Ce qui n'empêchera pas celui-ci de dire en aparté à son chef de cabinet : « L'épouse de machin est une belle femme », alors que madame la Préfète, commentant plus tard sur l'oreiller la soirée à son préfet d'époux, dira : « La femme de machin m'a paru une épouse parfaite. »

FÉMINISATION

Dans le premier *Guide d'aide à la féminisation des noms de métiers, titres, grades et fonctions* (1999), préfacé par Lionel Jospin, la parité fait enfin son apparition dans le vocabulaire français. Les femmes ont gagné, et c'est tant mieux, mais le résultat est parfois surprenant, car on découvre que si le beau sexe se trouve, certes, reconnu au féminin, le risque de le confondre avec des objets du quotidien – *bétonneuse*, *débroussailleuse*, *essoreuse* et autre *agrafeuse* – laisse rêveur. Et que dire de l'*entraîneuse*, féminin de l'entraîneur ? Alors, parité ou femme-objet ?

Acquéreur, *acquéreuse*
Débroussailleur, *débroussailleuse*
Adjudant, *adjudante*
Écrivain, *écrivaine*
Aérostier, *aérostière*
Entraîneur, *entraîneuse*
Agrafeur, *agrafeuse*
Essoreur, *essoreuse*
Amiral, *amirale*
Facteur, *factrice*
Aumônier, *aumônière*
Gondolier, *gondolière*
Bâtonnier, *bâtonnière*
Pèlerin, *pèlerine*
Bétonneur, *bétonnière*
Pompier, *pompière*
Brigadier, *brigadière*
Poussin, *poussine*
Brocanteur, *brocanteuse*
Pulpeur, *pulpeuse*
Cafetier, *cafetière*
Ramoneur, *ramoneuse*
Camionneur, *camionneuse*
Sapeur, *sapeuse*
Caoutchouteux, *caoutchouteuse*
Sauveteur, *sauveteuse*
Carillonneur, *carillonneuse*
Substitut, *substitute*
Cellophaneur, *Cellophaneuse*
Tailleur, *tailleuse*
Charpentier, *charpentière*
Tondeur, *tondeuse*
Chauffeur, *chauffeuse*
Traiteur, *traiteuse*
Chausseur, *chausseuse*
Trapéziste, *trapéziste*
Cheminot, *cheminote*
Tronçonneur, *tronçonneuse*
Turbineur, *turbineuse*
Compagnon, *compagnonne*
Vétéran, *vétérane*
Conduiseur, *conduiseuse*
Zingueur, *zingueuse*
Débardeur, *débardeuse*

FORMES POÉTIQUES

Elles sont aussi diverses que variées :

Ballade **:** poème de trois strophes et un envoi, construit sur trois rimes.

Cantilène **:** complainte lyrique (Moyen Âge).

Cantique **:** poème d'inspiration religieuse.

Discours **:** pièce en vers, plutôt longue, adressée ou non à un interlocuteur précis et défendant un point de vue.

Églogue **:** poème court à caractère champêtre.

Élégie **:** poème lyrique exprimant la plainte.

Épigramme **:** petite pièce en vers, satirique.

Épithalame **:** poème composé à l'occasion d'un mariage.

Épopée **:** long poème épique.

Fable **:** petit récit en vers.

Hymne **:** poème écrit à la gloire d'un héros.

Lai **:** petit poème narratif ou lyrique en octosyllabes à rimes plates.

Ode **:** poème lyrique, composé de strophes symétriques, souvent long et d'inspiration élevée.

Rondeau **:** poème court sur deux rimes (Moyen Âge).

Sonnet **:** poème de 14 vers, avec deux quatrains (4 vers) et deux tercets (3 vers).

Stance **:** poème lyrique d'inspiration grave (religieuse, morale, élégiaque).

FRANÇAIS FAMILIER

Les mots en doublure appartenant au registre familier ont généralement un champ d'application plus restreint que les termes conventionnels qu'ils remplacent dans certaines situations. Ce ne sont donc pas de simples synonymes ; par exemple, on dit un verre de flotte *pour « un verre d'eau », ou* une bassine de flotte, *mais on dit toujours* une menthe à l'eau, *jamais « une menthe à la flotte », sinon par décalage volontaire, pour produire un effet qui n'est d'ailleurs pas drôle. En général le terme familier n'est pas introduit dans les expressions figées : la peinture à l'eau, l'eau de rose, l'eau bénite demeurent elles-mêmes, aussi bien que faire venir l'eau à la bouche ou vivre d'amour et d'eau fraîche. On ne peut donc jamais remplacer automatiquement le mot usuel par son acolyte familier – la langue familière ne fonctionne pas ainsi. On parle de* guibolle, *mais toujours de* jambe de force *ou* jambe de bois. *Quelquefois le champ d'un terme familier est si étroit qu'il se réduit à un seul emploi –* la baille *désigne fort étroitement une étendue d'eau dans laquelle on se baigne, où l'on nage : l'eau de la rivière, de la piscine ou de la mer.* On va à la baille *(on se baigne) ou* on tombe à la baille *(par accident), mais c'est tout. Le mot ne recouvre même pas l'eau de la baignoire ! Une phrase telle « je voudrais une bouteille de baille » ne serait pas comprise par un Français ; de fait, elle n'a aucun sens. De même, si le cœur peut parfois être nommé* le palpitant *par une image (qui n'a rien de vulgaire ni d'argotique), c'est uniquement au sens concret d'origine, dans des phrases de ce type : « Pendant la course j'avais le palpitant qui s'affolait » ; jamais on ne peut extrapoler aux nombreux emplois du mot* cœur : de bon cœur, un cœur d'artichaut *ou* un cœur d'or *ne se laissent familiariser par « le palpitant » de base !*

(Claude Duneton, *Guide du français familier*, Le Seuil, 1998.)

FRANCOPHONIE

Rien ne vous empêche d'aller faire un tour en Suisse ou en Belgique où le français ne devrait pas faire problème. Du moins, c'est ce que vous croirez jusqu'au moment où les locaux découvriront que vous *talmatchez* (parlez une langue étrangère). Dans ce cas, rien ne sert de faire *la pote* (la moue) ou de *tufler* (sacrer). Vous verrez qu'en Suisse, plus qu'ailleurs, mis à part ceux qui marchent *pian-pian* (lentement), les gens osent *béder* (faire l'école buissonnière) comme partout. C'est pourtant le pays rêvé pour se mettre *à la chotte* (à l'abri), parce que les Suisses ne sont pas des *piorneurs* (grognons). Ils ne font jamais la guerre. Ils ne font que *se rauyomer* (se pavaner) pendant que, dans les autres pays, par ces temps *démarmalés* (détraqués), il y a de plus en plus d'êtres humains qui *fioulent* (boivent), qui *goliardent* (boivent beaucoup) et qui finissent leur vie *apondus au guillon* (ivrognes). C'est une cause perdue. On n'*apigeonne* pas (n'attire pas par des paroles séduisantes) ce genre de personnes pour qui les meilleurs arguments ne sont que des *batoillages* (bavardages) faits en français, certes, mais ce français universel, ils le comparent à un *panosse* (chiffon) tout *tacounné* (rapiécé), à *boclon* (sens dessus dessous) et *naisé* (imbibé de taches) d'anglais !

En France, quand on parle de *fraise*, on ne parle pas nécessairement du fruit du fraisier, mais peut-être de quelqu'un, à moins qu'il ne s'agisse d'abats de veau. C'est à voir. Mais surtout pas chez le dentiste !

En Suisse, où l'on est généreux, on sait *donner une bonne main* (pourboire). Pendant ce temps, au Québec, on *demande une bonne main… d'applaudissements*.

Ne changeons rien, l'uniformité n'apporterait que l'ennui ainsi que nous le rappellent les *psycho-lexico-néologues*, qu'ils soient suisses, belges, québécois, français ou africains.

Cessons de nous *embarrasser les bagouzes* et de nous offusquer lorsque quelqu'un nous dit, en Belgique, qu'il ne jette jamais ses *vidanges* mais qu'il les laisse dormir pendant plusieurs semaines, voire plusieurs mois, dans son placard de cuisine avant de les rapporter à l'épicerie. Inhabituel et malsain ? Que non ! Le mot *vidanges* signifie là-bas *bouteilles consignées*.

Lorsque vous entendez un Belge vous dire fièrement qu'il vient de se payer un *quartier*, ne concluez pas nécessairement qu'il se vante. Un quartier, pour lui, n'est qu'un appartement.

Et, s'il vous dit que vous *battez le beurre*, rien à voir avec la crémerie. C'est qu'il trouve que vous êtes à côté de la question.

Si le même ami vous réclame un *drap*, pas de panique, il ne veut qu'une serviette de toilette.

Et, s'il cherche désespérément un *pistolet*, sachez qu'il n'a envie que d'un petit pain. Un *bonbon* pour lui est un biscuit sec, un *chicon*, une endive et un *filet américain* ne se mange pas autrement que saignant pour la bonne raison que c'est un steak tartare.

Le cœur vous dit de manger une omelette au lard ? Rien de plus facile : commandez une *fricassée* !

C'est comme ça, chez les Wallons ! Une *aubette* est un kiosque à journaux, une *farde*, un dossier, un *navetteur*, un automobiliste, et une *fille en purette* est une fille en bras de chemise.

(Alain Stanké, *Les Joies de la francophonie*, Stanké, 1995.)

FRANGLAIS

Pour lutter contre ce que certains linguistes, dont Étiemble, considéraient comme un fléau, le *Journal officiel* publia en 1994 un dictionnaire qui suggérait des termes de remplacement plutôt cocasses :

Aquaplaning, *aquaplanage*
Charteriser, *mobiliser*
Mailing, *publireportage*
Au finish, *au finir*
Club house, *maison de club*
Nursery, *nourricerie*
Black out, *occultation*
Corner, *jet de coin*
Off shore, *extraterritorial*
Brain-storming, *remue-méninges*
Crash, *écrasement*
One man show, *spectacle solo*
Break, *brèche*
Design, *stylique*
Penalty, *tir de réparation*
Bulldozer, *bouteur*
Fast-food, *restauvite*
Pole position, *position de tête*
Caddie, *cadet*
House boat, *coche de plaisance*
Scoop, *primeur*
Camping-car, *autocaravane*
Jerrican, *nourrice*
Teasing, *aguichage*
Caravaning, *caravanage*
Jingle, *sonal*
Tee-shirt, *camisette*
Car ferry, *navire transbordeur*
Lifting, *remodelage*
Tour operator, *voyagiste*
Cash and carry, *payer et prendre*
Listing, *listage*

FRANGLISH

Moins connu que le « franglais », il désigne les mots français répertoriés dans la langue anglaise. Guillaume le Conquérant a envahi l'Angleterre en 1066 et durant environ trois siècles 10 000 mots français se glissèrent dans le vocabulaire anglais. Il en reste quelques-uns : *Croissant*, *apéritif*, *hors-d'œuvre*, *café au lait*, *petit-four*, *étiquette*, *vol-au-vent*, *au gratin*, *au jus*, *au naturel*, *savoir-faire*, *savoir-vivre*, *insolite*, *coup de grâce*, *cul-de-sac*, *enfant terrible*, *bon vivant*, *gaffe*, *souvenir*, *encore*, *venue*, *Mardi gras*, *à la mode*, *haute couture*, *femme fatale*, *gigolo*, *eau de toilette*, *fiancé-fiancée*, *ménage à trois*, *rendez-vous*, *faux ménage*, *billet doux*, *Art nouveau*, *Art déco*, *bas-relief*, *Belle Époque*, *chef-d'œuvre*, *trompe-l'œil*, *cheval de frise*, *avant-garde*, *noblesse oblige*, *voilà*, *c'est la vie*, *amour-propre*, etc.

FUNÈBRE OU FUNÉRAIRE ?

Les dictionnaires ne nous aident pas beaucoup. À les lire, *Funéraire :* qui concerne les funérailles et *Funèbre :* qui a rapport aux funérailles. Autant faire notre… deuil d'explications claires. Nous dirons que *funèbre* se rapporte plutôt au service des morts dans son ensemble : la cérémonie, la marche, l'oraison, les pompes. Avec *funéraire* on entre plutôt dans la logistique : l'urne, le caveau, la stèle. Afin d'égayer l'atmosphère quelque peu *funèbre* de cet article, rappelons que l'on surnomma « La pompe funèbre » Marguerite Japy, épouse Steinheil, dont les talents et la mise en bouche (qu'on me pardonne cette périphrase que nous impose une décence bien compréhensible) envoyèrent *ad patres* un certain Félix Faure, président de la République et dont les dernières paroles furent : « Une douce mort m'habite. » Ce qui ne l'empêcha pas d'ailleurs d'être enterré… en grande pompe.

G

GALIMATIAS

Un avocat qui plaidait en latin (c'était parfois l'usage il y a longtemps) avait à défendre un certain Mathias pour un litige où il était question de son coq ; il répéta si souvent *gallus Mathiae* (le coq de Mathias), qu'il cafouilla et finit par dire *galli Mathias* (Mathias du coq). Cette explication de l'étymologie de *galimatias* n'est pas formellement attestée, mais c'est la plus séduisante. Boileau et Voltaire ont beaucoup contribué à développer l'utilisation de ce mot : le premier, en distinguant le galimatias simple du galimatias double, celui que ne comprennent ni le lecteur ni l'auteur ; le second, en critiquant l'enflure du style.

> *Toute l'excellence de leur art consiste en un pompeux galimatias, en un spécieux babil, qui vous donne des mots pour des raisons, et des promesses pour des effets.*
> (Molière, *Le Malade imaginaire*.)

GAULOIS

Le gaulois a été utilisé en… Gaule par nos ancêtres les… Gaulois jusqu'au ve siècle. De cette langue disparue, peu de mots sont parvenus jusqu'à nous, encore que de nombreux termes de toponymie et d'hydronymie subsistent dans certaines langues européennes. Ce fonds s'est transmis à travers les siècles de bouche à oreille et comporte essentiellement des mots d'origine rurale. Les Gaulois défrichaient de vastes clairières pour cultiver le blé, l'orge, le lin et le chanvre, élevaient chevaux, bœufs de trait, vaches laitières, moutons et porcs ; ils utilisaient la charrue à roues, inventèrent les tonneaux de bois, travaillaient le cuivre, le bronze et le fer et chassaient le sanglier.

Conquis par les Romains, dans le sens de « vaincus » et non de « charmés », les Gallo-Romains abandonnèrent leur langue et se mirent à parler le latin. Tout fut fait par les envahisseurs pour les y inciter. Ainsi Jules César faisait envoyer les enfants des chefs gaulois dans les écoles en Italie ou à Massalia (Marseille).

Les Gaulois vivaient heureux auprès de leur cassanos (chêne) *vêtus de braca* (braies), *n'oubliaient pas de fermer leur braguette* (qui vient de braca), *ils sentaient le bucco* (bouc), *couraient les cammano* (chemin) *de la landa* (lande), *à travers la bruca* (bruyère). *Ils aimaient le miel de leur rusca* (ruche), *se jetaient dans le geusiae* (gosier) *une bonne cervesia* (bière sans houblon) *et moult multon* (mouton) *et tarvos* (taureau) *en débitant des gauloiseries*.

GENRE

On les croit souvent féminins mais ils sont masculins :

Acrostiche – agrume – alvéole – ambre – amiante – antidote – antipode – aphte – apogée – appendice – armistice – astérisque – augure – auspice – autographe – campanile – colchique – effluve – emblème – esclandre – haltère – hémisphère – jute – obélisque – opprobre – ovule – pétale – planisphère – tentacule – viscère.

Eux, au contraire, sont féminins :

Aérogare – alcôve – algèbre – amibe – anagramme – antichambre – apostrophe – autoroute – azalée – caténaire – ébène – ecchymose – échappatoire – échauffourée – enzyme – épitaphe – épithète – espèce – interview – obsèques – omoplate – oriflamme – primeur – stalactite – stalagmite – volte-face – volute.

Autre sujet d'étonnement, les accessoires féminins qui sont masculins : *collant*, *escarpin*, *bas*, *corset*, *porte-jarretelles*, *maquillage*, *rouge à lèvres*, *fond de teint*, *mascara*, *khôl*, *sac à main* et *poudrier*, *bracelet* et *collier*, *soutien-gorge*, et bien d'autres. Alors pourquoi, dans une éventuelle réforme de l'orthographe, ne pas imaginer des échanges transsexuels ? La moustache deviendrait *un* moustache, le bigoudi *une* bigoudi, la barbe *un* barbe, et les hommes pourraient porter à nouveau *le* culotte…

GENS

Les *gens* sont bien *confus*, mais les *vieilles gens* sont particulièrement *confuses*. Quand *gens* est précédé d'un adjectif à forme féminine distincte, il devient féminin.
Ce sont de méchantes gens.
Quand l'adjectif est après le nom, *gens* est du masculin.
Il y a des gens qui ne savent pas perdre leur temps tout seuls : ils sont le fléau des gens occupés. (Louis de Bonald.)
Gens est féminin et singulier quand il définit un « groupe de familles dont les chefs descendaient d'un ancêtre commun ».
Avec un *t*, *gent* est aussi du féminin et signifie espèce, famille : *la gent féminine*.

GENTILHOMME

G*entilhomme*
L'adjectif *gentil* désignait une personne bien née, sens qui a été étendu à des qualités de générosité, de noblesse.
Au pluriel : *gentilshommes*.
Les gentilshommes achetèrent des gentilhommières.

Prud'homme
Le mot prud'homme est issu de *prod*, ancienne forme de *preux*. L'orthographe s'est fixée en 1671 avec l'apparition d'une apostrophe pour rappeler la formation du mot composé.

GONGORISME

Affectation, boursouflure, préciosité, emphase et autres métaphores. Ce style littéraire inventé par un poète espagnol, Góngora (1561-1627), est le petit cousin du *marinisme*, style affecté et de mauvais goût, du Cavalier Marin, qui pèse sur la poésie italienne du XVIIe siècle.
Góngora décrit ici une jeune fille, qui se lave le visage à la fontaine : [...] *réunit le cristal liquide au cristal de sa joue par le bel aqueduc de sa main.* (!)
Pourtant, Théophile Gautier n'était pas forcément contre :

> *Dût-on nous taxer de marinisme et de gongorisme, nous avouons que cette recherche extrême et pleine de trouvailles nous vaut mieux que les idées communes coulées comme une pâte baveuse dans le gaufrier du lieu commun.*
> (Feuilleton du *Moniteur universel*, 1866.)

GRAMMAIRE

Ce qu'ils en disent...

Si on s'y attache, la grammaire révèle le sens caché de l'histoire, dissimule le désordre et l'abandon, relie les éléments, rapproche les contraires, la grammaire est un formidable moyen d'organiser le monde comme on voudrait qu'il soit. (Delphine de Vigan.)

Ceux qui veulent combattre l'usage par la grammaire se moquent. (Montaigne.)

L'homme est à la recherche d'un nouveau langage auquel la grammaire d'aucune langue n'aura rien à dire. (Guillaume Apollinaire.)

C'est à l'audace de leurs fautes de grammaire que l'on reconnaît les grands écrivains. (Henry de Montherlant.)

Je regarde la grammaire comme la première partie de l'art de penser. (Étienne de Condillac.)

Se servir du temps de la grammaire pour diviser le Temps équivaut à tracer à la craie des points de repère sur l'eau. (Janet Frame.)

La grammaire, comme l'enseignement, ne vaut que par la règle… et la règle par l'exception. (André Lévy.)

Grammaire : *Système de pièges délibérément préparé pour faire trébucher l'autodidacte, tout au long du chemin sur lequel il progresse vers la distinction.* (Ambrose Bierce.)

Les écrivains doivent connaître la grammaire comme les escrocs le code. (Maurice Chapelan.)

La grammaire est, après le cheval, et à côté de l'art des jardins, l'un des sports les plus agréables. (Alexandre Vialatte.)

C'est assez singulier qu'aucun de nous ne sache sa grammaire et, pour être écrivain, ne veuille apprendre à écrire. (Jules Renard.)

Grammaire : vieille dame qui a toujours ses règles. (Anonyme.)

L'existence d'une grammaire anglaise est une question sur laquelle il est permis d'émettre des doutes. (Salvador de Madariaga.)

Il annonça un jour à ses lecteurs, en 1893, qu'il faisait partie de la « Ligue pour la Quomplykasiont deu l'Aurthaugraphes » et qu'il écrirait d'orénavent un feuilleton intitulé « le cleph du mystère ». (Alphonse Allais.)

L'orthographe légalisée empêche le scripteur de jouir de l'écriture. (Roland Barthes.)

La grammaire sera bientôt une chose aussi oubliée que la raison, et, au train dont nous marchons vers les ténèbres, il y a lieu d'espérer qu'en l'an 1900 nous serons plongés dans le noir absolu. (Charles Baudelaire.)

Dans tous les moments de vide, de néant intérieur, de sécheresse sans appel, je m'accroche au langage, pis : à la grammaire. [...] *La grammaire guérit de la mélancolie.* (Cioran.)

La solitude grammaticale est la vraie, l'inévitable solitude des poètes. (Jean Cocteau.)

Une phrase se compose de mots, qui s'agencent en phrases. Le vocabulaire, c'est le matériel du langage, dont la grammaire est l'architecture. (Albert Dauzat.)

Toute langue est une prison, mais la grammaire, c'est la liberté. (Monique Larue.)

La grammaire qui sait régenter jusqu'aux rois / Et les fait la main haute obéir à ses lois... (Molière.)

Certaines incorrections grammaticales, dans un style solide, ont le charme un peu pervers d'une pointe de strabisme dans un joli visage. (Henry de Montherlant.)

Un écrivain, c'est l'accord entre sa douleur et la grammaire, voilà tout. (Angelo Rinaldi.)

Et pourtant la grammaire... la grammaire, comment dire ? C'est comme le parapluie, c'est comme les progrès de l'industrie, c'est ce qu'on appelle la civilisation. Il faut y croire ; malgré les apparences. Où serait le plaisir ? Mais c'est comme l'horizon ; elle recule à mesure qu'on avance. On y tend, on n'y touche jamais. (Alexandre Vialatte.)

GRAMMAIRE OU GRIMOIRE ?

Aussi étonnant que cela puisse paraître, les deux mots ont la même étymologie.
Grimoire est une altération de grammaire, un doublet populaire, désignant la grammaire inintelligible pour le vulgaire. Le grammairien au Moyen Âge était un

lettré, un savant qui savait lire les livres en latin, et la grammaire, un ouvrage comportant des règles incompréhensibles pour le commun des mortels... même pour la plupart de ceux qui savaient lire et écrire (un peu comme au XXIe siècle...).
D'où le nom de grammaire, ou gramaire, altéré en grimoire, donné par analogie au grand livre des magiciens et des sorciers.

GRAMMAIRE (impertinente)

L'article

L'article indique le genre et le nombre du nom qu'il précède.
Le gai boulanger a craché dans la pâte à choux.
« Le » indique que le boulanger est un homme (masculin) et qu'il est seul (singulier) à avoir craché dans la pâte à choux.

Le pronom

Le pronom remplace un nom ou indique la personne qui agit ou subit.
Les histoires drôles que je racontais à Maurice ne réussirent pas à le dérider. Il se suicida peu après mon départ.
– *Le* : pronom personnel complément.
– *Il* : pronom personnel sujet.
– *Se* : pronom personnel réfléchi...

Le verbe

Le verbe exprime une action ou un état.
Drame de la vengeance : en tombant, l'arbre a écrasé le bûcheron qui venait de l'abattre.

« Tombant », « a écrasé » et « abattre » expriment une action.

C'est au moment où il mit le pied sur la Lune que l'astronaute parut contrarié : il avait oublié sa gourmette sur Terre.
« Parut » exprime un état.
(Jean-Louis Fournier, *La Grammaire impertinente*, Payot, 2009.)

GRAND DICTIONNAIRE UNIVERSEL LAROUSSE

La publication des quinze volumes par fascicules périodiques s'étala entre 1863 et 1890. Pierre Larousse en fut le maître d'œuvre et Pierre Enckell a eu la bonne idée d'aller y pêcher quelques « perles » :

Amérique
Le plus beau type, le type blanc de la race caucasienne, se trouve au Canada et dans les États-Unis.
La peau des miss de New York, de Philadelphie, de Baltimore et de Québec ne le cède ni en blancheur ni en teintes rosées à celle des « young ladies » de Londres et de nos Parisiennes. Le nègre du Congo, avec son nez écrasé, son front déprimé, sa chevelure laineuse et sa peau d'ébène, reconnaîtrait son sang, sans aucun mélange, parmi les noirs des États cotonniers, de Haïti et des Guyanes.

Crétinisme
Tout crétin doit être transporté dans une autre contrée et là être soumis à une surveillance continuelle, afin de prévenir des excès d'ivrognerie et les abus d'onanisme.

Femme
Les nymphomanes sont insatiables ; et tout le monde connaît l'histoire de la célèbre Messaline qui, après avoir subi les embrassements de vingt-cinq hommes, était épuisée de fatigue, mais non rassasiée. Une femme vaut en moyenne, dans cet exercice, deux hommes.

Tabac
Le docteur Demeaux affirme que, depuis qu'on fume dans le département du Lot, la santé générale s'est améliorée. Comment faire admettre que l'usage du tabac abrège l'existence, quand les statistiques, au contraire, établissent irrévocablement que la vie de l'homme s'est accrue dans ces derniers temps, par une autre cause peut-être, mais justement en provenance directe de la consommation du tabac ?
(Pierre Enckell, *Que faire des crétins ?*, Points, 2006.)

GREVISSE

L'ouvrage de sa vie, *Le Bon Usage*, refusé en son temps par de nombreux éditeurs, fut enfin publié aux Éditions Duculot (cela ne s'invente pas) en 1936.
En 1947, André Gide en fait l'éloge dans *Le Figaro littéraire*, et contribue ainsi à son succès : *La meilleure grammaire française, la bible de notre langue, une grammaire et une bible qui se lisent avec amusement et ravissement.* Cette « bible » de la grammaire en est maintenant à sa quatorzième édition.

Maurice Grevisse, né d'un père forgeron et d'une mère couturière, accéda en 1925 au titre de docteur en philosophie et lettres de l'université de Liège. La rédaction de cette grammaire, récompensée par la médaille d'or de l'Académie française en 1946, fut le centre de sa vie.

GROMMELOT

Introuvable dans les dictionnaires, le grommelot est bien français, c'est une manière de parler de façon incompréhensible, en inventant des mots, de grommeler. C'est un terme de théâtre et tout un art ! Avec Louis de Funès, le cinéma français a connu le virtuose du genre ! Mais on retrouve également le grommelot dans Molière (*Le Bourgeois gentilhomme*), dans *Le Dictateur* de Chaplin (Hinkel), etc.

Autrefois, dans le théâtre de rue et de foires, les « comédiens » étaient réduits au silence, seule la mimique leur était autorisée et souvent ils se défoulaient de cette censure en marmonnant, en émettant des borborygmes : les grommelots.

H

H

Quand faut-il l'aspirer et comment lire le texte suivant ?
Arrivés sur les hauteurs des harems nous vîmes, couchées sur des hamacs dans les halls des hétaïres hâlées aux hanches hautes sans habits ou fagotées dans des haillons, futures héroïnes de feuilletonistes habiles, qui mangeaient des haricots ou fumaient des havanes, sans honte, gardées selon leurs habitudes par des harpies harassées et des gardes haineux et hargneux armés d'affreuses hallebardes. Nous les harcelâmes de nos grandes haches, et nous les houspillâmes. Ah ! Que de belles hécatombes firent nos héros. Bientôt on entendit les nôtres hurlant les hurrahs de la victoire. Mais de quelles horreurs ne fûmes-nous pas, plus tard, hantés.

Il faut en toute logique lire comme suit :
Arrivés sur les hauteurs des harems nous vîmes, couchées sur des hamacs dans les halls des zétaïres hâlées aux hanches hautes sans zabits ou fagotées dans des haillons, futures zéroïnes de feuilletonistes habiles, qui mangeaient des haricots ou fumaient des havanes, sans honte, gardées

selon leurs zabitudes *par des harpies harassées et des gardes haineux et hargneux armés d'affreuses hallebardes.*
Nous les harcelâmes de nos grandes haches, et nous les houspillâmes. Ah ! Que de belles zécatombes *firent nos héros. Bientôt on entendit les nôtres hurlant les hurrahs de la victoire. Mais de quelles* zorreurs *ne fûmes-nous pas, plus tard, hantés.*

HAPAX

Un *hapax* est une espèce de néologisme qui n'aurait pas réussi. Il désigne un terme qui n'a été rencontré ou utilisé qu'une seule fois. Du grec *hapax (legomenon)*, « chose dite une fois ».
Marcel Proust a souvent imaginé des *hapax* dans À *la recherche du temps perdu* : *anticaillautisme*, *désengoués*, *aérolithique*, *cambronnesque*, *agraphie*, *apatrié*, *catéchismer*, *désorchestrée*, *charlatante*, *grougement*, *infleurissable*, *linéamenté*, *monténégriser*, *galonnard*, *poudrederizé*, *questation*, *recroisetté*, *sabraque*, *auvoir*, *suréminence*, *orbonicole*, *garceur*, *hypogéen*, *fixure*, *insexualité*, *épastrouillant*, etc.
On s'est aussi demandé quel était ce mystérieux *ptyx* apparaissant dans un sonnet de Mallarmé. Il s'agissait en fait d'un *hapax*, pour trouver une rime à *Styx* :

Sur les crédences, au salon vide : nul ptyx,
Aboli bibelot d'inanité sonore,
(Car le Maître est allé puiser des pleurs au Styx
Avec ce seul objet dont le Néant s'honore.)

C'est sans doute un des rares *hapax* à avoir fait carrière, avec *Supercalifragilisticexpialidocious* de Mary Poppins.

HENDIADYS

Son étymologie nous met sur la piste : du grec *hen dia duoïn*, « une chose au moyen de deux mots ».
Se prononce in-dia-diss et consiste à remplacer la subordination entre deux mots par une coordination. *Cette jeune fille et sa lubricité* peut ainsi remplacer *cette jeune fille lubrique* ou *la lubricité de cette jeune fille*.

HEUR

Heur, masculin, du latin *agurium* « présage », était utilisé dans certains contextes où il signifiait « bonne fortune », « bonheur, chance ». Il ne subsiste que dans l'expression « avoir l'heur de plaire ».
Après avoir eu le malheur de m'épouser, même ma mort prochaine dans une heure n'a pas l'air d'avoir l'heur de te plaire.

HEUREUX HABITANTS DE...

Cahors ☛ Cadurciens
Castelnaudary ☛ Chauriens ou Castelnaudariens
Chantilly ☛ Cantiliens
Charleville-Mézières ☛ Carolomacériens
Château-Thierry ☛ Castelthéodoriciens
Crocq ☛ Croquants
Eauze ☛ Élusates
Épernon ☛ Sparnoniens
Erquy ☛ Rhoeginéens
Étables-sur-Mer ☛ Établais

Gagny ☛ Gabiniens
Joué-lès-Tours ☛ Jocondiens
L'Aigle ☛ Aiglons
La Loupe ☛ Loupéens
Le Plessis-Robinson ☛ Robinsonnais
Lure ☛ Lurons
Montélimar ☛ Montiliens
Neuilly-sur-Marne ☛ Nocéens
Pont-Bellanger ☛ Tousloins
Saint-André-les-Vergers ☛ Dryats
Saint-Denis ☛ Dionysiens
Saint-Dizier ☛ Bragards
Saint-Hippolyte-du-Fort ☛ Cigalois
Saint-Omer ☛ Audomarois
Saint-Pierre-des-Corps ☛ Corpopétrussiens
Tignes ☛ Tignards
Tartas ☛ Tarusates
Uzès ☛ Uzétiens
Ville-d'Avray ☛ Dagovéraniens
Villedieu-les-Poêles ☛ Sourdins
Villefranche-sur-Saône ☛ Caladois

HOMÉOTÉLEUTE

Le Littré 1880 nous apprend qu'elle diffère sensiblement de l'homéoptote. En voilà une surprise !
Avec cet exemple, extrait du *Malade imaginaire* (III, 7) de Molière, quand Purgon menace Argan de le faire tomber *dans la bradypepsie ; de la bradypepsie dans la dyspepsie ; de la dyspepsie dans l'apepsie ; de l'apepsie dans la lienterie ; de la lienterie dans la dysenterie ; de la dysenterie dans l'hydropisie ; et de l'hydropisie dans la*

privation de la vie, on comprend en quoi elle consiste : la répétition, en fin de phrase, de mots dont les finales semblables sont sensibles à l'oreille.

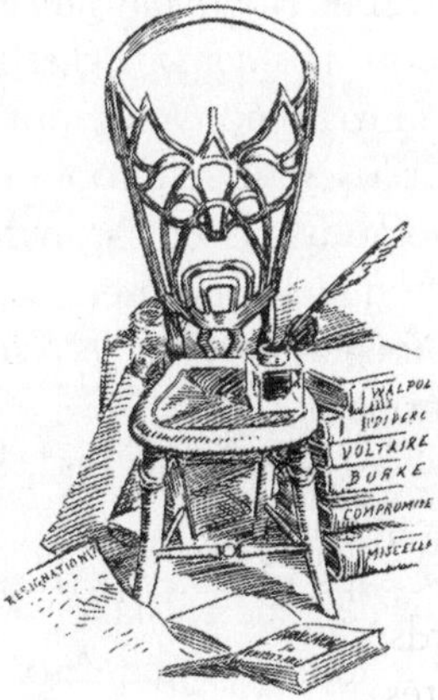

HOMOGRAPHE HÉTÉROPHONE

Ce dénominatif un peu compliqué sert à désigner des mots qui possèdent deux groupes de lettres identiques mais qui se prononcent différemment :
Abdomen [mène] et *examen* [in] ; *faon* [an] et *pharaon* [a-on] ; *heure* [eu] et *gageure* [ure] ; *salut* [u] et *rut* [ute] ; *tabac* [a] et *bac* [ac].

Il en est de même pour : *aiguille* et *anguille* ; *aquarium* et *qualité* ; *chef* et *clef* ; *faire* et *bienfaisance* ; *fille* et *ville* ; *hymne* et *automne* ; *magnat* et *magnanime* ; *monsieur* et *monseigneur* ; *oignon* et *oiseau*.

HOMOPHONE ET HOMOGRAPHE

On dit de mots qu'ils sont *homophones*, du grec *homos* « semblable » et *phône* « son », quand leur prononciation est semblable. Les *homophones* peuvent être *homographes* ou non. Les *homographes* ne sont pas toujours *homophones*. Les homonymes sont des *homophones*. Certains *homographes* sont hétérophones et il ne faut pas confondre homonymes et paronymes.
C'est aussi simple que ces phrases : *Les poules du couvent couvent* (homographes) ou *Je peins des pains sous les pins* (homophones).

Mis au ban de la société, il partit en balade chantant de tout son cœur des ballades que les gamins reprenaient en chœur, se reposant de banc en banc. Arrivé au flanc de la colline, la vue le laissa comme deux ronds de flan. Il mourait de faim et aurait aussi bien englouti force pâtés que pâtées. Il chercha un repaire avant qu'on ne le repère. Il ne maudissait point de son poing le ciel, pour son martyre subi si subit. (Bruno Zieuvair.)

– Quelques *homophones* grammaticaux qui peuvent être à l'origine de belles fautes :
A et *à*, *aussitôt* et *aussi tôt*, *bientôt* et *bien tôt*, *ça*, *çà* et *sa*, *ce* et *se*, *ces* et *ses*, *c'est* et *s'est*, *du* et *dû*, *la* et *là*, *leur* et *leur(s)*, *ni* et *n'y*, *plutôt* et *plus tôt*, *quand* et *quant à*, *quelle* et *qu'elle*, *quelque* et *quel que*, *quelquefois* et *quelques fois*, *quoique* et *quoi que*, *sinon* et *si non*, *sitôt* et *si tôt*.
– Quelques *homophones* lexicaux qui peuvent être source de fautes et de contresens :
À *propos* et *à-propos*, *abîme* et *abyme*, *acquis* et *acquit*, *ah* et *ha*, *air*, *aire*, *ère* et *erre*, *amande* et *amende*, *ancre*

et *encre*, *auspices* et *hospice*, *bai* et *baie*, *bâiller*, *bailler* et *bayer*, *balade* et *ballade*, *ban* et *banc*, *brocard* et *brocart*, *cahot* et *chaos*, *censé* et *sensé*, *cession* et *session*, *chair*, *chaire*, *cher* et *chère*, *chœur* et *cœur*, *compte*, *conte* et *comte*, *cour*, *cours*, *court* et *courre*, *davantage* et *d'avantages*, *décrépi* et *décrépit*, *dessin* et *dessein*, *différent* et *différend*, *eh* et *hé*, *entrain* et *en train*, *envie* et *à l'envi*, *exaucer* et *exhausser*, *flan* et *flanc*, *foi*, *foie* et *fois*, *fond*, *fonds* et *fonts*, *for*, *fors* et *fort*, *gai* et *gué*, *gène* et *gêne*, *golf* et *golfe*, *goûter* et *goutter*, *leur*, *heure* et *heurt*, *lice* et *liste*, *malgré* et *mal gré*, *martyr* et *martyre*, *pair*, *paire*, *père* et *pers*, *partie* et *parti*, *pâté* et *pâtée*, *pause* et *pose*, *peut être* et *peut-être*, *philtre* et *filtre*, *point* et *poing*, *prémisse* et *prémices*, *près* et *prêt*, *raisonner* et *résonner*, *rancart* et *rancard*, *reine*, *rêne* et *renne*, *repaire* et *repère*, *roder* et *rôder*, *sain*, *saint*, *sein* et *seing*, *satire* et *satyre*, *sceau*, *seau*, *saut* et *sot*, *sceptique* et *septique*, *serein* et *serin*, *signe* et *cygne*, *soi*, *soit* et *soie*, *subi* et *subit*, *sur* et *sûr*, *tache* et *tâche*, *tôle* et *taule*, *tome* et *tomme*, *tribu* et *tribut*, *ver*, *verre*, *vers* et *vert*, *voie* et *voix*, *voire* et *voir*, *volatil* et *volatile*.

HOMOPHONIE

Ce qu'il en dit…
Au-delà du divertissement, l'homophonie met au jour les doubles fonds du langage qui produisent de l'équivoque, de l'humour, ou du malaise. Si je parle d'un ami et de la femme qu'il aime, *rien ne dit qu'elle est celle* qui l'aime…
Ces ambiguïtés confinent parfois à la cocasserie – que serait un veau élevé sous la mer *plutôt que* sous la mère *? – et*

souvent à la grivoiserie. Ah ! le subjonctif imparfait du verbe savoir *!*

On ne s'étonnera donc pas que nombre de jeux homophones présentent des énoncés égrillards, voire obscènes. Les bons auteurs ne sont pas en reste :
Un seul être vous manque et tout est dépeuplé. Moralité : *concentrique.* (Boris Vian.)

On *l'attirait, on la tirait.* (Raymond Queneau.)

Dans leur écoute attentive du langage, les écrivains sont les premiers fascinés par ces doublures qui font surgir de nouveaux sens. Que mal *rime avec* mâle, *ou* chair *avec* chaire *invite à jouer et, plus encore, à considérer la langue comme un territoire plein de correspondances mystérieuses. Le poète palestinien Mahmoud Darwich s'émerveille ainsi que les mêmes sons désignent, en arabe,* les mots et les demeures.

*La langue n'est pas un instrument neutre d'échange, ni même un simple objet de manipulation ludique, mais un champ de forces dont la littérature (*lis tes ratures*) est le* révélateur. (Thierry Leguay.)

HUMOUR (DÉFINITIONS)

Ce qu'ils en disent…

La seule chose absolue, dans un monde comme le nôtre, c'est l'humour. (Albert Einstein.)

L'absence totale d'humour dans la Bible est une des choses les plus étranges de toute la littérature. (Alfred North Whitehead.)

L'exagération est la forme la moins chère de l'humour. (Elizabeth Peters.)

Où il n'y a pas d'humour, il n'y a pas d'humanité ; où il n'y a pas d'humour (cette liberté prise, ce détachement vis-à-vis de soi-même), il y a le camp de concentration. (Eugène Ionesco.)

Il y a des gens qui sont chauves au-dedans de la tête : ceux qui n'ont pas d'humour. (Francis Blanche.)

Qu'est-ce que l'humour, sinon le masque dont nous affublons la vérité pour la rendre moins offensante ? (François Rivière.)

Je ne plaisante jamais avec l'humour. (Frigyes Karinthy.)

L'humour est la seule forme autorisée du crime passionnel. (Georges Neveux.)

L'humour est le plus court chemin d'un homme à un autre. (Georges Wolinski.)

L'imagination a été donnée à l'homme pour compenser ce qu'il n'est pas.
L'humour pour le consoler de ce qu'il est. (Saki.)

Vous avez à apprendre à rire. Pour atteindre l'humour supérieur, cessez d'abord de vous prendre trop au sérieux. (Jacques Prévert.)

L'humour n'est pas à confondre avec la grosse plaisanterie, le vaudeville égrillard, le mauvais calembour, pas davantage avec la gauloiserie ou l'esprit facile. (Jacques Sternberg.)

L'humour, c'est l'eau de l'au-delà mêlée au vin d'ici-bas. (Jean Arp.)

Humour : pudeur, jeu d'esprit. C'est la propreté morale et quotidienne de l'esprit.
L'humoriste, c'est un homme de bonne mauvaise humeur. (Jules Renard.)

Mépriser le monde, c'est facile et le plus souvent un signe de mauvaise digestion. Mais comprendre le monde, l'aimer et ne rire qu'alors, aimablement, lorsque tout est fini, c'est cela l'humour. (Kurt Tucholsky.)

Humour : muet et amer, que j'aime à humer sourdement. (Michel Leiris.)

L'humour ne peut exister que là où les gens discernent encore la frontière entre ce qui est important et ce qui ne l'est pas. (Milan Kundera.)

L'humour, je ne sais ce que c'est. Avoir de l'humour, c'est comme avoir les yeux bleus.
L'humour vient tout seul à l'homme, comme les poils du pubis. (Pierre Desproges.)

L'humour est une tentative pour décaper les grands sentiments de leur connerie. (Raymond Queneau.)

L'humour est un art d'exister.
L'humour est l'unique remède qui dénoue les nerfs du monde sans l'endormir, lui donne sa liberté d'esprit sans le rendre fou, et met dans les mains des hommes, sans les écraser, le poids de leur propre destin. (Robert Escarpit.)

Ce qui ne tolère pas la plaisanterie supporte mal la réflexion. (Sacha Guitry.)

C'est justement parce que l'humour recèle toujours une douleur cachée qu'il comporte aussi une sympathie dont l'ironie est dépourvue.
L'humour, comme le fauve, va toujours seul. (Søren Kierkegaard.)

HYPOCORISME

Du grec *hupokorizesthai* « parler avec des diminutifs », caractérise les termes affectueux et autres appellations familières. Certains sont formés par ajout d'un suffixe avec un sens diminutif : *Mignonnette*, *Jeannot*, *Jeannette* ; d'autres procèdent par troncation : *Toni*, *Tonio*, *Toine* ; d'autres par redoublement après troncation : *Nini*, *Sissi*, *Nino*, *Jojo*, *Titine*, *Jean-Jean*, *chien-chien*, *fifille*.

I

IDÉOGRAMMES ET CARACTÈRES

Combien sont-ils ?

Chinois :
45 000 idéogrammes

Japonais :
18 000 idéogrammes

Khmer :
74 caractères

Sanskrit :
48 caractères

Cyrillique :
33 caractères

Persan :
32 caractères

Turc :
29 caractères

Espagnol :
29 caractères

Arabe :
28 caractères

Allemand :
27 caractères

Anglais :
26 caractères

Français :
26 caractères

Grec :
24 caractères

Hébreux :
22 caractères

Latin, première époque :
21 caractères

Hawaïen :
12 caractères

IGNORER OU SAVOIR ?

Vous n'êtes pas sans ignorer, mon cher Untel…
En réalité, *ignorer*, c'est « ne pas savoir ». *Vous n'êtes pas sans ignorer* signifie : *Vous ne savez pas* ; alors que l'on voudrait dire : *Vous n'êtes pas sans savoir*, c'est-à-dire : *Vous savez*.
Quand on emploie *n'être pas* avec la préposition *sans* accompagnée d'un verbe à *l'infinitif*, le sens négatif disparaît et on donne une valeur positive à un énoncé. Les négations s'annulent.
Reprenons cette même construction en changeant *ignorer* par un autre verbe : *La vue de cette pin-up n'est pas sans me troubler*. Ici, le doute n'est pas possible (elle me trouble).

IMPÉRATIF

Heureusement, l'impératif n'a que deux temps (présent, passé) et trois personnes, et les difficultés qu'il soulève ne concernent que le présent à la deuxième personne du singulier. Si les désinences de l'impératif présent se distinguent de celles de l'indicatif présent par l'absence d'un *s* à la deuxième personne du singulier de certains verbes, cette absence est d'abord due à la forme latine d'origine :
Indicatif présent : *cantas*, tu chantes.
Impératif présent : *canta*, chante.
Le latin ne connaissait pas de *s* dans les conjugaisons de l'impératif, contrairement à celles de l'indicatif.
À la deuxième personne du singulier de l'impératif, les verbes du premier groupe prennent impérativement une terminaison en *e*, sans *s*, sauf devant *en* et *y* où l'on met un *s* euphonique pour une raison de sonorité.

Tue-le !
Ne le tue pas !
Va, vole et me venge !
Manges-en.

En revanche, si *en* ou *y* sont suivis d'un infinitif on ne met ni *s* ni trait d'union.

Va y mettre ton grain de sel !

On met un trait d'union entre le verbe et le ou les pronoms personnels qui s'y rapportent.

Donne-le-moi.

Si le verbe à l'impératif est intransitif, on ne met pas de trait d'union.

Va te laver.

INCIPIT

(Du latin *incipire* « commencer ». Premiers mots d'un livre ou d'un manuscrit.)

La première phrase est une prise de contact avec le lecteur, une rencontre définitive et intimidante. Elle dessine une frontière, un seuil émouvant. En deçà tout est possible, au-delà il faudra se surveiller…
De telles hésitations sont clairement lisibles chez Proust. D'ailleurs la Bibliothèque nationale conserve précieusement seize débuts de *La Recherche*, parmi lesquels :
Il faisait nuit noire dans ma chambre.
Autrefois, j'avais connu le bonheur de rester éveillé…
Il faisait nuit dans ma chambre. C'était l'heure.
Mais chacun connaît l'heureuse élue : *Longtemps, je me suis couché de bonne heure.*

Débuts magiques ? Inévitables corvées ? Sur ces tâtonnements, Pinget donne des précisions : *Ce qu'il y a de plus difficile dans un roman, parce que justement cela a l'air facile, c'est la première phrase. C'est elle qui décide de tout le reste. Pour* Le Fiston, *j'avais parié avec une voisine que je commencerais par « La fille du cordonnier est morte ». Si j'avais choisi un autre début, sans doute aurais-je écrit un autre livre.*
Le mieux, semble-t-il, est de se montrer patient. Pour Claude Ollier : *Tous mes incipit sont venus au terme d'une longue attente, et toujours un peu par surprise, au réveil par exemple, ou dans le cours d'une promenade, en pensant à autre chose.*
Ou adopter les dispositions qui conviennent. Pour André Breton : *Après vous êtes établi en un lieu aussi favorable que possible à la concentration de votre esprit sur*

lui-même, placez-vous dans l'état le plus passif, ou réceptif, que vous pourrez. Écrivez vite sans sujet préconçu, assez vite pour ne pas vous retenir et ne pas être tenté de vous relire. La première phrase viendra toute seule.
(D'après Thierry Leguay.)

Florilège :
Il arriva chez nous un dimanche de novembre 189... (Alain-Fournier, *Le Grand Meaulnes.*)

J'ai été élevé seul et, aussi loin que je me rappelle, j'étais anxieux des choses sexuelles. (Georges Bataille, *Histoire de l'œil.*)

Ça a débuté comme ça. Moi, j'avais jamais rien dit. (Louis-Ferdinand Céline, *Voyage au bout de la nuit.*)

Dans une bourgade de la Manche, dont je ne veux pas me rappeler le nom, vivait, il n'y a pas longtemps, un hidalgo, de ceux qui ont lance au râtelier, rondache antique, bide maigre et lévrier de chasse. (Cervantès, *Don Quichotte.*)

Descendu de cheval, il allait le long des noisetiers et des églantiers, suivi de deux chevaux que le valet d'écurie tenait par les rênes, allait dans les craquements du silence, torse nu sous le soleil de midi, allait et souriait, étrange et princier, sûr d'une victoire. (Albert Cohen, *Belle du Seigneur.*)

Si ce discours semble trop long pour être tout lu en une fois, on le pourra distinguer en six parties. (René Descartes, *Discours de la méthode.*)

Un jour, j'étais âgée déjà, dans le hall d'un lieu public, un homme est venu vers moi. (Marguerite Duras, *L'Amant.*)

C'était à Mégara, faubourg de Carthage, dans les jardins d'Hamilcar. (Gustave Flaubert, *Salammbô.*)

Par une soirée extrêmement chaude du début de juillet, un jeune homme sortit de la toute petite chambre qu'il louait dans la ruelle S… et se dirigea, d'un pas indécis et lent, vers le pont K. (Dostoïevski, *Crime et Châtiment.*)

Toute ma vie, je me suis fait une certaine idée de la France. Le sentiment me l'inspire aussi bien que la raison. (Charles de Gaulle, *Mémoires de guerre.*)

Silence. (Bernard Giraudeau, *Les Hommes à terre.*)

J'appartiens à l'une des plus vieilles familles d'Orsenna. (Julien Gracq, *Le Rivage des Syrtes.*)

En 1815, M. Charles-François Bienvenu Myriel était évêque de D. (Victor Hugo, *Les Misérables.*)

Le fleuve coulait vers la mer. (Georges Ikor, *Les Eaux mêlées.*)

Tu vois, ma bonne amie, que je te tiens parole, et que les bonnets et les pompons ne prennent pas tout mon temps ; il m'en restera toujours pour toi. (Choderlos de Laclos, *Les Liaisons dangereuses.*)

Longtemps je me suis touchée de bonheur. Longtemps, j'ai couru dans des campagnes battues par les vents pour trouver ces coins de solitude où, dans une clairière, à l'abri des importuns, je pouvais remonter mon cotillon sur mes cuisses, glisser mes doigts dans l'humidité des premiers jours et branler au soleil d'été ma blessure de fille. (Étienne Liebig, *La Vie sexuelle de Blanche-Neige.*)

L'avocat ouvrit une porte. (François Mauriac, *Thérèse Desqueyroux.*)

Ce doit être un jeudi soir que je la rencontrai pour la première fois – au dancing. (Henry Miller, *Sexus.*)

Lolita, lumière de ma vie, feu de mes reins. Mon péché, mon âme. (Vladimir Nabokov, *Lolita.*)

J'avais vingt ans. Je ne laisserai personne dire que c'est le plus bel âge de la vie. (Paul Nizan, *Aden Arabie.*)

Par un chaud après-midi d'avril 1937, une fille amoureuse se tenait devant son miroir. (Joyce Carol Oates, *Eux.*)

Le 26 juin, un peu avant midi, il m'est arrivé quelque chose que je n'oublierai plus : je suis mort. (Jean d'Ormesson, *La Douane de mer.*)

C'était une journée d'avril froide et claire. (George Orwell, *1984.*)

Doukipudonktan, se demanda Gabriel excédé. (Raymond Queneau, *Zazie dans le métro.*)

Son amant emmène un jour O se promener dans un quartier où ils ne vont jamais, le parc Montsouris, le parc Monceau. (Pauline Réage, *Histoire d'O.*)

Je suis né dans un village près de Reims et je me nomme Cupidonnet. (Restif de La Bretonne, *L'Anti-Justine ou les délices de l'amour.*)

Le 15 mai 1796, le général Bonaparte fit son entrée dans Milan à la tête de cette jeune armée qui venait de passer le pont de Lodi, et d'apprendre au monde qu'après tant de siècles César et Alexandre avaient un successeur. (Stendhal, *La Chartreuse de Parme.*)

Toutes les familles heureuses se ressemblent mais chaque famille malheureuse l'est à sa façon. (Léon Tolstoï, *Anna Karénine.*)

INJURE

L'injure, ce n'est ni le gros mot, ni le juron, ni la calomnie, ni la diffamation, ni le reproche. La pratique de l'injure sert essentiellement à se défouler et il n'y a qu'à consulter le *Dictionnaire des injures* (Tchou, 1970) et ses 9 300 gros mots pour le vérifier. Mais où sont passées les belles injures truculentes de jadis ?

Seuls les héros d'Homère, forts en gueule, comme on sait, auraient pu rivaliser avec certains cochers [...] *pour l'abondance et le pittoresque des injures.* (Chamfort.)

En 1935, dans un article intitulé « La faillite de l'injure », le journaliste Gustave Fréjaville notait qu'*autrefois l'engueulement était de règle, il avait ses maîtres et sa littérature.*

Il serait urgent de réapprendre à savoir injurier, ne serait-ce que pour faciliter l'extériorisation libératrice. Robert Édouard, l'auteur du dictionnaire cité, réclamait d'ailleurs la création d'une « chaire d'Injure » en Sorbonne. Depuis l'Antiquité, les injures ont toujours émoustillé les philosophes. Aristote, par exemple, a composé entre autres un *Traité de la dispute* et Protagoras, un *Art de la dispute.*

Mais si on disait toujours la vérité, dans le monde... on passerait sa vie à se dire des injures... (Eugène Labiche.)

Je suis fermement persuadé que les ânes, quand ils s'insultent entre eux, n'ont pas de plus sanglante injure que de s'appeler hommes. (Heinrich Heine.)

INSULTE

Ne pas confondre : *insulte*, *injure* et *gros mot*.

Le premier texte français où l'on trouve des insultes serait *La Chanson de Roland*, lesdites insultes étant adressées par les Sarrasins aux Français : *De noz Franceis vait disant si mals moz* ou *Il va disant sur nos Français de laides paroles*. Toutefois on peut penser que les petits copains d'Obélix, nos ancêtres les Gaulois et les Gauloises, ne devaient pas non plus s'en priver.

À la fin de *L'Art de toujours avoir raison*, un répertoire de 38 astuces qu'il avait réunies pour son usage personnel, mais qu'il ne publia jamais, Schopenhauer la recommande quand on est à bout d'arguments :

Lorsqu'on constate la supériorité de l'agresseur et qu'on veut continuer à avoir tort, il faut devenir blessant, grossier. Devenir blessant, c'est s'écarter de l'objet de la querelle (parce qu'on a perdu la partie) pour se tourner vers l'interlocuteur et s'en prendre d'une manière ou d'une autre à sa personne [...]. *Mais lorsqu'on devient offensant, on abandonne complètement l'objet et on dirige son attaque vers la personne de l'adversaire : on devient donc outrageant, méchant, offensant, grossier. Ce sont les forces de l'esprit qui interpellent celles du corps ou celles de l'animalité. Cette règle est très appréciée parce que chacun est apte à l'appliquer, et c'est pourquoi on y a souvent recours. Une grossièreté triomphe de tout argument et éclipse toute forme d'esprit. La vérité, la connaissance, l'entendement, l'esprit, l'humour n'ont plus qu'à plier bagage et sont battus sur le champ de la divine grossièreté.*

Et Schopenhauer d'illustrer son propos en parlant des Français :

Les autres continents ont des singes, l'Europe a des Français. Ceci compense cela.
Mais les Français ne sont pas en reste, car nous possédons un joli répertoire d'insultes aussi bien scatologiques, politiques, phallocrates, racistes qu'homophobes : *con* et ses dérivés, *conne*, *connard*, *conasse*, *conneries* font un tabac ; l'adjectif *gros* est « mis à toutes les sauces », *gros con*, *grosse vache*, *gros lard*, etc. Bonjour, la poésie...

INTERROGATION NÉGATIVE

Si, à la question : *Les chaussettes de l'archiduchesse ne sont-elles pas sèches ?* on répond par : *Oui, les chaussettes de l'archiduchesse sont sèches*, on est dans l'erreur. On doit répondre par *si* et non par *oui*. *Les chaussettes de l'archiduchesse ne sont-elles pas sèches ? Si.*
Dans le cas désespéré où elles ne seraient toujours pas sèches, par : *Non, les chaussettes de l'archiduchesse ne sont pas sèches.*

INVERSION

L'ordre des mots dans la phrase est fondamental. C'est ce qu'on appelle la *syntaxe*. Or il suffit d'inverser deux mots, et voilà la phrase qui prend une nouvelle tournure.

Je connais un savant aveugle.
Je connais un aveugle savant.

– Un savant aveugle : je connais un savant atteint de cécité.
– Un aveugle savant : je connais un aveugle qui sait beaucoup de choses.

Un groupe de bonnes femmes arrive à l'église.
Un groupe de femmes bonnes arrive à l'église.

– Bonnes femmes : être traitée de *bonne femme* n'est généralement pas une *bonne* chose…
– Femmes bonnes :… tandis qu'être qualifiée de *femme bonne* est très flatteur et généreux, du moins dans certains milieux caritatifs.

Ce sont mes propres affaires.
Ce sont mes affaires propres.

– Mes propres affaires : ces affaires sont à moi.
– Mes affaires propres : mes affaires ne sont pas sales.

ISOCOLON

Il sera toujours bien vu d'expliquer dans un dîner en ville, si un convive vous fait le coup du fameux : *Veni, vidi, vici*, qu'il vient de faire un *isocolon.* Cette figure, du grec *iso* « égal » et *kôlon* « membre », consiste à former un nombre égal de syllabes dans une unité d'une période pour faciliter un rythme cadencé. Attention : *le ticket chic, le ticket choc* n'est pas un isocolon ! C'est une prosonomasie fondée sur la régularité d'un isocolon…

J

JADIS, NAGUÈRE, AUTREFOIS, ANTAN

Quatre mots pour désigner le passé indéterminé. Des quatre, *autrefois* (lequel avait une connotation de futur, il s'agissait de l'autre fois, la prochaine fois) est le plus utilisé, raison supplémentaire pour restituer aux trois autres leur juste fonction. *Naguère*, de *n'a guère*, signifie « il y a peu de temps » mais nous ne nous en servons plus guère, il appartient au temps *jadis*… qui, lui, est issu de la contraction de *ja a dis*, « il y a déjà des jours », et se réfère bien à un passé plus lointain. Quant à *antan*, il vient du latin populaire *ante annum*, « l'an passé ». Les *Dames du temps jadis* et les *Neiges d'antan* de François Villon appartenaient à un passé proche.

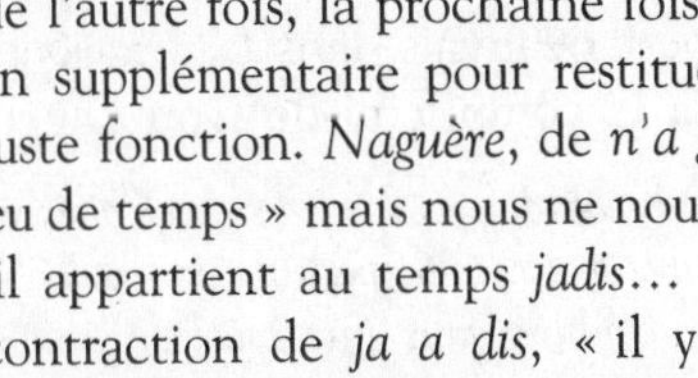

JARGON

Antoine Furetière (1619-1688), dans son *Dictionnaire universel*, le définit ainsi : *Langue factice dont les gens d'une même cabale conviennent afin qu'on ne les entende pas tandis qu'ils l'entendent entre eux.* Et l'on pourrait ajouter : sur notre dos. Au XVe siècle, grâce à Villon et à ses *Ballades*, nous savons que le jargon était la langue utilisée par les truands. Christian Moncelet, dans *Les Mots du comique et de l'humour*, cite les grands pourfendeurs de cet « intellectualisme jargonneur » : Alexandre Vialatte, avec *Battling le ténébreux* ; Michel-Antoine Burnier et Patrick Rambaud, *Le Roland Barthes sans peine*, et François Georges, *L'Effet 'Yau de poêle* au sujet du vocabulaire lacanien.

Le plus désopilant est sans doute *Le Cid* que nous propose Robert Beauvais dans *L'Hexagonal tel qu'on le parle*, grâce à la complicité de Don Diègue :

> *Ô stress ! Ô break-down ! Ô sénescence aliénante ! N'ai-je donc vécu que pour cette perturbation culpabilisante ! Et n'ai-je donc perduré dans une escalade promotionnelle à vocation martiale que pour déboucher sur l'instantanéité de ce retour au degré zéro de l'investiture ?*

JAVANAIS

Lavangavajave est la traduction de *langage* en javanais. Recette pour parler javanais : on ajoute *av* après chaque consonne d'un mot. Si le mot commence par une voyelle, on ajoute *av* devant celle-ci :
Train : travain. Allumettes : avallavumavettaves.

Le *javanais* fut imaginé par René Alexandre Béné-fand, plus connu sous le pseudonyme de René Luguet (1813-1904). Parler typiquement parisien, il est décrit dans les journaux de l'époque comme *une langue mystico-blagoso-financiéro-amoureuse* et considéré comme *un charabia, le plus baragouinant, le plus traître, le plus gouailleur qui se puisse entendre*. (H. de Villemessant et B. Jouvin.)

JOUAL

Comme partout dans le monde où le français est la langue maternelle, il existe au Québec deux formes de langue distinctes : le français écrit, le français dit « international », et le français oral, qui est le français québécois proprement dit, plus ou moins marqué selon l'appartenance culturelle et sociale des locuteurs. Le *joual* en est une variété.
Té pogné icitte pour une bonne secousse. On a tout tchéqué, moé pis mon chum stie ! Le trouble y vient d'la fan qu'éta trop slack. À force de zigonner su l'starter t'as mis ta batterie à terre. C'est l'bout d'la marde ! M'a t'être forcé à changer l'shaft. Y é pété lui itou. À part de d'ça, j'sé pas si t'as vu mais y a pus d'anti-freeze dans le maudzi bazou. Avec le fret qu'on a c'est pas ben smart de

runner un char de même. J'dis pas si c'éta un char neu mais on n'est pas su'a Côte d'Azue icitte, pis c'est vrai en crisse. Ça gèle en tabaslak dans l'boutte où s'qu'on reste nouz'aut. En té cas, pour être bad-locké, t'es bad-locké en sacrament ! Si c'était rien que de moé, tandis qu't'es icitte, j'fra un check-up complet, pis j'changera les spark plugs en si vous plaît. Pas mes mosusses d'affaires mais c't'une vraie minoune que l'rent-a-car y t'as louée là. Y é toute foqué c'char-là. Ç'a pas d'allure. Y ont même pas mis de tayeurs à neige. Ça doit skider en tabarnak su l'autoroute ! Surtout qu'astheure, à cause de leu maudit'z'économies à marde y z'épandent pus pantoute de stoffe dans a's'maine. Y z'en garrochent rien qu'en fin de semaine, les osties de calvaires ! Si c't'avec ça qui z'espèrent attirer l'tourisse, les épâs y s'content des pipes, les sacraments !

Traduction :

Pogné icitte : coincé ici.
Une bonne secousse : un bon moment.
Tchéqué : vérifié.
Moé pis mon cheum : moi et mon ami.
Stie ! : hostie ! (interjection courante au Québec, tout comme *christ*, *tabernacle*, *sacrement*, qui peuvent se comparer au « bon Dieu » français).
Trop slack : trop lâche, pas assez serré.
Zigonner : jouer, tâtonner.
Shaft : arbre de transmission.
Maudzi bazou : maudit tacot.
Fret : froid.
C'est vrai en crisse : c'est vrai en christ (voir *hostie*, *bon Dieu*, *tabernacle*).
Ça gèle en tabaslak : déformation pour *tabernacle*.
Bad-locké : de l'anglais *bad luck* – pas de chance.

Sacrament : sacrement.
Pas mes mosusses d'affaires : ce n'est pas mes maudites affaires.
Minoune : tacot.
Foqué : de l'anglais *fucked* – foutu.
Tayeur à neige : de l'anglais *tyre* – pneu neige.
Skider : de l'anglais *to skid* – déraper.
Marde : merde.
Pantoute de stoffe : de l'anglais *stuff* – truc. En l'occurrence, du sel pour faire fondre la neige.
Garrocher : jeter, lancer.
Les épâs : littéralement « les épais » ; par extension : « les lourdauds ».
Y s'content des pipes : ils racontent des bobards.
(D'après Alain Stanké.)

JOUR

Les jours de la semaine ne prennent pas de majuscule (contrairement à la langue anglaise). Au pluriel, on écrit les *samedis*, les *dimanches*, etc., mais *en vente les samedi et les dimanche de chaque semaine*, car il n'y a qu'un samedi et qu'un dimanche par semaine. S'il s'agit du mois, il y a plusieurs lundis dans un mois et on écrit donc : *La sélection a lieu les premier et troisième lundis de chaque mois*.
Lundi vient de *Lunae dies*, jour de la Lune ; mardi de *Martis dies*, jour de Mars ; mercredi de *Mercurii dies*, jour de Mercure ; jeudi de *Jovis dies*, jour de Jupiter ; vendredi de *Veneris dies*, jour de Vénus ; samedi de *Sabbatum dies*, jour du sabbat ; enfin dimanche de *Dies dominicus*, jour du Seigneur.

Autrefois, le premier jour de la semaine était le samedi, puis, en France, le dimanche ; heureuse époque où on commençait la semaine par le repos. Depuis 1932, le *Dictionnaire de l'Académie française* considère le dimanche comme le dernier jour de la semaine.

JURONS ET AUTRES GROS MOTS

Ce qu'ils en disent…

Tous les morbleus, tous les ventrebleus
Les sacrebleus et les cornegidouilles
Ainsi, parbleu, que les jarnibleus
Et les palsambleus
Tous les cristis, les ventres saint-gris
Les par ma barbe et les noms d'une pipe
Ainsi, pardi, que les sapristis
Et les sacristis
Sans oublier les jarnicotons
Les scrogneugneus et les bigr's et les bougr's
Les saperlottes, les crénom de nom
Les pestes, et pouah, diantre, fichtre et foutre
Tous les bon Dieu
Tous les vertudieux
Tonnerr' de Brest et saperlipopette
Ainsi, pardieu, que les jarnidieux
Et les pasquedieux.
(Georges Brassens, *La Ronde des jurons.*)

Merde *: ce mot est une friandise. Seuls les crétins de haut vol ne l'utilisent jamais. Un mot qui se crie, qui se hurle, qui se susurre, se murmure, se savoure.*
C'est le mot qui console, dont on a besoin.
(Pierre Perret.)

Moi, si j'étais riche, j'apprendrais à dire merde en dix-huit langues.
(Alexandre Breffort.)

K

KAKEMPHATON

Le kakemphaton est un énoncé cocasse – souvent trivial – qui se produit involontairement à cause d'associations sonores malheureuses.
Ainsi, dans la phrase suivante : *La vache paît en paix dans ces verts pâturages*, on entend aussi : *La vache pète en paix* ! Ou encore, sous la plume du dramaturge d'Arlincourt : *Quoi ? Ne t'ai-je point dit qu'elle était ma querelle ?*, le mot *maquerelle*.

Nos écrivains, parmi les meilleurs, ne sont pas en reste :

Et le désir s'accroît quand l'effet se recule. (Pierre Corneille, *Polyeucte*.)

Je suis romaine, hélas, puisque mon époux l'est. (Pierre Corneille, *Horace*.)

Car ce n'est pas régner qu'être deux à régner. (Pierre Corneille, *La Mort de Pompée*.)

Le rat fut à son pied par la patte attachée. (La Fontaine, *Fables*, 1668.)

Madame, il faudrait que vous en sussiez de plus longues et de plus agréables.
Est-il bon ? Est-il méchant ? (Denis Diderot.)

Sur le sein de l'épouse, il écrasa l'époux.
J'habite à la montagne et j'aime à la vallée.
On m'appelle à régner… (Vicomte d'Arlincourt, *Le Siège de Paris.*)

Je sortirai du camp, mais quel que soit mon sort, j'aurai montré, du moins, comme un vieillard en sort. (Adolphe Dumas, *Le Camp des croisés.*)

Il sortit de la vie comme un vieillard en sort. (Victor Hugo, *Les Burgraves.*)

L

LACAN (JACQUES)

Jacques Lacan adorait les jeux autour de la langue, genre calembours, entre autres. Plus souvent qu'à son tour, il a joué avec les signifiants. Ce qui lui a permis de rafraîchir certains vocables et de faire rebondir le sens des termes. Par exemple : unis-vers-Cythère *(universitaire)*, mot-érialiste (matérialiste), dit-femme *(diffame)*, dit-mension *(dimension)*, etc.

N'hésitez pas à mouiller votre chemise et à entrer dans l'arène des mots afin de leur faire dire ce qu'ils ne veulent pas forcément dire, ils vous en seront reconnaissants. Essayons ensemble de lacaniser les mots : l'acteur Belmondo devient bel-monde-oh !, *la Sécurité sociale*, la Sec-urticaire sociale, *épaisseur*, eh ! pet-sœur, *ou la feuille d'impôt, la* feuille-d'un-pot.
À vous de jouer. Exercez-vous avec votre nom, ou avec celui de vos proches. Ensuite, transformez par exemple en calembours les titres du journal, vous verrez, cela va rapidement devenir un automatisme. Si vous n'êtes vraiment pas inspiré, reportez-vous à l'almanach Vermot (vers-mots), *qui constitue une mine inépuisable d'idées et de jeux de mots.*
(D'après Corine Maier.)

LANGAGE

Ce qu'il en dit…

Prenez un mot usuel.

Posez-le sur une table bien en évidence et décrivez-le : de face, de profil, de trois quarts.

Répétez un mot autant de fois qu'il faut pour le volatiliser et analysez le résidu.

Trouvez un seul verbe pour signifier l'acte qui consiste à boire un verre de vin blanc avec un camarade bourguignon, au café des Deux Magots, vers six heures, un jour de pluie, en parlant de la non-signification du monde, sachant que vous venez de rencontrer votre ancien professeur de chimie et qu'à côté de vous une jeune femme dit à sa voisine : « Je lui en ai fait voir de toutes les couleurs, tu sais ! » (Jean Tardieu.)

LANGUE

Ce qu'ils en disent…

Défiez-vous des gens qui disent qu'il faut renouveler la langue ; c'est qu'ils cherchent à produire avec des mots, des effets qu'ils ne savent pas produire avec des idées. (François Andrieux.)

Ce qui n'est pas clair n'est pas français. (Rivarol.)

La langue française est une noble gueuse, elle ne souffre pas qu'on l'enrichisse malgré elle. (Marcel Prévost.)

Curieuse langue française, et prophétique, qui fait commencer l'amour comme la guerre par une déclaration ! (Jean Simard.)

Le premier instrument du génie d'un peuple, c'est sa langue. (Stendhal.)

La langue française est langue d'État, la seule propre aux grandes affaires. (Charles Quint.)

La langue anglaise est un fusil à plombs : le tir est dispersé. La langue française est un fusil qui tire à balle, de façon précise. (Otto von Habsburg.)

En dehors du français, il y a une seule langue nationale que la Constitution tolère : la langue de bois ! (Vincent Roca.)

Écrire proprement sa langue est une des formes du patriotisme. (Lucie Delarue-Mardrus.)

Bout de la langue – Sert à mettre les mots que l'on ne trouve pas. (Pierre Daninos.)

L'image la plus exacte de l'esprit français est la langue française elle-même. (Désiré Nisard.)

On n'habite pas un pays, on habite une langue. Une patrie, c'est cela et rien d'autre. (Emil Michel Cioran.)

C'est une langue bien difficile que le français. À peine écrit-on depuis quarante-cinq ans qu'on commence à s'en apercevoir. (Colette.)

Langue. Greffe d'un sens commun dans le cerveau de chacun, qui permet à chacun d'être un pays, de faire partie d'un peuple. (Jacques Ferron.)

Ma patrie, c'est la langue française. (Albert Camus.)

La langue française est une femme. Et cette femme est si belle, si fière, si modeste, si hardie, touchante, voluptueuse, chaste, noble, familière, folle, sage, qu'on l'aime de toute son âme, et qu'on n'est jamais tenté de lui être infidèle. (Anatole France.)

Le génie de notre langue est la clarté. (Voltaire.)

LANGUE DE BOIS

L'expression langue de bois est apparue dans le contexte de la propagande politique. La métaphore doit venir des langues slaves, sans doute à la fin de la période stalinienne. Ce fut du polonais que l'expression fut traduite dans les années 1980. (Le Robert, *Dictionnaire historique de la langue française.*)

Échantillon :
Mesdames, Mesdemoiselles, Messieurs,
Je tenais à prendre la parole aujourd'hui devant vous, pour dire ceci, qui me paraît en effet tout à fait approprié à la situation qui nous concerne tous. Étant donné que, dans un premier temps, la privatisation assume la prise de conscience basique du zapping culturel, il est un fait que, dans un deuxième temps, la normalisation virtualise le profil lobbyiste du tissu social. Or, dans la mesure où, à la rigueur, la désinformation tétanise la mutation postmoderne de la majorité silencieuse, il convient bien évidemment de prendre en considération le paramètre suivant, puisque le rôle des médias somatise l'arbitraire commensurable d'une génération phasée et que, par ailleurs, le droit de l'hommisme fidélise le lapsus holistique du cocooning sauvage.
Il va de soi, dans ces conditions, que la féminitude interpelle le charisme déjà obsolète d'un non-dit potentiel et ceci, en temps réel ! J'insiste sur ce point.

Ainsi, nous ne pouvons ignorer que, virtuellement, la sémantique motive le contre-pied adrénalitique des idéologies dominantes, car, comme vous le savez, à l'heure actuelle, le new-âgisme sous-tend le processus contradictoire de certains noyaux durs.
En outre, le champ du possible décontextualise le clivage convivial de la sabirisation du langage.
Il serait souhaitable qu'à terme la géopolitique remodèle le profil actif d'une philosophie de la rue, mais pour cela, nous devons faire en sorte que la ghettoïsation gère la relecture polygone d'une dialectique bipolaire de manière à ce que, légitimement, l'ego-training drive la force de frappe kafkaïenne des vrais enjeux.
Or, pour l'heure, à tout le moins, nous pouvons d'ores et déjà affirmer que, sur le terrain, la désinformation récupère la dispersion holistique de l'écosystème relooké. Culturellement, c'est, quelque part, la preuve que la postéropodie remet en question la démarche univoque d'une dimension mythique.
Cependant, et en dernier lieu, je tiens à rappeler une chose : nous sommes aujourd'hui dans la situation où la scientificité ressource le lapsus électif de l'être en devenir, ce qui, en soi, représente un net progrès !
Mesdames, Mesdemoiselles, Messieurs... Françaises, Français... Vive la République, vive la France !
(Marc-Olivier Jeanson.)

LANGUE FRANÇAISE ET RÉVOLUTION

À la Révolution, pour la « République une et indivisible », il était urgent de doter la France d'une langue nationale. Alors qu'on aurait pu s'attendre au contraire

à ce que la Révolution respecte les patois, après une courte période où l'on tenta de traduire dans tous les idiomes parlés en France les décrets de l'Assemblée – *Ainsi, tout le monde va être le maître de lire et écrire dans la langue qu'il aimera mieux.* (François-Joseph Bouchette) –, ils seront identifiés comme les outils de la religion et du passé et pour cette raison éliminés.
Bertrand Barère (1755-1841), membre du Comité de salut public, provoqua une véritable apologie d'une langue nationale traitant les parlers régionaux de *jargons barbares et d'idiomes grossiers qui ne peuvent plus servir que les fanatiques et les contre-révolutionnaires* !
Il n'était pas seul de cet avis et trouva des appuis chez les dirigeants, surtout auprès de l'abbé Grégoire : *Car, je ne puis trop le répéter, il est plus important qu'on ne pense en politique d'extirper cette diversité d'idiomes grossiers, qui prolongent l'enfance de la raison et la vieillesse des préjugés.* Après une enquête sur la situation linguistique en France, il remit en 1794 un rapport de 28 pages sur *la nécessité et les moyens d'anéantir les patois et d'universaliser la langue française.* Alors que moins de 3 millions de Français sur 25 parlaient la langue nationale !
Après avoir coupé les têtes, on coupa les langues.
Le 8 août 1793, la Convention nationale supprimait toutes les académies et sociétés littéraires officielles, dont l'Académie française (fondée en 1635 par Richelieu) qui sera transformée en un Institut national en 1794, l'Académie de peinture et sculpture (fondée par Mazarin en 1648), l'Académie des inscriptions et belles-lettres (fondée par Colbert en 1664), l'Académie des sciences (fondée elle aussi par Colbert en 1666), l'Académie de musique, l'Académie d'architecture.

La Révolution dut imposer le français par décrets. Mais, en raison de la sécularisation des lieux ecclésiastiques, la plupart des écoles avaient disparu et l'État n'ayant pas les moyens de les remplacer et aussi faute d'instituteurs, les dialectes perdurèrent.

Sur une proposition du député François Lanthenas, il fut décidé que *dans les contrées où l'on parle un idiome particulier, on enseignera à lire et à écrire en français* et que *dans toutes les autres parties de l'instruction, l'enseignement se fera en même temps dans la langue française et dans l'idiome du pays, autant qu'il sera nécessaire pour propager rapidement les connaissances utiles.*

Le 17 novembre 1794, la Convention nationale adoptait le décret de Joseph Lakanal (1762-1845) et, le lendemain, toujours sur proposition de Lakanal, décidait la création de 24 000 écoles primaires (une école par 1 000 habitants).

Le français s'imposa comme seule langue d'enseignement, là où il y eut des écoles.

LANGUE ROMANE

Aux VIe et VIIe siècles, la culture et l'éducation scolaire vont subir une lente dégradation. Et si les habitants de la Gaule avaient toujours l'impression de parler la même langue que celle de leurs ancêtres, celle-ci s'était en quelques siècles transformée pour devenir méconnaissable. Au début du IXe siècle, les fidèles ne comprenaient plus, pendant les offices, le latin des prêtres. Parallèlement au latin parlé par les élites, s'était développé un *latin de cuisine*, le bas latin, avec perte d'une partie des déclinaisons, transformations grammaticales et prononciations différentes. En 813, le concile de Tours stipulera que les sermons devaient désormais être prononcés en *rusticam Romanam linguam* (langue romane rustique).

LANGUE XYLOGLOTTE

Pour son créateur, qui semble souhaiter rester anonyme, c'est *une langue nouvelle reposant sur le concept incontournable du complexificationnage*. La page officielle de « défense et illustration de la langue xyloglotte » est disponible sur Internet et elle s'enrichit en permanence de mots nouveaux grâce à de nombreux contributeurs.

Extraits :

Ambisenestre : maladroit des deux mains.

Antébovino-araire : qui met la charrue avant les bœufs.

Buccogallipyge : qui a la bouche en cul de poule.

Colombophile : fan d'inspecteur américain à imper mastic, cigare et Peugeot croulante.

Dodecaquadrodecaquester : chercher midi à quatorze heures.

Gastronolatinophonie : latin de cuisine.

Hellénépiphanisation : art d'aller se faire voir chez les Grecs.

Luthomiction : action de pisser dans un violon.

Pédagogue : W.-C. pour enfants.

Péripapétiglotte : médisant.

Rhinoscopiquement : à vue de nez.

Scatopode : footeur de merde.

Uroluditélémétrie : art de jouer à celui qui pisse le plus loin.

Zoocopulatoire : qui baise comme une bête.

LAPALISSADE

Cette affirmation ridicule énonçant une évidence provient du nom de la ville de Lapalisse, dans l'Allier, qui abrite le château du vaillant maréchal de François Ier, Jacques II de Chabannes, seigneur de La Palice, qui ne méritait pas de finir en lapalissade. Dans une chanson devenue célèbre, Bernard de La Monnoye reprenait en s'en moquant les propos qu'avaient tenus les soldats de

La Palice pour illustrer le courage du maréchal lors du siège de Pavie (1525) où il perdit la vie.

Monsieur d'la Palisse est mort, il est mort devant Pavie,
Un quart d'heure avant sa mort, il était encore en vie.
Il fut par un triste sort blessé d'une main cruelle,
On croit, puisqu'il en est mort, que la plaie était mortelle.

LECTURE

Ce que Marcel Proust en disait…

Mais ma grand'mère, même si le temps trop chaud s'était gâté, si un orage ou seulement un grain était survenu, venait me supplier de sortir. Et ne voulant pas renoncer à ma lecture, j'allais du moins la continuer au jardin, sous le marronnier, dans une petite guérite en sparterie et en toile au fond de laquelle j'étais assis et me croyais caché aux yeux des personnes qui pourraient venir faire visite à mes parents. […]

Après cette croyance centrale qui, pendant ma lecture, exécutait d'incessants mouvements du dedans au dehors, vers la découverte de la vérité, venaient les émotions que me donnait l'action à laquelle je prenais part, car ces après-midi-là étaient plus remplis d'événements dramatiques que ne l'est souvent toute une vie. C'était les événements qui survenaient dans le livre que je lisais ; il est vrai que les personnages qu'ils affectaient n'étaient pas « réels », comme disait Françoise. Mais tous les sentiments que nous font éprouver la joie ou l'infortune d'un personnage réel ne se produisent en nous que par l'intermédiaire d'une image de cette joie ou de cette infortune ; l'ingéniosité du premier romancier consista à comprendre que dans l'appareil de nos émotions, l'image étant le seul élément essentiel, la simplifi-

cation qui consisterait à supprimer purement et simplement les personnages réels serait un perfectionnement décisif. Un être réel, si profondément que nous sympathisions avec lui, pour une grande part est perçu par nos sens, c'est-à-dire nous reste opaque, offre un poids mort que notre sensibilité ne peut soulever. Qu'un malheur le frappe, ce n'est qu'en une petite partie de la notion totale que nous avons de lui que nous pourrons en être émus ; bien plus, ce n'est qu'en une partie de la notion totale qu'il a de soi qu'il pourra l'être lui-même. La trouvaille du romancier a été d'avoir l'idée de remplacer ces parties impénétrables à l'âme par une quantité égale de parties immatérielles, c'est-à-dire que notre âme peut s'assimiler. Qu'importe dès lors que les actions, les émotions de ces êtres d'un nouveau genre nous apparaissent comme vraies, puisque nous les avons faites nôtres, puisque c'est en nous qu'elles se produisent, qu'elles tiennent sous leur dépendance, tandis que nous tournons fiévreusement les pages du livre, la rapidité de notre respiration et l'intensité de notre regard ? Et une fois que le romancier nous a mis dans cet état, où comme dans tous les états purement intérieurs toute émotion est décuplée, où son livre va nous troubler à la façon d'un rêve mais d'un rêve plus clair que ceux que nous avons en dormant et dont le souvenir durera davantage, alors, voici qu'il déchaîne en nous pendant une heure tous les bonheurs et tous les malheurs possibles dont nous mettrions dans la vie des années à connaître quelques-uns, et dont les plus intenses ne nous seraient jamais révélés parce que la lenteur avec laquelle ils se produisent nous en ôte la perception ; (ainsi notre cœur change, dans la vie, et c'est la pire douleur ; mais nous ne la connaissons que dans la lecture, en imagination : dans la réalité il change, comme certains phénomènes de la nature se produisent, assez len-

tement pour que, si nous pouvons constater successivement chacun de ses états différents, en revanche, la sensation même du changement nous soit épargnée).

Déjà moins intérieur à mon corps que cette vie des personnages, venait ensuite, à demi projeté devant moi, le paysage où se déroulait l'action et qui exerçait sur ma pensée une bien plus grande influence que l'autre, que celui que j'avais sous les yeux quand je les levais du livre. C'est ainsi que pendant deux étés, dans la chaleur du jardin de Combray, j'ai eu, à cause du livre que je lisais alors, la nostalgie d'un paysage montueux et fluviatile, où je verrais beaucoup de scieries et où, au fond de l'eau claire, des morceaux de bois pourrissaient sous des touffes de cresson : non loin montaient le long de murs bas des grappes de fleurs violettes et rougeâtres. Et comme le rêve d'une femme qui m'aurait aimé était toujours présent à ma pensée, ces étés-là ce rêve fut imprégné de la fraîcheur des eaux courantes ; et quelle que fût la femme que j'évoquais, des grappes de fleurs violettes et rougeâtres s'élevaient aussitôt de chaque côté d'elle comme des couleurs complémentaires.

(Marcel Proust, *Du côté de chez Swann*, 1913.)

LETTRES INVERSÉES

Sleon une *edtue* de l'université de *Cmabrigde*, *l'odrre* des *ltteers* dans un mot n'a pas *d'ipmrotncae*, la *suelle coshe ipmrotnate* est que la *pmeirère* et la *drenièire* soit à la *bnnoe pclae*, est-il écrit dans ce texte. Le reste *peut-êrte dnas* un *dsérorde ttoal* et *vuos puoevz tujoruos lrie snas porlblème*. C'est *prace* que le *creaveu hmauin* ne lit pas *chuaqe ltetre elle-mmêe, mias* le mot *cmome* un *tuot*.

LIBRAIRE

Ce qu'il aurait voulu lui écrire...

Cher libraire, je suis très heureux d'être sur vos étagères, un peu serré il est vrai, mais nous sommes si nombreux. Certains curieux me négligent, préfèrent mes voisins, d'autres me prennent, me retournent et m'abandonnent sur une gondole. J'aime bien les gondoles. Les grincheux prétendent que vous souhaitez vous débarrasser de moi en me proposant à vos clients. C'est de la pure jalousie. Vous faites cela par amour, vous aimez tant les livres. J'attends d'être cueilli. Je suis prêt, disponible. Il suffit de me saisir, de m'ouvrir, tout est là. J'ai beaucoup de choses à dire. J'aime être observé, désiré soudain, feuilleté, caressé. J'ai horreur des mains moites, des doigts humides, je déteste les empreintes digitales. Le délice suprême est d'être enveloppé de soie, délicatement offert à une inconnue. Plus tard, sur une table de jardin, au soleil, déshabillé sous un regard gourmand, j'attendrai avec beaucoup d'émotion qu'elle repose sa tasse pour me prendre, nu entre ses mains. C'est gai d'être lu. Hier vous avez glissé tout contre moi un prétentieux dans une robe grise. Il portait un ruban rouge comme une coquetterie : « Prix du meilleur je ne sais quoi... » J'ai prié pour être emporté, volé même, mais c'est lui que l'on venait prendre. Je ne suis pas triste, c'est ainsi. Vous êtes tellement sensible cher libraire que, devant l'imposture, vous avez décidé de me poser près de la caisse avec un papillon « coup de cœur du libraire ». Ce que vous êtes chouette.

(Bernard Giraudeau.)

LIBRAIRIE (perles de)

L'Étranglé, d'Albert Camus.
Zorro et l'infini, d'Arthur Koestler.
La Cuisine bête, d'Honoré de Balzac.
Le Grand Môme, d'Alain-Fournier.
Le Zoo de Hurlevent, d'Emily Brontë.
Le procès de Kafka, c'est de qui ?
Antigone de la nouille, vous avez ?
Les Fourberies d'escarpins, de Molière.
Vipère au poing, d'Hervé Vagin.
Épiphanie, de Racine.
Les Rougons macabres, de Zola.
Eugénie grandit, de Balzac.
Je cherche *J'attends un enfant*, mais je ne sais pas de qui…
Thérèse Ramequin, d'Émile Zola.
Le Che est homo, de Friedrich Nietzsche.
Le Tiramisu (le Kama-sutra).
Avez-vous le manuel de savoir-vivre de Georges Perec ? (*La Vie mode d'emploi.*)

Ainsi parlait Haroun Tazieff. (*Ainsi parlait Zarathoustra*, Friedrich Nietzsche.)
Avez-vous *Premier de cordée*, dans la collection Frissons de Roche ?
Neuf trois. (*Quatre-vingt-Treize*, Victor Hugo.)
Les oiseaux se cachent pour dormir, de Colleen McCullough.
Je cherche des livres de Yann-Anus Bertrand.
(D'après un collectif de libraires.)

LIPOGRAMME

Le *lipogramme* est une manipulation littéraire qui consiste à composer un texte en se passant volontairement d'une lettre. Georges Perec, virtuose en la matière, a ainsi écrit *La Disparition* en 1969, 226 pages sans la lettre *e*. Nombre de critiques n'y ont vu que du feu…
Patrice Delbourg lui rend ici hommage avec un quadruple lipogramme : sans *a*, sans *i*, sans *o* et sans *u*.

Très cher Perec,
Le spleen me lèche et me berce. Je prends le verre de schweppes, trempe les lèvres, desserre mes vêtements et m'évente. Certes j'entends des gens enflés et je désespère : Perec, ce bébé éphèbe, esthète des belles-lettres, mèches rebelles, né ce récent semestre, le sept septembre trente-sept, entre Denfert et les Ternes, des fêtes secrètes d'Hélène, svelte femelle berbère des djebels, vers Tlemcen, Meknès et ses mélèzes, ses ergs desséchés, et René, père sélect en flegme, mécène endetté récemment, expert en western et Mercedes-Benz vertes, est entré en terre. Ses

frères pédestres, Peter, Jeff, Herbert, Stephen et le gendre Ernest jettent sèchement : « Et le télex ! C'est le remède des clebs ? – T'es en stress ? – M'énerve, ce fêlé, cette semelle de beefsteck, cheptel de bêtes zélées ! Certes je ne prétends détecter le vent des steppes, et l'entrée des temples grecs, les crédences d'ébènes, emblèmes de Delft. » Messe secrète de clergé délétère, fermée de légères tentes de perse grège et de serge crème. Le rêve ménestrel de bébé Perec c'est pervenche en kleenex. Des verges belges lèchent le ventre des teckels, des setters femelles et des zèbres perplexes et revêches. De ternes gentlemen en tweed cherchent les vécés, les tsé-tsé. De gelées de nèfles en crème renversée, l'ère s'empeste de relents d'éther. Des métèques édentés mettent en enchères des cendres et des rêves. Les nénettes se délectent, le renversent et le blessent, c'est léger, réellement léger, crêpes dentelles et crème de menthe. Bene. Le terme de ces scènes semble être le décès de l'ensemble. En cent serments ! Peste. Fête de cervelle, pèse-nerfs délesté, déesse dextre, je regrette, c'est décent ! Ce n'est le temps de rêver près le belvédère, vers ces espèces de réverbères en des verstes de sécheresse. Hélène entreprend derechef de régenter fermement les événements, véhément speech de chez Pleyel, cette recherche désespérée : les membres, le ventre, les fesses, les tempes et le sperme. Chère mère. Je préfère le st-estèphe, reprend-elle, les chèvres de Bresse, les fèves des Cévennes, le chester et les pêches Belle-Hélène. Bébé Perec recense De Retz, Green, Crevel, Verne, Beckett, Seghers et Beyle. C'est keef-keef ! Les gemmes des ténèbres s'enchevêtrent, bretzels pervers, enserrent des plectres d'ébène, tels des Cheyennes précèdent le jet de semence. Déferlement d'excellence. Les prêtres se mettent en cercle. L'évêché de Metz, Dresde, Gênes, Berne,

Denver, Megève est en effervescence. Derme blême, tremblements répétés, gerbes de cendres. The end. C'est réglé, express. L'excellent Perec, décédé en terre, lèvres rêches, éternellement s'épelle : tendre prétexte de crêpe. (Patrice Delbourg.)

LIRE (sur la plage)

Ce qu'il en dit…
Pas si facile, de lire sur la plage. Allongé sur le dos, c'est presque impossible. Le soleil éblouit, il faut tenir à bout de bras le livre au-dessus du visage. C'est bon quelques minutes, et puis on se retourne. Sur le côté, appuyé sur un coude, la main posée contre la tempe, l'autre main tenant le livre ouvert et tournant les pages, c'est assez inconfortable aussi. Alors on finit sur le ventre, les deux bras repliés devant soi. Au ras du sol, il y a toujours un peu de vent. Les petits cristaux micacés s'insinuent

dans la reliure. Sur le papier grisâtre et léger des livres de poche, les grains de sable s'amassent, perdent leur éclat, se font oublier. C'est juste un poids supplémentaire qu'on disperse négligemment au bout de quelques pages. Mais sur le papier lourd, grenu et blanc des éditions d'origine, le sable s'insinue. Il se diffuse sur les aspérités crémeuses, et brille çà et là. C'est une ponctuation supplémentaire, un autre espace ouvert. [...]
(Philippe Delerm, *La Première Gorgée de bière et autres plaisirs minuscules*, Gallimard, 1997.)

LITOTE

La litote est une figure de rhétorique qui consiste à déguiser sa pensée de façon à la faire deviner dans toute sa force. Paradoxalement, elle est souvent confondue avec l'euphémisme, mais la litote a une orientation de valeur inverse de celle de l'euphémisme, qui cherche à amoindrir l'information. L'effet de la litote est prin-

cipalement produit par la négation d'un contraire ou autre tournure de contournement ou par une expression indirecte de la pensée. Le mot *litote* vient du grec *litotês* qui signifie « apparence simple, sans apprêts » et a le sens rhétorique d'une figure par laquelle on laisse entendre plus qu'on ne dit.
C'est loin d'être tout faux ! (Ce n'est pas tout à fait exact mais il y a là tout de même des choses justes à considérer. C'est absolument exact !)
Il n'est pas complètement stupide. (Ce n'est pas une lumière mais il faut reconnaître qu'il trouve à dire des choses intéressantes. Il est très intelligent !)
Vous n'êtes pas sans savoir. (Vous ne pouvez pas nier.)
Voilà une chose qui n'est pas sans rappeler... (C'est exactement la même chose qui arrive.)

LITTRÉ (ÉMILE)

Un monument national selon Pasteur, Émile Littré, né de famille modeste à Paris en 1801, style premier de la classe, s'intéresse à tout et étudie la médecine, la philosophie, le grec, le sanskrit, l'arabe, la philologie. Il mettra près de trente ans pour rédiger entièrement son *Dictionnaire de la langue française* publié entre 1863 et 1872.
78 423 entrées, 293 009 citations, réparties en :

36 431 sans auteur explicite	8 459 de Molière
17 977 de Voltaire	8 208 de Montaigne
12 606 de Bossuet	6 935 de La Fontaine
11 484 de Corneille	6 262 d'Amyot
10 745 de Racine	4 780 de Boileau
9 667 de Mme de Sévigné	3 910 auteurs cités

Littré courait après sa petite bonne. Un jour qu'il la lutinait, Mme Littré poussa la porte et s'écria : *Ah, Monsieur, je suis surprise !* Et Littré, se rajustant, lui répondit : *Non, Madame, vous êtes étonnée. C'est nous qui sommes surpris.*

LIVRE

Ce qu'ils en disent…

À *vrai dire, nous ne choisissons pas nos livres, ce sont eux qui s'imposent à nous en quelque manière. Il ne faut avoir à soi que les livres qui ont excité à quelque degré notre curiosité ou notre amour.* (Joseph Aynard.)

Un livre est une fenêtre par laquelle on s'évade. (Julien Green.)

Trois choses sont nécessaires pour faire un bon livre : le talent, l'art et le métier, c'est-à-dire la nature, l'industrie et l'habitude. (Joseph Joubert.)

Tout livre digne de ce nom s'ouvre comme une porte ou une fenêtre. (Philippe Jaccottet.)

J'aime ce qui me nourrit : le boire, le manger, les livres. (Étienne de La Boétie.)

Qui veut se connaître qu'il ouvre un livre. (Jean Paulhan.)
La lecture, une porte ouverte sur le monde enchanté. (François Mauriac.)

Quand je pense à tous les livres qu'il me reste à lire, j'ai la certitude d'être encore heureux. (Jules Renard.)

La plupart des livres d'à présent ont l'air d'avoir été faits en un jour avec des livres lus de la veille. (Rivarol.)

J'écris pour pouvoir lire ce que je ne savais pas que j'allais écrire. (Claude Roy.)

Un livre est une bouteille jetée en pleine mer sur laquelle il faut coller cette étiquette : attrape qui peut. (Alfred de Vigny.)

LOCOMOTION

On va :

À cheval	*À moto*
À bicyclette	*À Vespa*
À vélo	*À trottinette*
À mobylette	*À pied*

Mais :

En auto	*En bus*
En voiture	*En diligence*
En métro	*En avion*
En train	*En soucoupe volante*

À noter : on utilise *en* quand le moyen de transport possède une partie intérieure.

LOCUTIONS LATINES

A contrario : d'une forme similaire, mais d'hypothèse et de conclusion inverses (pour un raisonnement ; traduit parfois improprement par au contraire)
A priori : au premier abord.
Ad hoc : à cet effet.
Ad libitum : à votre convenance.
Ad vitam æternam : pour l'éternité.
Alea jacta est ! : le sort en est jeté !
Alter ego : un autre soi-même.
Annus horribilis : année horrible.
Carpe diem : profite du jour présent.
Cave canem : attention au chien.
Conditio sine qua non : la condition nécessaire.
Curriculum vitæ : chemin de vie.
De facto : de fait.
Errare humanum est, perseverare diabolicum : il est dans la nature de l'Homme de se tromper, mais persévérer (dans l'erreur) est diabolique.
Et cætera (etc.) : et les autres choses.
Ex nihilo : à partir de rien.
In situ : sur le lieu même.
Manu militari : à l'aide de la force armée.
Modus vivendi : manière de vivre.
Sic : c'est ainsi (après un mot, une expression fautive ou improbable, notifie qu'il ne s'agit pas d'une erreur ni d'une coquille).
Persona non grata : personne indésirable dans un milieu donné.
Post-scriptum : petit ajout après la signature.
Statu quo : dans l'état où.
Urbi et orbi : à la ville et au monde.
Vice versa : inversement.

LOGOGRIPHE

Désigne non pas quelque terrifiant animal mythologique, mais un jeu fort ancien qui connut son âge d'or à la fin du XIXe siècle. Il vient du grec *logos* « discours » et *griphos* « filet », ce filet à mailles dans lequel s'empêtre le gibier. Le Petit Larousse le définit ainsi : *Sorte d'énigme dans laquelle on compose, avec les lettres d'un mot, d'autres mots qu'il faut deviner, aussi bien que le mot principal. Ainsi, avec le mot orange, on peut former ange, orge, orage, onagre, organe, rage, rang, etc.*

On a rapproché le logogriphe de l'anagramme. Peut-être un peu abusivement. Dans l'anagramme, toutes les lettres du mot choisi doivent se retrouver dans un ordre différent. Le logogriphe, lui, ressemble à un chapeau d'illusionniste d'où l'on tire des mots d'inégales longueurs. En abondance, parfois. *Adolescent*, par exemple, donne : *séné*, *code*, *as*, *dès*, *dol*, *soc*, *solde*, *lacs*, *dent*, *os*, *son*, *école*, *leçon*, *étole*, *sol*, *cône*, *Caen*, *Laon*, *Dole*, *dose*, *ton*, *cent*, *tan*, *tas*, *lés*, etc., autant de noms propres ou communs que l'auteur de logogriphes se devra de définir… en brouillant les pistes.

Le *Mercure de France* publia d'innombrables logogriphes dès 1727 proposés sous forme de poèmes souvent longs à la versification hasardeuse. Le fabuliste Florian en composa. Le jeune Victor Hugo aussi, qui ne s'y montra guère plus inspiré que dans la charade ou l'énigme.

Quelques exemples pris dans la production anonyme du XVIIe siècle :

Le plaisant animal ! Comment se peut-il faire
Qu'en lui coupant la queue il devienne sa mère,

Et qu'entier il ait moins de pieds
Qu'une seule de ses moitiés ?
Entier, nous le mangeons ; mais, ô prodige étrange !
Réduit à sa moitié, ce coquin-là nous mange !
Solution : *poulet – poule – pou.*

Sur mes six pieds, aliment usité,
Sur cinq, je suis le garant d'un traité ;
Sur quatre, à l'océan je cours porter mon onde,
Et sur trois, je remonte aux premiers jours du monde.
Solution : *potage – otage – Tage – âge.*

J'instruis tous les humains ; si tu coupes ma tête
Je n'ai plus de raison et suis pis que la bête.
Solution : *livre-ivre.*

LOUCHÉBEM

Le *louchébem* ou *loucherbem* est l'argot des bouchers parisiens et lyonnais de la première moitié du XIXe siècle. Son processus de création lexicale peut être rapproché du verlan et du javanais. On « camoufle » des mots existants en les modifiant suivant une certaine règle. La première consonne est déplacée à la fin et remplacée par un *l*, puis on ajoute un suffixe argotique au choix, par exemple *-ème*, *-ji*, *-oc*, *-ic*, *-uche*, une syllabe comportant un *f*…

Boucher : *louchébem*
Café : *lafécaisse*
Comprend : *lomprenquès*
Femme : *lamfé* ou *lamdé* (*lamdé* est plus précisément une *dame*)

Gaffe (attention) : *lafgué*
Gigot : *ligogem*
Fou : *louf* (loufoque)
Porc : *lorpic*
Maquereau : *lacromuche*
Monsieur : *lesieumic*
Pardon : *lardonpem*
Patron : *latronpuche*
Pourboire : *lourboirquès*

M

MAJUSCULE OU CAPITALE ?

Peut-être est-ce l'étymologie qui permet de se repérer plus facilement. *Capitalis* désigne la tête chez les Latins (d'où caractère de tête, lettre initiale) alors que *majusculus* signifie « plus grand », d'où le caractère dont le dessin est agrandi en opposition à *minuscule*, plus petit.
Comparons l'incipit de *Salammbô* (1862) de Gustave Flaubert :
N° 1 : « C'était à Mégara, faubourg de Carthage, dans les jardins d'Hamilcar. »
N° 2 : « C'était à MÉGARA, faubourg de CARTHAGE, dans les jardins d'HAMILCAR. »
Dans le premier cas, le C de C'*était* est en majuscule comme le demande tout début de phrase, le M de *Mégara*, le C de *Carthage*, et le H d'*Hamilcar* sont aussi des majuscules (noms propres).
Mais… dans le second cas, MÉGARA, CARTHAGE ET HAMILCAR sont-elles en majuscules ou en capitales ? Comme on peut le voir, les minuscules « mises en capitales » ressemblent à des majuscules !
En fait l'utilisation d'une majuscule est dictée par les

règles de l'orthographe, les capitales relèvent, elles, d'un choix de composition typographique.
On appelle certains caractères, lettres capitales, car ils se trouvaient en haut de la casse (dans le métier de la typographie au plomb, les caractères ou petits blocs de plomb sont rangés dans des tiroirs ou des casiers appelés casses). Par opposition, les lettres minuscules étaient situées dans le bas de la casse.
Il existe en outre des petites capitales qui sont, en typographie, des caractères capitales ayant la même hauteur que les caractères minuscules !

MALHERBE (François de)

Enfin Malherbe vint et, le premier en France, fit sentir dans les vers une juste cadence. Cet hommage de Boileau à François de Malherbe (1555-1628) est resté célèbre. Épurer, discipliner la langue française, la débarrasser du maniérisme de ses prédécesseurs, a été l'œuvre de sa vie. On peut le considérer comme le premier théoricien de l'art classique, le grand réformateur de la langue, qu'il va rendre pure, claire, légèrement appauvrie, mais à travers laquelle on peut déjà distinguer les grandes règles du classicisme.

Malherbe d'une belle pierre grise a pavé notre cour, établi les fondements et bâti la demeure où chaque mot a sa dimension juste. Il a tout ordonné, a coupé ce qu'il fallait des mots, les a assurés, équarris, ajustés, polis, juste comme il faut. (Francis Ponge.)

Malherbe avait promis de *défendre jusqu'à la mort la pureté de la langue française* et il tint parole puisqu'on lui attribue ces propos adressés à son confesseur : *Ne me parlez plus ; votre mauvais style me dégoûte !* S'agissait-il d'un pacte avec son confesseur pour tenir ses promesses ?

MANGER

Il dîna d'un croissant. (Roger Martin du Gard.)

Je déjeunai de figues et de noix. (Henri Bosco.)

Il dînait avec du pain et des pommes de terre. (Victor Hugo.)

Déjeunant seul avec du thé. (Charles Baudelaire.)

Les gens du peuple dînent avec du pain et un oignon. (Hippolyte Taine.)

Souper avec du riz. (Pierre Loti.)

Ils dînent du mensonge et soupent du scandale. (André Chénier.)

Bon appétit messieurs les écrivains ! Et bonne chance à la maîtresse de maison qui se serait mis en tête de vous inviter à sa table ; pour être sûre de ne pas commettre d'impair, car vous n'avez pas l'air d'avoir les mêmes heures de repas, je lui conseillerais vivement d'organiser un buffet permanent pour éviter les problèmes.
Heureusement, de nos jours, les usages sont plus clairement établis. On *petit-déjeune* le matin, on *déjeune*

à midi, on *dîne* le soir, on *goûte* (c'est facultatif) dans l'après-midi, et l'on *soupe* tard dans la soirée, mais de plus en plus rarement, car même chez les nostalgiques des années trente, après le théâtre, on ne *soupe* plus on *dîne*. On pourrait alors penser que toutes ces opérations masticatoires regroupées sous un seul label « manger » se différencient uniquement en fonction des heures de la journée. L'affaire n'est pas aussi simple.

Dîner et *déjeuner* sont ce qu'on appelle des doublets. Ils ont la même étymologie : *disjunare* : « rompre le jeûne ». Or, si déjeuner s'emploie encore aujourd'hui dans ce sens, quoique le jeûne ait été déjà légèrement rompu par l'ami Ricoré au petit déjeuner, *dîner* consiste à manger le soir, sauf à la campagne où l'on *dîne* plutôt à midi et où l'on *soupe* le soir. On peut imaginer le casse-tête que doit être pour l'étranger le choix du terme approprié : le citadin va l'emmener dans un *dîner* en ville, le campagnard va lui proposer de rester *dîner* à midi, la belle-sœur du campagnard va l'inviter à *souper*, la famille Manet va le convier à un *déjeuner* sur l'herbe et il ne manquerait plus qu'il soit invité à un lunch de mariage en fin d'après-midi, ce qui pour un Anglo-Saxon serait le comble de l'embrouille car le *lunch* est toujours une collation de la mi-journée.

MARQUES

Quelques marques devenues noms courants…

Aspirine

Du grec *a* et du latin *spiræa*, littéralement « fait sans spirée ».

Bic

Stylo à bille du nom de son inventeur, le baron Marcel Bich ; nom déposé.

Diesel

Carburant inventé par Rudolf Diesel.

Frigidaire

De *frigid* et *air* : air glacé, étym. 1920 ; du latin *frigidarium* « glacière » ; nom déposé.

Jeep

Contraction des initiales G. P. (DJI-PI.) : *general purpose* (« tous usages ») ; nom déposé.

Laser

Initiales de *Light Amplification by Stimulated Emission of Radiation* (amplification de la lumière par émission stimulée de radiations).

Nylon

Issu des déformations successives de *no run* « qui ne file pas » (*no run*, *nuron*, *nulon*, *nilon*, *nylon*) ; autre explication plus farfelue : *Now You're Lost Old Nippons* (« Maintenant, vous êtes foutus, vieux Japonais ») ; nom déposé.

Radar
De *Radio Detection And Ranging* (détection et positionnement par radio).

Sonar
De *Sound Navigation and Ranging.*

Tergal
De l'acide *ter*éphtalique ; nom déposé.

Transistor
Contraction de *transfer* et de *resistor* (« résistance de transfert »).

Velcro
De *vel*ours et *cro*chet ; nom déposé.

MAUX DE TÊTE

Pierre Légaré (ne riez pas, c'est son vrai nom !) est certainement un des hommes les plus spirituels du Québec et ses célèbres *Mots de tête* sont vivement préconisés pour lutter contre les maux de tête…

Florilège
Si tu tiens un livre écrit en russe devant un miroir, tu peux le lire mais tu ne comprends pas tout.
Si tu dis à un chauffeur de taxi de reculer jusqu'à ta destination, quand tu arrives, c'est lui qui te doit de l'argent.
Si tu fais jouer à reculons la vidéo d'un incendie, les pompiers n'ont vraiment pas le beau rôle.
Si tous les animaux sont tes amis, vaut mieux être végétarien. Si tes amis sont des légumes, mange de la viande.
Si Superman est tellement malin, pourquoi est-ce qu'il met son slip par-dessus son pantalon ?

Dans le fond, les habitants de la Grande-Bretagne devraient s'appeler les Grands-Bretons.
Dans les magasins de bikinis, on ne voit pas de calendriers avec des photos de garages.
Dans ton bureau, si t'as un diplôme, t'as l'air intelligent. Si t'as un climatiseur, t'as l'air conditionné.
Un sourd-muet qui a le Parkinson, les autres sourds-muets pensent qu'il bégaye.
Ça ne porte pas malheur si tu passes en dessous d'un chat noir, mais il n'y a presque personne qui le sait.
Il y a des prix qu'on reçoit, il y a ceux qu'on mérite.
Le produit le plus efficace pour arrêter de fumer, c'est le gaz.
Un Schtroumpf vert, c'est la jaunisse.
S'il n'y a pas de trou dans tes chaussettes, tu ne peux pas les mettre.
Les petits vélos pensent qu'en grandissant ils vont devenir des grosses motos.
Quand quelqu'un te dit que tu es brillant, il finit toujours par te dire qu'il pense exactement comme toi.
Les serpents marchent sur le ventre, les poux marchent sur la tête.
Faire semblant d'être hypocrite, c'est encore pire.
La peur des piqûres, ça ne peut pas se guérir par l'acupuncture.
La colle en tube, ça colle tout, excepté les bouchons de tube.
Si t'es un nain, tu peux faire faire ton bonsaï généalogique.
Il y a beaucoup de remèdes pour lesquels on ne connaît pas de maladie.
Si tu parles à ton eau de Javel pendant que tu fais ta lessive, elle est moins concentrée.
Si tu mets des rollers à un cheval, il va plus vite mais moins longtemps.

Les fusées spatiales, ça coûte des centaines de millions et il n'y a même pas de klaxon.
Les orteils, ça sert à trouver les pieds de chaise et les montants de porte quand il fait noir.
(Pierre Légaré, Mots *de tête*, Chiflet & Cie, 2005.)

MAZARINADE

Une mazarinade est une pièce de vers satiriques ou burlesques, un pamphlet ou un libelle en prose, publié anonymement du temps de la Fronde, contre Mazarin, ce qui d'ailleurs ne troublait guère le cardinal qui laissait chanter car il savait se faire payer ! « Les Français chantent ? C'est bon, c'est bon : ils paieront ! » disait-il. C'est dans un poème satirique de Paul Scarron, intitulé *La Mazarinade* que le terme apparaît en 1651.

La chasse donnée à Mazarin par les paisans des bourgs et des villages sur le tocsin (1650)

Bourgs, villes et villages,
L'tocsin il faut sonner.
Rompez tous les passages
Qu'il vouloit ordonner ;
Faut sonner le tocsin
Din, din,
Pour prendre Mazarin !
Nuitamment, ce perfide
A enlevé le Roy ;
Le cruel mérite
Estre mis aux abois.
Faut sonner le tocsin,
Din din,
Pour prendre Mazarin !

MÊME

Même nous mène la vie dure, son accord variant selon qu'il est adjectif ou adverbe.
Lorsqu'il est adjectif, *même* s'accorde avec le nom ou le pronom auquel il se rapporte.
De plus, il se joint aux pronoms personnels par un trait d'union.
Dans ses romans, l'auteur, Jacques-André Lejour, emploie toujours les mêmes mots.
– Les écrit-il seulement lui-même ?…

Comme adverbe, *même* est invariable quand il modifie un verbe, un adjectif, un autre adverbe. Et quand il est placé après plusieurs noms.
Vous ne pensez quand même pas ce que vous dites !
Même les critiques ont des doutes.
S'il est placé immédiatement après un nom, *même* peut être adjectif ou adverbe.
Les critiques mêmes ont des doutes.

MÉNAGE (Gilles)

Gilles Ménage (1613-1692) vécut à la même époque que Vaugelas, qu'il fréquentait. Ses publications sur ses recherches étymologiques le feront moquer de ses contemporains et Molière en fera le Vadius des *Femmes savantes*. Rira bien qui rira le dernier, puisque nombre de ses railleurs sont oubliés tandis que ses contributions à la langue française le placent largement en tête, en tant que lexicographe, non seulement de ses contemporains, mais de l'époque moderne.

70 % de ses solutions étymologiques sont encore reconnues de nos jours. Adversaire linguistique des principaux choix de l'Académie, sa verve lui vaudra nombre d'ennemis. À *nosseigneurs académiques*, *Nosseigneurs les hypercritiques*, *Souverains arbitres des mots*. Après la période luxuriante de l'époque de Ronsard, Malherbe puis Vaugelas et les grammairiens du siècle de Louis XIV avaient enfermé la langue dans une cage dorée. Ménage va prôner une certaine indépendance par rapport à la langue de la Cour, la création de nouveaux mots et la défense des vieux mots, des régionalismes, et créer une ébauche de la grammaire historique.

MÉTAPHORE

Le philosophe grec Aristote est le premier, dans sa *Poétique* (vers 347 av. J.-C.), à évoquer la métaphore comme procédé majeur de la langue. Cette figure, aussi courante à l'écrit qu'à l'oral, est source importante d'enrichissement lexical. Nietzsche dit d'elle qu'elle *déplace la signification*. La métaphore est une comparaison abrégée, du grec *métaphora* « transposition », qui n'utilise aucun élément grammatical (comme, ainsi que, tel, semblable), se différenciant ainsi de la comparaison. La métaphore comprend un terme comparé et un comparant détourné de son sens habituel. Elle est partout, jusque dans certaines exclamations : *Tête de bique !*, *Espèce de gros lard !*, ou dans la poésie : *Cette faucille d'or dans le champ des étoiles* (Victor Hugo). Boileau disait déjà qu'on entendait aux halles plus de métaphores en un jour qu'il n'y en a dans toute l'*Énéide*.

Sans la moindre métaphore et dans toute l'acception du mot, vivre, c'est brûler. (Victor Hugo.)

MÉTONYMIE

Et bientôt vous verrez mille auteurs pointilleux... Huer la métaphore et la métonymie. (Boileau, *Épîtres*, X.)

Peu éloignée de la métaphore, la métonymie, du grec *méta* « en changeant » et *onymos* « nom », se fonde sur un rapport de voisinage et sur un rapport de relation logique entre deux réalités, alors que la métaphore repose sur un rapport de ressemblance entre deux réalités.

Elle fait partie de nos expressions courantes lorsque par exemple on prend :

La cause pour l'effet : *Mars* pour la guerre

Le signe pour la chose signifiée : le *sceptre* pour la royauté

Le lieu d'origine : le *camembert*

L'instrument pour l'agent : le *premier violon* de l'orchestre

L'auteur pour l'ouvrage : emporter son *Balzac*

MILLE

Autrefois, la graphie *mil* était utilisée pour exprimer les années de l'ère chrétienne de 1001 à 1999. L'emploi de *mil* est considéré de nos jours comme obsolète. *Mil* est invariable.

Mille est un pluriel dérivant du latin *millia* signifiant « plusieurs mille ». La forme *mille* étant par elle-même un pluriel, on comprend qu'on ne lui ajoute pas de *s* au pluriel.

Deux mille années.

Mille, mesure itinéraire – mille marin (1 852 mètres) ou mille (nœud) –, est variable.

À la vigie on ne voyait pas à trois milles.

Centaine, millier, million, billion, trillion, milliard sont des noms et s'accordent donc en nombre.

Exemple : *Quatre-vingts milliards.*

MNÉMOTECHNIE

Une tête sans mémoire est une place sans garnison, disait Napoléon Ier. Et moins sérieusement Pierre Dac : *Rien n'est plus agaçant que de ne pas se rappeler ce dont on ne parvient pas à se souvenir et rien n'est plus énervant que de se souvenir de ce qu'on voudrait parvenir à oublier.*
Pour aider notre mémoire il existe des astuces *mnémotechniques*, terme lui-même difficile à mémoriser !
À cet effet, on a recours soit au rythme et à la rime, soit à des associations d'idées créées de manière arbitraire ou à certaines phrases choisies de façon à rester facilement dans le souvenir.
Par exemple la phrase : « *M*e *v*oici *t*oute *m*ignonne *j*e *s*uis *u*ne *n*ouvelle *p*lanète » sert à se souvenir de l'ordre d'éloignement des planètes : *M*ercure. *V*énus. *T*erre. *M*ars. *J*upiter. *S*aturne. *U*ranus. *N*eptune. *P*luton.

Quant au fameux *Mais où est donc Ornicar*, pour retrouver les conjonctions de coordination – *mais*, *ou*, *et*, *donc*, *or*, *ni*, *car* –, il a fait des émules :
Mourir ne prend qu'un *r* car on ne meurt qu'une fois.

Nourrir prend deux *r* car on se nourrit plusieurs fois.
Courir ne prend qu'un *r* car on manque d'air en courant, mais quand on arrive on prend tout l'air qu'on peut.
L'hirondelle prend deux *l* car elle vole avec ses deux ailes.
Appuyer prend deux *p* car on s'appuie mieux sur deux pattes.
Un balai prend un seul *l* car il n'y a qu'un manche.
Un ballet prend deux *l* car pour danser il faut deux jambes.
Toujours, toujours un *s* et jamais, toujours un *s*.
Le chapeau de *cime* est tombé dans l'abîme.
Caresse ne prend qu'un *r* pour être plus douce.
À prend un accent quand on ne peut pas le remplacer par *avait*.
Si le singulier n'est pas en *al*, alors le pluriel sera en *eaux*.
Un châtal ? Non ! Un château, donc des châteaux.
Un oisal ? Non ! Un oiseau, donc des oiseaux.
Je n'aime pas *le thé* peut vous aider à vous souvenir qu'avec *je* on ne met pas de *t*.

MOIS

Les noms des jours ou des mois viennent du latin.
Janvier : *Januarius*, de Janus.
Février : *Februarius*, mois de purification à Rome.
Mars : *Martius*, de Mars, dieu romain de la guerre.
Avril : *Aprilis*, de *aprire* (ouvrir).
Mai : *Maius mensis*, mois de Maia.
Juin : *Junius*, de Junon, déesse romaine.
Juillet : *Julius*, de Jules César.
Août : *Augustus*, de l'empereur romain Auguste.

Septembre, octobre, novembre, décembre : l'étymologie des quatre derniers mois de l'année fait référence à l'époque où celle-ci débutait en mars, ce qui en faisait respectivement les septième, huitième, neuvième et dixième mois.

À la Révolution, les députés menaçaient de la guillotine tout citoyen qui s'exprimerait selon l'ancien calendrier, hérité de Jules César (le calendrier julien).
François Fabre d'Églantine, célèbre pour sa chanson *Il pleut, il pleut, bergère*, fut assisté d'André Thouin, jardinier du Jardin des Plantes du Muséum national d'histoire naturelle, pour imaginer le calendrier républicain et ses mois aux noms charmants :
Germinal : mois où les plantes germent (mars – avril)
Floréal : mois des fleurs (avril – mai)
Prairial : mois des prés (mai – juin)
Messidor : mois des moissons (juin – juillet)
Thermidor : mois des chaleurs (juillet – août)
Fructidor : mois des fruits (août – septembre)
Vendémiaire : mois des vendanges (septembre – octobre)
Brumaire : mois des brumes (octobre – novembre)
Frimaire : mois des frimas (novembre – décembre)
Nivôse : mois des neiges (décembre – janvier)
Pluviôse : mois des pluies (janvier – février)
Ventôse : mois des vents (février – mars)

MONORÈME

Comme tous les *mono* – *monokini*, *monogame*, *monologue* ou *monopole* –, le monorème est mono (seul) : une phrase réduite à sa plus simple expression, dont les composants ont été en quelque sorte décimés car il n'en reste que peu de membres.
Par exemple, dans : *À bas le tyran !* On a non seulement évincé les verbes, le pronom personnel (nous voulons qu'il n'y ait plus ce tyran !), mais aussi délogé le despote non éclairé.
Pas possible ! penserait-on, en réalisant un monorème… (Ce n'est pas possible.)

MOT

Ce qu'ils en pensent…

Dans toute langue parlée, le mot *est un son ou un groupe de sons articulés auquel ceux qui parlent attachent une valeur intellectuelle.* C'est *un signe* sonore *qui rappelle, par suite d'une association régulière d'idées, soit l'idée d'un objet matériel, soit l'idée d'une notion abstraite. L'esprit garde le souvenir* constant *de ce rapport, et quand paraît le mot, entendu ou lu, il éveille l'idée dont il est le signe,* et *inversement, quand la pensée éveille l'idée, celle-ci paraît sous l'enveloppe du mot qui la représente. Apprendre le lexique d'une langue consiste à garder dans sa mémoire les sons articulés de cette langue dans leurs rapports avec les images et les idées dont ils sont les signes.*
Il suit de là que la vie des mots *n'est autre chose que la* valeur constante *que l'esprit, par la force de l'habitude,*

leur donne régulièrement, valeur qui les rend les signes normaux de telles images ou idées. Les mots naissent, *quand l'esprit fait d'un nouveau mot l'expression habituelle d'une idée ; les mots* se développent *ou* dépérissent, *quand l'esprit attache régulièrement à un même mot un groupe plus étendu ou plus restreint d'idées.* Les mots meurent, *quand l'esprit cesse de voir derrière eux les idées ou les images dont ils étaient les signes habituels, et par la suite, n'usant plus de ces mots, les oublie. La vie des mots vient donc de l'activité de la pensée, qui modifie diversement les rapports qu'elle établit entre les objets de cette activité (images de choses sensibles, notions abstraites) et les sons articulés, dits mots, dont elle a fait autant de signes.*
(Arsène Darmester, *La Vie des mots*, 1885.)

La création du mot est la première manifestation de l'esprit d'abstraction dont est capable l'homme. Il est symbolique que la Bible mentionne dès les premières pages de la Genèse que l'homme a donné un nom à toutes choses : en fait, il a donné un nom à chacune des espèces avec lesquelles il était en contact. Il lui a semblé évident que tous les chevaux avaient en commun assez de caractéristiques pour justifier cette appellation générale de cheval, *abstraction qui englobe tous les chevaux particuliers. Ce choix d'un mot abstrait recouvrant tous les individus d'une espèce n'a pas un caractère obligatoire ! Un paysan qui n'a que quelques vaches leur donne à chacune un nom particulier –* la Noiraude, la Blanchette.
L'abstraction, c'est-à-dire l'utilisation du nom vache, *n'est utile que pour communiquer avec un tiers. Si ce paysan va au marché, il demandera à acheter une vache et non pas une autre* Noiraude. *Les qualificatifs viendront après.*
(Michel Malherbe.)

MOTS

Ce qu'ils en disent…

Écrire, c'est arracher aux mots leurs secrets. (François Borr.)

Chaque mot est une victoire contre la mort. (Michel Butor.)

Je n'ai pas peur des mots, ce sont les mots qui ont peur de moi. (Henri Calet.)

Il est vrai peut-être que les mots nous cachent davantage les choses invisibles qu'ils ne nous révèlent les visibles. (Albert Camus.)

Comment pourrais-je m'ennuyer tant que je connais des mots. (Elias Canetti.)

Les mots sont comme des sacs : ils prennent la forme de ce qu'on met dedans. (Alfred Capus.)

Les mots savent ce que nous ignorons d'eux. (René Char.)

Je rêve d'une langue dont les mots, comme les poings, fracasseraient les mâchoires. (Cioran.)

Les mots que j'emploie, ce sont les mots de tous les jours, et ce ne sont point les mêmes. (Paul Claudel.)

Un poète a toujours trop de mots dans son vocabulaire, un peintre a toujours trop de couleurs sur sa palette, un musicien trop de notes sur son clavier. (Jean Cocteau.)

Un mot n'est rare que lorsqu'il a la chance de rencontrer un autre mot qui le renouvelle. (Colette.)

Les mots sont comme des allumettes ; il y en a qui prennent, d'autres pas. (Pierre Daninos.)

Ce que je cherche dans les mots, c'est leur sonorité mentale, la résonance, l'écho, le volume. Le chant, pour simplifier. (Philippe Djian.)

L'écrivain partage avec le politique cet ignoble secret : on peut faire n'importe quoi avec des mots. (Jean-Marie Domenach.)

Il est des mots si forts qu'un écrivain bien inspiré ne les prononcera qu'une seule fois dans toute sa vie. (Georges Duhamel.)

Les mots furent inventés pour combattre le désespoir. (Lawrence Durrell.)

Car le mot, qu'on le sache, est un être vivant. (Victor Hugo.)

Les mots sont des pistolets chargés. (Brice Parrain.)

L'amour des mots est en quelque façon nécessaire à la jouissance des choses. (Francis Ponge.)

Il n'y a pas une idée qui ne porte en elle sa réfutation possible, un mot le mot contraire. (Marcel Proust.)

Écrire, trouver le mot, c'est éjaculer soudain. (Pascal Quignard.)

Le mot est l'excuse de la pensée. (Jules Renard.)

Les mots nous trompent comme des filles. (Romain Rolland.)

Entre deux mots, il faut choisir le moindre.(Paul Valéry.)

Un écrivain est quelqu'un qui ne trouve pas ses mots. Ne les trouvant pas, il les cherche. Les cherchant, il trouve mieux. (Paul Valéry.)

Nous vivons une époque où l'on se figure qu'on pense dès qu'on emploie un mot nouveau. On ne sait pas le tiers du quart des mots de la langue française et on va en chercher dans des modes prétentieuses… (Alexandre Vialatte.)

Manier les mots, les soupeser, en explorer le sens, est une manière de faire l'amour… (Marguerite Yourcenar.)

MOTS (à deux orthographes)

Bonheur des écoliers et des joueurs de Scrabble, ces mots peuvent s'écrire de deux façons différentes, mais… pas plus ! Ils seraient environ 4 000 à ballotter entre deux orthographes.

Aulne ou *aune*
Balèze ou *balèse*
Baluchon ou *balluchon*
Bistro ou *bistrot*
Bizut ou *bizuth*
Cacahouète ou *cacahuète*
Canisse ou *cannisse*
Chah ou *schah*
Coquard ou *coquart*
Daurade ou *dorade*
Goulache ou *goulasch*
Gourou ou *guru*
Granit ou *granite*
Grizzli ou *grizzly*
Haschisch ou *haschich*
Lombago ou *lumbago*
Mafia ou *maffia*
Nénufar ou *nénuphar*
Orang-outan ou *orang-outang*

Pic-vert ou *pivert*
Samouraï ou *samurai*
Taulard ou *tôlard*
Teck ou *tek*
Tzigane ou *tsigane*
Trucage ou *truquage*
Yack ou *yak*

MOTS (d'ailleurs)

Quelques exemples qui montrent la diversité des apports :

Alsacien : *choucroute*, *quetsche*, *quiche*.
Basque : *bizarre*.
Béarnais : *béret*.
Champenois : *avoine*, *oie*.
Corse : *maquis*.
Franc-comtois : *gamin*, *pitre*.
Franco-provençal : *échantillon*, *guignol*, *moutard*.
Gascon : *cadet*, *cèpe*.
Normand : *brancard*, *brioche*, *câble*, *vareuse*.
Provençal : *abeille*, *amour*, *charade*, *cigale*, *escargot*, *gambader*, *langouste*, *pinède*, *salade*, *sole*, *terrasse*, *velours*.

À côté de ces mots venus des langues de France, d'autres ont fait de longs voyages avant d'être empruntés par la langue française :
Arabe : *couffin*, *jupe*, *jaquette*, *alcôve*, *matelas*, *divan*, *sofa*, *coton*, *magasin*, *sirop*, *sorbet*, *artichaut*, *carafe*, *matraque*, *assassin*, *fardeau*, *récif*, *nacre*, *ambre*, *talc*, *goudron*, *benzène*, *benjoin*, *gazelle*, *genette*, *gerboise*, *girafe*, *fennec*, *civette*, *amiral*.
Persan : *azur*, *babouche*, *épinard*.
Turc : *gilet*, *savate*, *cravache*.

Italien : *caleçon*, *pantalon*, *costume*, *veste*, *escarpin*, *pantoufle*, *dessin*, *esquisse*, *coupole*, *gradin*, *balcon*, *arpège*, *solfège*, *sérénade*, *banquet*, *festin*, *bocal*, *vermicelles*, *chou-fleur*, *radis*, *saucisson*, *citrouille*, *pommade* et *lavande*, *colis* et *valise*, *ombrelle* et *parasol*, mais aussi les adjectifs *balourd*, *fantasque*, *burlesque* et *ingambe* et les verbes *réussir*, *caresser* ou *batifoler*.

Espagnol : c'est au XVIIe siècle que se fait sentir son influence. D'abord en ligne directe, *mantille*, *résille*, *cédille*, *camarade*, *gitan*, *moustique*, *tornade*, puis comme véhicule de tous les noms de produits nouveaux venus d'Amérique et qui nous sont aujourd'hui familiers : *chocolat*, *cacao*, *cacahuète*, *ocelot*, d'origine *nahuatl*, langue des Aztèques encore parlée au Mexique, tout comme *tomate*, qui a réussi le tour de force de devenir pour nous, Européens, le nom d'un légume-fruit symbolique de la cuisine méditerranéenne. Mais l'espagnol a aussi transporté en Europe des mots venus du *quechua*, langue du Pérou, comme *caoutchouc*, *lama*, *alpaga*, *vigogne*, *chinchilla*, de l'*arawak*, comme *maïs* ou *hamac* et aussi du *caraïbe* comme *pirogue* et *caïman*.

Portugais : apport moins important, mais il faut toutefois mentionner *caravelle*, *caramel*, *fétiche*, *marmelade* ou *pintade* et c'est grâce à cette langue que nous connaissons l'*ananas*, le *cajou*, le *sagouin* et la *sarigue*. Ils sont tous d'origine *tupi*, langue indienne du Brésil.

Depuis le XVIIIe siècle, l'amélioration des moyens de communication a aussi facilité le passage des mots d'une langue à l'autre. Le français a bénéficié des apports de l'allemand, des langues slaves, du hongrois, et surtout de l'anglais, ainsi que de langues plus loin-

taines. Les emprunts à l'allemand sont le plus souvent des mots savants, formés à partir du latin ou du grec, tels *album*, *statistique* ou *paranoïa*, tandis que des mots familiers, voire argotiques, tels que *chenapan*, *loustic*, *trinquer*, ont été apportés par les mercenaires engagés dans les armées françaises. Les emprunts aux autres langues européennes sont moins nombreux, mais dans des domaines très divers :
Russe : *cosaque*, *steppe*, *zibeline*.
Polonais : *mazurka*, *polka*.
Tchèque : *calèche*, *obus*, *pistolet*, *robot*.
Hongrois : *coche*, *paprika*, *sabre*.
Finnois : *sauna*.
Suédois : *rutabaga*, *tungstène*.
Islandais : *geyser*.
Norvégien : *ski*, *slalom*.
Danois : *lump*.
Et, *last but not least*, l'anglais et sa foultitude de termes exportés comme *confort*, *palace*, *rail*, *wagon*, *ferry*, *macadam*, *star*, *music-hall*, *manager*, *stress*, *humour*, *challenge*, et tant d'autres, n'est-il pas ?

MOTS (de l'Europe)

Européens, attention ! Ceci vous concerne :
La Commission européenne a finalement tranché : après la monnaie unique, l'Union européenne va se doter d'une langue unique, à savoir… le français. Trois langues étaient en compétition : le français (parlé par le plus grand nombre de pays de l'Union), l'allemand (parlé par le plus grand nombre de pays de l'Union), l'anglais (langue internationale par excellence).

L'anglais a vite été éliminé, pour deux raisons : il aurait été le cheval de Troie économique des États-Unis, et les Britanniques ont vu leur influence limitée au profit du couple franco-allemand en raison de leur légendaire réticence à s'impliquer dans la construction européenne. Le choix a fait l'objet d'un compromis, les Allemands ayant obtenu que l'orthographe du français, particulièrement délicate à maîtriser, soit réformée, dans le cadre d'un plan de cinq ans, afin d'aboutir à l'eurofrançais. La première année, tous les accents seront supprimés et les sons actuellement distribués entre *s*, *z*, *c*, *k* et *q* seront répartis entre *z* et *k*, ze ki permettra de zupprimer beaucoup de la konfuzion aktuelle. [...]
[...] La katriem ane, les gens seront devenus rezeptifs a de changements majeurs, tel ke remplacer *g* soit par *ch*, soit par *j*, soit par *k*, zelon les ka, ze ki zimplifira davantage l'ekritur de touz.
Durant la zinkiem ane, le *b* sera remplaze par le *p* et le *v* sera lui aussi apandonne, au profi du *f*.
Efidamen, on kagnera ainzi pluzieur touch zu le klavie.
Une foi ze plan de zink an achefe, l'ortograf zera defenu lochik, et le chen pouron ze komprendr et komunike.
Le ref de l'unite kulturel de l'Europ zera defenu realite !
Kro pizou a fou touz !
(Anonyme.)

MOTS (impossibles à prononcer)

L'inventeur anglo-saxon du Scrabble® ne se doutait probablement pas que la langue française ferait le bonheur des adeptes de son jeu. Il suffit en effet de feuilleter un dictionnaire pour y découvrir des trésors

qui peuvent aussi combler les cruciverbistes accomplis : *acanthoptérygien*, *stochastique*, *pancosmisme*, *arrhénotoque*, *actinoptérygien*, *scramasaxe*, *désoxyribonucléioside*, *potyevlesh*, *tricuspide*, *phosphatidyléphanolamine*, *plathe-minthe*, *polytétrafluoroéthylène*, *hexachlorocyclohexane*, *évhémérisme*, *hendiadyn*.
Malheureusement, il semblerait que tout le monde n'ait pas notre chance. Il n'y a probablement pas assez de lettres dans une boîte de Scrabble pour jouer en pays iroquois où le vin n'est autre que de l'*onéharadesehoengtseragherie*.
Voilà peut-être une solution à l'alcoolisme : commander un verre d'*onéharadesehoengtseragherie* quand vous en avez déjà descendu une bonne douzaine devient une véritable gageure.

MOTS (qui devraient exister)

J'ai toujours pensé que nos dictionnaires français étaient incomplets et que certaines situations incontournables de la vie quotidienne auraient mérité d'être immortalisées par des appellations qui les caractériseraient.
Exemples :
Ascensure : censure implicite qui interdit à l'usager de croiser le regard des autres personnes dans un ascenseur.
Biniouf : malotru qui téléphone alors que vous venez juste de vous mettre à table, de vous endormir, d'entrer aux toilettes, etc.
Cadrectomie : ablation d'un tableau sur un mur, qui laisse généralement des cicatrices apparentes (plaie ouverte à la place du clou, dépigmentation à l'emplacement du cadre).

Caféructation : borborygmes qu'émet une cafetière électrique pour vous avertir que le café est prêt.
Chiyoyo : petit chien au bout d'une laisse à enrouleur.
Cigatrice : crevasse jaunie sur un cendrier, à l'endroit où l'on pose habituellement sa cigarette.
Combientomane : personne qui, à chaque fois que vous lui montrez un objet que vous venez d'acheter, vous demande : « Combien tu l'as payé ? »
Coudoutchouc : vieux morceau de caoutchouc fripé, usé et grisâtre qui recouvre l'articulation du coude, chez la plupart des humains.
Crouitchment : bruit que font en marchant sur le lino les personnes qui portent des chaussures à semelles de crêpe.
Embénardé(e) : être coincé(e) dans son pantalon après avoir tenté de l'enlever sans retirer ses chaussures.
Escalatorero : celui qui s'amuse à prendre l'Escalator à contresens.
Escapaghettis : spaghettis fuyants qui s'échappent de la fourchette au moment précis où on la porte à la bouche.
Gambada : danse sautillante qu'exécutent, sur le sable brûlant des plages, ceux qui marchent pieds nus, les jours de grande chaleur.
Garamnésie : impossibilité de se souvenir de l'endroit où l'on a garé sa voiture la veille au soir, tard.
Glaçouille : liquide dégoûtant dans lequel trempe la cuillère à glace, chez le marchand de glaces.
Incompaintibilité : inadéquation persistante entre la quantité de fromage que l'on s'est servie et la quantité de pain correspondante, qui contraint à se resservir indéfiniment de l'un puis de l'autre, sans jamais parvenir à les faire coïncider.

Painsum : partie du pain au chocolat où il n'y a pas de chocolat.
Purgatiroir : tiroir où l'on relègue en vrac les stylos sans capuchon, les colliers sans fermoir, les lunettes sans branches, les montres sans remontoir, avant de les faire réparer ou de les jeter définitivement à la poubelle.
Récalcitron : rondelle de citron qui accompagne une boisson gazeuse servie dans un verre si haut qu'on ne peut l'attraper ni avec la langue ni avec les doigts.
Relunetter (se) : remonter à l'aide de l'index ses lunettes sur le haut du nez.
Tartabou : dernière part de tarte restant dans le plat, que tout le monde convoite mais que personne n'ose prendre.
Testiculation : geste furtif et répété de certains hommes qui éprouvent le besoin obsessionnel de vérifier la présence de leurs attributs sexuels.
Urisphère : partie d'espace, située au-dessus des urinoirs, sur laquelle les hommes fixent leur regard dans les toilettes publiques, sachant que toute autre direction serait suspecte ou ambiguë.

MOTS (qui n'existent qu'au pluriel)

En général ce sont des collectifs.
Accordailles, *aguets*, *ambages*, *annales*, *arrhes*, *assises*, *babines*, *béatilles*, *bésicles*, *brisées*, *broussailles*, *calendes*, *comics*, *complies*, *confins*, *décombres*, *dépens*, *doléances*, *écrouelles*, *entrailles*, *fiançailles*, *frais*, *fringues*, *frusques*, *funérailles*, *gémonies*, *génitoires*, *gens*, *gravats*, *hardes*, *ides*, *laudes*, *mânes*, *matines*, *menstrues*, *mœurs*, *nippes*, *obsèques*, *pénates*, *pierreries*, *pouilles*, *prémices*, *préparatifs*,

prolégomènes, relevailles, rillettes, royalties, sévices, thermes, tripous, vêpres.

On en trouve cependant quelques-uns utilisés parfois au singulier en littérature : *affre, alentour, archive, armoirie, aréage, bestiau, condoléance, ébat, errement, épousaille, font, honoraire, proche, us, victuaille.*
Ainsi, Victor Hugo dans *Notre-Dame de Paris* : *Il s'agissait de quelque fiançaille consommée* ou Georges Duhamel : *Il a exigé un honoraire de vingt mille francs.*

MULTI

Ce préfixe latin, qui signifie « beaucoup », est fréquemment utilisé en français. *Multi* n'est pas un mot à part entière, il doit donc être collé à ce qui suit.
Ce multicoque appartient à un multimilliardaire.
Le second élément se lie directement au préfixe, sauf lorsque cet élément commence par la voyelle *i.*
Le petit Wolfgang joue excellemment du cornet à pistons et de la cornemuse : il est multi-instrumentiste.

N

NATURISTE OU NUDISTE ?

Ils ont un point commun que personne, y compris la gendarmerie de Saint-Tropez, ne leur conteste : l'uniforme. Pour le reste tout les oppose. Le *naturiste* a des principes, il se couche tôt, aime le silence, mange bio dans un environnement rudimentaire, sauvage de préférence ; il ne dédaigne pas le yoga, les sports orientaux, la poterie, la peinture sur soie et le macramé. Rien à voir avec le *nudiste* qui, lui, exposera à la nature mais surtout au regard des autres un corps soigné. Il fera bonne chère et bonne chair, n'hésitant pas à faire la fête jusqu'au lever du soleil. Il recherchera des criques bien exposées pour bronzer nu à l'abri des regards des « textiles » (ceux qui portent un vêtement) pour une raison souvent naturelle : on ne sait jamais comment réagirait une verge, certes au repos, mais qui pourrait être rendue subitement érectile par l'effet conjugué du soleil sur les corps caverneux et l'arrivée inopinée d'une belle ondine… Placé dans la même situation, le *naturiste* préférerait sans doute l'apparition d'une sirène, le côté écologique de sa queue de poisson convenant mieux à son genre de beauté.

NÉOLOGISME

Ils sont partout, ces mots nouveaux créés, comme dit le Robert, « par dérivation, composition, troncation, siglaison, emprunt, etc. »

Ce qu'il en dit…
Les usagers qui aiment intelligemment leur langue peuvent s'instruire en s'amusant par la collecte de beaucoup de séries très productives et toujours ouvertes : en -erie *(très vivant ces temps-ci :* déchetterie, bretellerie, *etc. Mais* épouserie *est déjà chez Rutebeuf au* XIII*e siècle) ; voir aussi les mots en* -cratie ; *en* -eraie *ou en* -aie *pour les plantations* (bambouseraie *à Uzès,* thymeraie *à Aix, etc.), puis en* -logue *et* -logie, *inépuisables* (comicologie *et* comitologie, *très récents et ludiques, sans plus. Vivront-ils longtemps ? Qui peut le dire, puisqu'un mot comme* soûlographie, *qui semblait un néologisme ludique éphémère, vit encore ? Et les créations en* -tique *prolifèrent (après* bureautique, *bien naturalisé aujourd'hui, on a vu arriver* monétique, voyagistique, optronique, productique, terminotique, *etc.). Mais les dérivés et composés à partir de* -manie, -cratie, -claste (méthodoclaste), *en* -at (vedettariat, assistanat, *etc.), en* -rama, *en* -pôle *et en* -pole, *en* -icien, *en* -tel *(du type* Sofitel *ou* Minitel), *en* -cide *(très récemment rencontrés :* vitricide, tzaricide, ozonicide) *prolifèrent ; et la liste est loin d'être exhaustive : que de récoltes instructives à poursuivre ! Ne laissons pas, surtout, dire que c'est une maladie française et qu'elle est née de la dernière pluie : on dit déjà chez Villon* malheureuté, horribleté, meurté *(maturité) ; j'ai rencontré ces temps-ci la* sombreté, *la* contraireté, *l'*arbitraireté *et ce vieux mot mal-aimé, l'*entièreté.
(Georges Mounin, *Le Plaisir des mots*, Autrement, 1995.)

Comme exemple de néologisme bien intégré, citons « impressionnisme », inventé par un journaliste pour le tableau de Claude Monet (1840-1926) *Impression, soleil levant*.

Comment ne pas donner raison à Frédéric Dard quand il disait : *Le néologisme, c'est la langue qui fait ses besoins !*

Pourtant, certains écrivains s'en donnent à cœur joie : Céline, Boris Vian et d'autres. Ces néologismes peuvent ne faire qu'une seule apparition dans une œuvre littéraire, ou terminer dans le dictionnaire ou dans la bouche d'un président de la République, tel l'*abracadabrantesque* d'Arthur Rimbaud !

Florilège

Érik Orsenna, *agoraphilie* (passion des foules)
Julien Green, *allélouyer* (entonner des alléluias)
André Malraux, les *Antimémoires*
Paul Claudel, *badonguer* (se dit des cloches qui font ding dong !)
Yann Queffélec, *carpasson* (entre carpette et paillasson)
Julien Gracq, *cataractant*
Paul Morand, *cosmopolisson*
Jean Giono, *dormioter* (somnoler)
Blaise Cendars, *festivant* (espèce de vacancier)
Jean Cocteau, *touchatouisme*
Marcel Proust, *paperole*
Entreversailler des Goncourt : *Une de ces grandes morts tristes à faire pleurer et qui* entreversaillent *l'âme.*
Inouïble de Paul Claudel : *Le chemin en est tracé là-bas au fond par cet escalier blanc et vert comme un clavier de cristal qui s'élève en un puissant épanouissement vers les régions de* l'inouïble.

Myriadaire d'Audiberti : *J'étais le* myriadaire, *le colossal grouillement des identités et des multitudes depuis le commencement…*
S'othellotiser de Théophile Gautier : *Rodolphe rentre chez lui furieux et ne sachant que faire pour forcer* M. de M… *à* s'othellotiser *un tant soit peu.*
Tontonner de Courteline : *Et sous les petites pattes de l'amie il* tontonnait *à plaisir, souriait à ses mauvaises humeurs et endossait le contrecoup de ses nerfs trop facilement irritables.*

Et encore…
Bisbaru : *Ce vigneron bisbaru, à lèvres d'ogre…* (Delteil.)
Bistoquette : *Les Gâs du Berry les attendaient sur la place de Chaillac, bistoquette en tête…* (Fargue.)
Blablaveux : *Les jaunes sont tous débiles idiots blablaveux tout naves.* (Céline.)
Blaireauteur : À *quoi bon citer, en effet, les choses nulles, les dilutions des maîtres blaireauteurs.* (Huysmans.)
Blairnifier : *Bon, je blairnifle pour vous des nouvelles de quelqu'un que vous affectionnez.* (Vian.)

Bleueur : *Courtisans de la lune à la fine lueur / Dans leur âme infiltrée en exquise bleueur.* (Montesquiou.)
Blocnoter : *Je pars, annonça le sénéchal. Mission spéciale. Blocnotez.* (Vian.)
Bluet : *Gens bluets, ne souriez point / De nos morts berlus de consentement.* (Looten.)
Cagotine : *Surpris de trouver chez une cagotine un si malicieux esprit de repartie.* (Gide.)
Calinaire : *De nature il n'avait guère confiance dans les femmes, des calinaires si, mais des légitimes adieu...* (Poictevin.)
Coscoté : *Chapelet de fine émeraude, ophites / Ambre coscoté.* (Moréas.)
Coulance : *Le style n'a pas – ne recherche pas – la simplicité, la coulance, la conformation traditionnelle.* (Rouveyre.)
Couliner : *Des flopées d'eau me coulinant... et prenant ma raie des fesses pour une gouttière naturelle...* (Clébert.)
Effervescer : *Ce ne serait pas assez dire qu'il trucule, il exubère ; il effervesce...* (Claudel.)
Effleur : *Ample fichu de tulle et la jupe à volant... Au cadre que fana l'effleur salin des brises.* (Yanasz.)
Effluvion : Mes *effluvions sont les rêves d'une ombre...* (Joubert.)
Égologique : *L'histoire est égologique et, quand on la remonte, irrévocable.* (Audiberti.)
Endonjuanné : *Molière endonjuanné prête à ses propres croquants des boniments du naturel le plus arrangé.* (Audiberti.)
Enfanguer (s') : *À Paris il s'était enfangué dans un drôle de guêpier, le casino Paganini, rue de la Chaussée-d'Antin.* (Audiberti.)

Enforester (s') : *Un jour, ayant quitté son frère d'armes, Tinténiac s'enforesta.* (Chateaubriand.)
Engambillé : [...] *la mère et le père tout engambillés dans les chaises reviennent sur leur idée.* (Stil.)
Evanescer (s') : *Les blessés s'évanescent, ça fait des fleurs partout.* (Rabinaux.)
Évani : – *Ben ! dit-elle tout à coup. Elle est comme évanie, la pauvre femme. Elle a perdu beaucoup.* (Richepin.)
Exercrer : *Jacqueline. – Malgré tout l'amour que j'ai pour toi, qui gonfle mon cœur à le faire crever, je te déteste, je t'exercre.* (Ionesco.)
Exorage : *La terre apparaît pâle et blette elle s'imbibe de la fièvre amorce des foutus exorages.* (Queneau.)

NOMS (À DEUX GENRES)

Entre les deux, leurs cœurs balancent, ou plutôt leur genre, car ces mots peuvent être masculins ou féminins. Leur sens diffère suivant le genre et, quoique jumeaux, ils n'ont souvent pas du tout la même origine. Par exemple, si vous faites un *petit tour autour de la tour* : *tour* au féminin vient du latin *turris*, au masculin du latin *tornus*, instrument de tourneur.

Le cartouche qui permit à Champollion de crier : « Eurêka ! J'ai trouvé ! »

La cartouche explosa dans la main du chasseur.

Il n'est pas recommandé de mettre une crêpe à sa boutonnière quand on est en deuil mais un crêpe, ni de regarder l'heure au pendule mais à la pendule, de rincer le mousse mais la mousse, ni de croire que vous gagnerez une grosse somme en faisant un petit somme. Autres exemples : *gîte*, *enseigne*, *guide*, *livre*, *manche*, *mémoire*, *moule*, *page*, *poêle*, *poste*, *vase*, *voile*.

NOMS ET MOTS COLLECTIFS

Foule, *multitude*, *peu de* sont suivis indifféremment et selon le contexte du singulier ou du pluriel.
Tout le monde est suivi du singulier.
La plupart : quand il est employé seul, le verbe est au pluriel ; en revanche, quand il est suivi d'un complément, le verbe s'accorde avec le complément.
Beaucoup, *peu de* demandent un verbe au pluriel.

> *Une foule d'enfants envahit le square.*
> *Tout le monde aime les enfants.*
> *La plupart des gens aiment les enfants.*
> *Peu de gens aiment les enfants.*
> *Beaucoup de gens aiment les enfants.*

NOMS PROPRES (devenus communs)

Mansarde : pièce aménagée dans un comble du nom de l'architecte français Jules Hardouin Mansart (1646-1708).
Massicot : appareil à couper le papier en feuilles du nom de son inventeur, Guillaume Massiquot (1797-1870).
Poubelle : Eugène Poubelle (1831-1907), préfet de l'Isère en 1872-1873, essaya vainement de lutter contre la malpropreté de Grenoble. Nommé préfet de la Seine, il imposera par une ordonnance du 15 janvier 1884

l'usage des boîtes à ordures et leur ramassage quotidien.

André-Marie Ampère : physicien, XIXe siècle ; l'*ampère*, unité d'intensité électrique.

François Barrême : mathématicien, XVIIe siècle ; le *barème*.

Louis de Béchamel : financier, XVIIe siècle ; la *sauce Béchamel* (mais la béchamel).

François Belot : né en Hollande au début du XXe siècle, il perfectionne les règles de la *belote*.

Louis-Antoine de Bougainville : explorateur, XVIIIe siècle ; *la bougainvillée* ou *le bougainvillier*.

Pierre et Marie Curie : physiciens, XIX-XXe siècles ; le *curie*, unité d'activité ionisante.

Guillaume : imprimeur, XVIIe siècle. On lui doit les indispensables *guillemets*.

Joseph Guillotin : médecin, XVIIIe siècle ; la *guillotine* (considérée, rappelons-le, comme un progrès à cette époque).

Étienne et Joseph Montgolfier : industriels, XVIIIe siècle ; la *montgolfière*.

Jean Nicot : ambassadeur, XVIe siècle ; la *nicotine*. Il introduisit en France le tabac, d'abord appelé *l'herbe à Nicot*.

Antoine Parmentier : agronome, XVIIIe siècle ; le *hachis Parmentier*, créé après sa mort, à l'époque où les pommes de terre étaient appelées des parmentières.

Blaise Pascal : écrivain et savant, XVIIe siècle ; le *pascal*, unité de mesure, de pression.

Louis Pasteur : savant, XIXe siècle ; la *pasteurisation*.

César de Plessis-Praslin : militaire, XVIIe siècle ; les *pralines* (mises au point par son cuisinier).

Louis Rustin : industriel (1880-1954) ; la *rustine*.

Étienne de Silhouette : contrôleur général des finances, XVIIIe siècle ; la *silhouette*, à partir des nombreuses caricatures (de profil) que lui valut son impopularité.

Alfred-Marie Velpeau : chirurgien, XIXe siècle ; sa fameuse *bande*, que chacun de nous a utilisée un jour.
Raglan : du nom de lord Fitzroy James Henry Somerset, baron Raglan, maréchal britannique (1788-1855), qui commanda les troupes anglaises en Crimée. Paletot à pèlerine très en vogue en 1855 après la guerre de Crimée.
Sandwich : du nom de John Montagu, comte de Sandwich (1718-1792), joueur impénitent, à qui son cuisinier imagina de servir son repas entre deux tranches de pain afin qu'il puisse manger sans interrompre sa partie.
Trampoline : l'invention de ce sport serait due au Français Trampoloni. Il était pratiqué par les trapézistes de cirque à la fin du XIXe siècle.

NOMS PROPRES (géographiques)

Ils prennent généralement l'article quand ils désignent :
Des noms de provinces, de montagnes, de cours d'eau, d'îles importantes, de départements, de mers ou de lacs : *la Garonne, les Alpes.*
Des noms de pays : *la France.*
Quand ils sont accompagnés d'un complément de lieu, on applique des règles particulières. Ainsi on vit en France, mais on vit au Guatemala, on va en France, mais on va au Guatemala, on vient de France, on va en Chine, on revient de Russie et l'on passe par le Chili...
Quelques États tels Monaco, Madagascar, Bahreïn, Chypre, Cuba, Haïti, Israël, Malte, etc., ne sont pas précédés d'article.

Ce cigare vient de Cuba.

L'article a tendance à être omis dans certains contextes.

– Lorsqu'un nom de pays singulier féminin ou masculin commençant par une voyelle est précédé de la préposition *de* et que cette préposition marque l'origine.

Tintin revient d'Amérique. Tintin revient du Congo.

– Lorsqu'ils sont précédés de roi ou de royaume.

Tintin, roi de Syldavie.

La plupart des noms de villes ne prennent pas l'article, sauf ceux venus d'un nom commun : *Le Havre* et quand ils sont au pluriel : *Les Andelys.*

NUANCE

Entre deux mots, faut-il choisir le moindre… ou le mieux approprié ? Si la réponse paraît évidente, encore doit-on se méfier des apparences trompeuses et des faux-semblants. Difficile en effet de départager les éternels ex-æquo :

Attractif ou *attrayant* ? Autochtone ou *indigène* ? Autorail ou *micheline* ? Avenue ou *boulevard* ? Bâtard ou *corniaud* ? Bateau ou *navire* ? Blatte ou *cafard* ? Bourg ou *village* ? Brun ou *châtain* ? Car ou *bus* ? Caractère ou *tempérament* ? Carrefour ou *croisement* ? Chausson ou *pantoufle* ? Chaussure ou *soulier* ? Colorer ou *colorier* ? Comprimé ou *pilule* ? Corbeille ou *panier* ? Coupole ou *dôme* ? Crocodile ou *alligator* ? Danseuse ou *ballerine* ? Début ou *commencement* ? Diable ou *démon* ? Diététicien ou *nutritionniste* ? Divan ou *sofa ?* Écouter ou *entendre* ? Émincer ou *effiler* ? Emmener ou *emporter* ? Expliquer ou *expliciter ?* Faitout ou *cocotte* ? Fusil ou *carabine* ? Gâchette ou *détente* ? Glossaire ou *lexique* ?

Gradation ou *graduation* ? Grillon ou *criquet* ? Jardinière ou *julienne* ? Jour ouvrable ou *jour ouvré* ? Jugement ou *arrêt* ? Majuscule ou *capitale* ? Manioc ou *tapioca* ? Mariage ou *noces* ? Marron ou *châtaigne* ? Médecin ou *docteur* ? Mode ou *tendance* ? Neuf ou *nouveau* ? Note ou *addition* ? Nourrisson ou *nouveau-né* ? Obsèques ou *enterrement* ? Occultisme ou *ésotérisme* ? Peler ou *éplucher* ? Pendule ou *horloge* ? Perfusion ou *transfusion* ? Pirate ou *flibustier* ? Prolongement ou *prolongation* ? Pull ou *tricot* ? Raclée ou *fessée* ? Revue ou *magazine* ? Revolver ou *pistolet* ? Soûl ou *ivre* ? Star ou *vedette* ? Toréador ou *torero* ? Trouvère ou *troubadour* ? Tsunami ou *raz-de-marée* ? Varech ou *goémon* ? Voiture ou *wagon* ?

O

OLORIME

On appelle vers *olorimes* des vers homophones, dont la rime est constituée par la totalité du vers. On peut les définir comme des rimes riches – richissimes, même – poussées à leurs plus extrêmes limites. Une hypertrophie de la rime en quelque sorte.
Mieux qu'une définition, un exemple célèbre suffit à expliquer ce que sont des vers olorimes :
Gall, amant de la reine, alla, tour magnanime,
Gallamment de l'Arène à la tour Magne, à Nîmes.
Chaque année, à l'occasion des jeux Floraux de Nîmes, une reine et un seigneur étaient élus, et devaient caracoler en tête du cortège qui défilait à travers les rues. Merveilleuse coïncidence, une année, le seigneur élu se nommait Gall. Ce qui permit à Victor Hugo de composer ces vers qui confèrent leurs lettres de noblesse aux olorimes, qui ne sont que des calembours assaisonnés à la sauce poétique. Il était donc fatal que les humoristes s'en emparent, et notamment Alphonse Allais :
Aidé, j'adhère au quai. Lâche et rond, je m'ébats
Et déjà, des roquets lâchés rongent mes bas.

Ou encore :
Alphonse Allais de l'âme erre et se f... à l'eau
Ah ! L'fond salé de la mer ! Hé ! ce fou ! Hallo !

ON N'OUBLIE

Attention ! *N'*est indispensable pour rappeler que la phrase est négative.
On est pas né de la dernière pluie. (Faux !) *On n'est pas né de la dernière pluie.*
On *aime pas qu'on nous fasse des remarques.* (Faux !) On *n'aime pas qu'on nous fasse des remarques.*
On *arrive pas toujours à échapper à la maladie d'Alzheimer.* (Faux !) On *n'arrive pas toujours à échapper à la maladie d'Alzheimer.*

ONOMATOPÉE

Du grec *onomatopoiia.* L'*onomatopée* est une interjection. Presque toujours suivie d'un point d'exclamation, elle suggère, par imitation phonétique, l'aboiement d'un chien, *whouaf-whouaf* ! Le cri d'un âne, *hi-han* ! Un chant, *cocorico* ! Un liquide, *glou-glou* ! Un régal, *miam-miam* ! Ou un chagrin, *snif-snif* !
Elle peut aussi perdre son point... d'exclamation, mais prendre du galon en devenant nom à part entière : le *miaou* du chat ou le *tic-tac* de l'horloge.
Invariable lorsqu'elle est employée comme interjection ainsi que lorsqu'elle est employée comme nom, formée de sons, semblables ou non, qui sont séparés par un trait d'union (des *miam-miam*), elle est variable

si elle est composée d'un seul son (*cocoricos*) ou de deux sons collés (*ronrons*). En voyage, il est plaisant de relever les onomatopées de nos voisins, formées selon le système phonologique de leur langue. En Angleterre *miam-miam* se dit *yum yum* et les chats ne font pas *miaou* mais *meow*, les coqs italiens *chichirichi*, les oiseaux espagnols *pío pío*.

ORTHOGRAPHE

On se souvient de Jacques Prévert :

C'est ma faute
C'est ma faute
C'est ma très grande faute d'orthographe
Voilà comment j'écris
Giraffe.

Et d'Alphonse Allais, au restaurant :

Pour commencer je prendrai une faute d'orthographe.
– Pardonnez-moi, monsieur, il n'y en a pas.
– Alors pourquoi y en a-t-il au menu ?

D'où sa célèbre proposition de réforme : *La kestion de la reform de lortograf est sur le tapi. Naturelman, il y a dé jan qui se voil la fass kom sil sajicé de kelk onteu sacriléj* et de remplacer les lettres inutiles : *Hélène a eu des bébés* deviendrait : *LN A U DBB.* Il inventa peut-être avant l'heure le très controversé SMS.

Ce qu'ils en disent…

L'orthographe est le cricket des Français. Le cricket et l'orthographe ont en commun d'être incompréhensibles aux étrangers, sans parler des indigènes. (Alain Schifres.)

La sténodactylo est un instrument à qui l'on dicte des fautes de français et qui restitue des fautes d'orthographe. (Auguste Detœuf.)

Orthographe. La science qui épelle avec l'œil à la place de l'oreille. (Ambrose Bierce.)

L'orthographe est plus qu'une mauvaise habitude, c'est une vanité. (Raymond Queneau.)

Un optimiste est un homme qui épouse sa secrétaire en s'imaginant qu'il pourra continuer à lui faire des réflexions sur sa mauvaise orthographe. (Tristan Bernard.)

L'orthographe est de respect ; c'est une sorte de politesse. (Alain.)

Notre orthographe est un recueil impérieux ou impératif d'une quantité d'erreurs d'étymologie artificiellement fixées par des décisions inexplicables. (Paul Valéry.)

Même dans son silence, il y avait des fautes d'orthographe. (Stanislaw Jerzy Lec.)

Orthographe. Y croire comme aux mathématiques. N'est pas nécessaire quand on a du style. (Gustave Flaubert.)

[...] *l'art de ponctuer* [est] *plus précieux à mon sens que l'orthographe : car l'orthographe relève, au fond, de la mémoire, mais le sens de la différence entre le « point et virgule » et les « deux points » manifeste la pensée. Et penser vaut mieux que se souvenir.* (Jean Guitton.)

Ces lettres de femmes, du temps que les femmes ne savaient pas l'orthographe ! (Remy de Gourmont.)

L'OuLiPo est un groupe d'écrivains qui fut fondé en France, en 1960. Son nom est l'acronyme d'*Ou*vroir de *li*ttérature *po*tentielle. Fondé pour venir en aide à Queneau dans la rédaction de ses *Cent mille milliards de poèmes*, l'OuLiPo se mit bientôt à utiliser des contraintes littéraires du passé (comme le lipogramme) et à en inventer de nouvelles. En travaillant sur le matériel du texte, sur des « patrons » d'écriture, il est possible de rendre lisible une infinité de textes, potentiellement inscrits dans les contraintes littéraires utilisées.
Entre 1974 et 1987, l'OuLiPo a publié sous le nom de *Bibliothèque oulipienne* trente-sept fascicules tirés à 150 exemplaires et réservés à un cercle étroit d'amis. Ces textes courts sont une sorte de laboratoire joyeux où l'on voit jouer les mécanismes de la création littéraire. Drôles, inattendus, énigmatiques, secrets et parfois savants, ils nous montrent des talents aussi divers que ceux de Queneau, Perec, Calvino, Roubaud, Mathews, se jouant de contraintes, et sortant des labyrinthes qu'ils ont eux-mêmes construits.
Le samedi 2 juin 1976, répondant à une invitation de la librairie Federon, une délégation de l'OuLiPo composée de Jacques Bens, Harry Mathews et Georges Perec partit en voiture pour Lyon où ils étaient attendus par Georges Fournel. Georges Perec raconte :
Nous nous arrêtâmes pour déjeuner à l'hôtel des Quatre-Vents, non loin de Saulieu, où nous nous régalâmes de hors-d'œuvre variés, de jambon à la crème et de fromage blanc, plutôt modérément arrosés de quelques pots de petits vins régionaux. Je ne me souviens plus à quel moment précis, ayant repris la route et luttant contre une certaine somnolence post-

prandiale que la monotonie autoroutière risquait sensiblement d'amplifier, la conversation alla porter sur l'incomparable cantatrice qui se nomme Montserrat Caballé. En tout cas, le nom seul de cette diva sublime déclencha dans l'automobile une fièvre homophonique qui devint fureur et nous tint, bien au-delà du voyage, et bientôt rejoints par Paul Fournel, Claude Brungelin et Béatrice de Jurquet, jusqu'à l'heure du dîner. Encore ne consentîmes-nous à nous arrêter que parce que nous étions arrivés à la 101e métamorphose de ce nom chéri, et qu'une exaspération, muette mais croissante, commençait à férocement émaner de nos hôtes qui, depuis plusieurs heures déjà, espéraient de plus en plus vainement que nous allions enfin causer littérature…

Extraits de quelques-unes de ces « métamorphoses » :
L'amoureuse murmure à son amant fougueux : Je te préfère nu, MON CHÉRI ? QU'HABILLÉ !

Tard dans la nuit, un cruciverbiste arrive à l'imprimerie du journal pour vérifier que l'on n'a pas oublié sa définition du mot « Centaure » :

MON « SERT À CAVALE » Y EST ?

Deux seigneurs se rencontrent au plus profond de la forêt. Ils en ont tous les deux gros sur la cartoufle. L'un a poursuivi pendant trois jours un dix-cors qui s'est taillé ; l'autre a sur les bras une jacquerie :

MON CERF A CAVALÉ !
MON SERF A CAVALÉ !

Deux truands sont convenus de la date et de l'heure de leur prochaine rencontre. Reste plus qu'à fixer l'endroit. Faut que ça soye dans une grande ville et dans un lieu public ouvert tard le soir. Choisissant dans une liste dressée d'avance, l'un d'eux télégraphie à l'autre :

« MARSEILLE À CABARET »

Tous mes chèques ne sont pas au porteur :

MON CHÈQUE-AK EST BARRÉ

Quand les Israélites arrivèrent à Sidon, ils s'étonnèrent de la fidélité des habitants à leur Dieu :

« MOÏSE EST ROI, QU'A BAAL ? »

« IL Y EST. »

Une réunion de l'OPEP se tient dans le chef-lieu du Hainaut. Les Irakiens proposent une motion dure qui passe grâce à l'appui inattendu d'une des îles de la Sonde. Le lendemain les journaux titrent :

MONS : IRAK A BALI

Tu te trompes mon ami, dit Queequeg à Ismaël, le capitaine n'a pas cloué la pièce d'or au mât du Pequod, *il l'a attaché avec de la ficelle :*

MON CHER, À AQABA LIT EST !

Le 20 janvier 1793, le malheureux Louis XVI dit à Marie-Antoinette :

« J'ai peur de la guillotine. » Elle lui répondit :

« MON CHER, T'AS QU'À PAS Y ALLER ! »

Un homme qui habitait un grenier laissait pendre à sa fenêtre une corde à laquelle il suspendait son panier à provisions. Quand il sortait, il faisait descendre son panier jusqu'à la rue, et une fois rentré chez lui, il le remontait. Ceux qui venaient lui rendre visite savaient qu'il était chez lui en voyant

SA MANSARDE A CABAS LIÉ

Un homme atteint d'une hernie splénique se fit faire un corset qui se serait révélé tout à fait efficace s'il n'avait eu tendance à toujours remonter ; il remédiait à cet inconvénient en l'attachant à ses fixe-chaussettes. Je ne porte dit-il,

MON SERRE-RATE QU'À BAS LIÉ

Mon ami espagnol, arrivant dans mon ignoble taudis et m'entendant ronchonner contre la crasse qui m'entoure, s'écrie :

« MON SER, T'AS QU'À BALAYER ! »

(*La Bibliothèque OuLiPienne*, Ramsay, 1987.)

OXYMORE

Du grec *oxumôron*, de *oxus* « aigu » et *môros* « sot, fou », il établit une relation de contradiction entre deux mots qui dépendent l'un de l'autre ou qui sont coordonnés entre eux.

Si nos écrivains en raffolent (Nicolas Boileau : *Hâtez-vous lentement*, la marquise de Sévigné : *L'éloignement rapproche*, André Gide : *Son bon sourire de crocodile*, et la fameuse *obscure clarté* de Pierre Corneille), il en est de même du tout-venant qui truffe ses phrases de *douce violence*, de *mort vivant*, de *nouveau classique* et d'*oublieuse mémoire*.

Figure d'opposition, elle vise un effet de non-sens, mais peut renforcer des figures stylistiques ; elle sert alors à suggérer des atmosphères oniriques ou hallucinatoires.

Avec une *avare magnificence* (Jean-Jacques Rousseau), nous vous offrons cette liste :

Les soleils mouillés (Charles Baudelaire, *L'Invitation au voyage*.)

La clarté sombre des réverbères (Charles Baudelaire, *Les Paradis artificiels*.)

Elle se hâte avec lenteur. (Jean de La Fontaine, *Le Lièvre et la Tortue*.)

Les fous normaux (Pierre Desproges.)
Je la comparerais à un « soleil noir ». (Baudelaire.)
Un affreux soleil noir d'où rayonne la nuit. (Victor Hugo.)
Mon *luth constellé porte le soleil noir de la mélancolie*. (Gérard de Nerval, *El Desdichado*.)
Jeune vieillard (Molière, *Le Malade imaginaire*.)
La légèreté pesante de ses idées (Norbert Poulard.)
Un merveilleux malheur (titre d'un essai de Boris Cyrulnik publié en 1999)
La variation des constantes (méthode mathématique de résolution d'équations différentielles)
Un silence assourdissant (Albert Camus, *La Chute*.)
Splendeurs invisibles (Arthur Rimbaud.)
Une sublime horreur (Honoré de Balzac, *Le Colonel Chabert*.)
Un minuscule infini (Julie Chvetzoff, *L'Inconnue célèbre*.)
Sa belle figure laide sourit tristement. (Alphonse Daudet, *Le Petit Chose*.)
Cette petite grande âme venait de s'envoler. (Victor Hugo, *Les Misérables*, à propos de la mort de Gavroche.)

Si j'aime assez l'oxymore pour avoir voulu lui offrir une place de choix, celle du titre de cet ouvrage, c'est parce que j'ai toujours été attiré par ce paradoxe qui permet des effets de non-sens chers à mon esprit un peu flottant et ambigu…

P

PALINDROME

Son étymologie est plaisante, il vient du grec *palindromos*… (qui court en sens inverse). Le *palindrome* fait partie de cette classe des mots (très fermée, ils sont à peine 80) qui peuvent être lus de gauche à droite et de droite à gauche en conservant le même sens.
Ana, ara, asa, bob, elle, esse, été, ici, gag, kanak, kayak, non, pop, ressasser, retâter, sis, sas, ses, sus, tôt…
Mieux…

Léon, émir cornu, d'un roc rime Noël. (Charles Cros.)

Élu par cette crapule. (Anonyme.)

Ésope reste ici et se repose. (Anonyme.)

Noël a trop par rapport à Léon. (Anonyme.)

Sexe vêtu, tu te vexes
Sévère mal à l'âme, rêves.
(Luc Étienne.)

À Laval elle l'avala
Et Luc colporte trop l'occulte.
(Michel Laclos.)

L'âme sûre ruse mal
Eh ! ça va la vache ?
À l'étape, épate-la ?
Suce ses écus
L'ami naturel ? Le rut animal.
(Louise de Vilmorin.)

PANTOUM

Poème d'origine malaise à forme fixe. L'idée vient de Victor Hugo qui le fit connaître, dans ses *Orientales* en 1829, et dont Théophile Gautier ne tarda pas à faire une imitation en vers. Hugo, Baudelaire, Leconte de Lisle, Banville, Verlaine ont eux aussi commis des pantoums. L'originalité de sa structure vient de ce que deux thèmes sont traités parallèlement, l'un dans les deux premiers vers, l'autre dans les deux derniers de chaque strophe.

Voici venir les temps où vibrant sur sa tige
Chaque fleur s'évapore ainsi qu'un encensoir ;
Les sons et les parfums tournent dans l'air du soir ;
Valse mélancolique et langoureux vertige !
Chaque fleur s'évapore ainsi qu'un encensoir ;
Le violon frémit comme un cœur qu'on afflige ;
Valse mélancolique et langoureux vertige !
Le ciel est triste et beau comme un grand reposoir.
(Charles Baudelaire, *Harmonie du soir*.)

PAR

Il est suivi du singulier quand il indique une répartition, une distribution ; chacun des éléments étant considéré à part.

Les amants et les maris ne doivent pas trop rester dehors. J'ai connu des absents qui avaient tort quatre fois par jour. (Lord Byron.)

On ne pense que par image. Si tu veux être philosophe, écris des romans. (Albert Camus.)

Une pomme par jour éloigne le médecin... à condition de bien viser. (Churchill.)

PARADIGME

[...] *Dans le domaine littéraire, un paradigme est une œuvre servant de modèle à une traduction, à un genre, à une catégorie de textes. Don Juan est ainsi le paradigme du séducteur. Ne pas confondre avec parangon.*
D'un point de vue plus large, un paradigme est une représentation du monde. Le paradigme d'un groupe humain donné, c'est le système de représentations largement accepté par ce groupe. Ne pas confondre avec parachute. [...]
En grammaire, le paradigme est un mot type qui est donné comme modèle pour désigner une variation sur une racine, sur une idée ou sur un mot.
En linguistique, le paradigme, c'est l'ensemble des termes substituables à un point de la phrase. Autrement dit, l'ensemble des formes différentes que peut prendre un mot. Le paradigme du verbe être au présent de l'indicatif est : suis, es, est, sommes, êtes, sont.
Toujours en linguistique, on parle d'axe paradigmatique, que l'on oppose à l'axe syntagmatique. Le premier concerne le choix des mots eux-mêmes, le second le choix de leur emplacement dans l'énoncé. Autrement dit : l'axe paradigmatique, c'est le point du texte où une classe d'éléments peuvent être

substitués. L'axe syntagmatique, c'est le point du texte où une classe d'éléments peuvent être substitués. Vous n'avez pas compris ? Et alors ? Vous croyez que j'ai compris, moi ? (François Rollin, *Les Belles Lettres du professeur Rollin*, Plon, 2007.)

PARAGOGE

Il y a *paragoge* lorsqu'on ajoute plusieurs lettres ou un phonème à la fin d'un mot. Un exemple : l'addition d'un *s* à la fin de « jusque » pour former « jusques » afin de faciliter des liaisons. Ou encore : *Après, ne me réponds qu'avecque cette épée.* (Corneille, *Le Cid.*)

PARENTHÈSE

Victor Hugo la décrit comme *l'île du discours* et Alphonse Allais, moins sérieux, nous propose : *J'ouvre une parenthèse. Si vous avez un peu trop d'air, je la refermerai tout de suite.*
Elle sert à encadrer, à isoler une remarque à côté de l'objet principal du discours et permet aussi de signaler des variantes de genre et de nombre.
Ils (elles) n'oublièrent pas de fermer les parenthèses (elles vont toujours par deux).

PARONOMASE

Du grec *para* « à côté » et *onoma* « nom ». Rapprochement de mots dont le son est à peu près semblable, mais dont le sens est différent.
La paronomase se rapproche de l'allitération et n'est pas très éloignée non plus du calembour.

Les lois de nos désirs sont des dés sans loisirs. (Robert Desnos, *Corps et Biens*.)

Bizarre, beaux arts, baiser. (Eugène Ionesco, *La Cantatrice chauve*.)

C'est en lisant qu'on devient liseron. (Raymond Queneau.)

Des géniaux ingénieurs, des jardiniers joviaux, des soucieux socialistes. (Boris Vian, *Je voudrais pas crever*.)

PARONYME

Emploi d'un mot pour un autre qui présente une certaine analogie phonétique. À ne pas confondre avec le paragramme qui est, lui, le plus souvent volontaire. Ils se ressemblent à l'oral mais aussi à l'écrit, peuvent avoir le même radical et ne se distinguer que par leur préfixe ou leur suffixe. La confusion est fréquente avec des mots comme *emménager* et *aménager*, *emmener* et *amener*, *infantile* et *enfantin*, *jour ouvré* et *ouvrable*, *de concert* ou *de conserve*, et bien d'autres :

À l'attention de et *à l'intention de*, *à l'insu de* et *à l'issue de*, *abhorrer* et *arborer*, *abjurer* et *adjurer*, *acceptation* et *acception*, *accident* et *incident*, *affiler* et *effiler*, *affleurer* et *effleurer*, *allocation* et *allocution*, *aménager* et *emménager*, *amener* et *emmener*, *amnistie* et *armistice*, *anoblir* et *ennoblir*, *apporter* et *emporter*, *apurer* et *épurer*, *blanchiment* et *blanchissement*, *bribe* et *bride*, *cérébral* et *cervical*, *circoncire* et *circonscrire*, *classer* et *classifier*, *coasser* et *croasser*, *collision* et *collusion*, *colorer* et *colorier*, *compréhensible* et *compréhensif*, *consommer* et *consumer*, *continuation* et *continuité*, *décerner* et *discerner*, *dédoubler* et *redoubler*, *dénudé* et *dénué*, *distancer* et *distancier*, *écaille* et *écale*, *éclaircir* et *éclairer*, *effraction* et *infraction*, *égaler* et *égaliser*, *élucider* et *éluder*, *émerger* et *immerger*, *émigrer* et *immigrer*, *éminent*, *imminent* et *immanent*, *empreint* et *emprunt*, *endémie* et *épidémie*, *enduire* et *induire*, *éruption* et *irruption*, *esquisser* et *esquiver*, *évoquer* et *invoquer*, *exalter* et *exulter*, *expliquer* et *expliciter*, *faction* et *fraction*, *falloir* et *valoir*, *frasque* et *fresque*, *gravement* et *grièvement*, *gré* et *grès*, *habileté* et *habilité*, *harde* et *horde*, *hiberner* et *hiverner*, *inclinaison* et *inclination*, *inconciliable* et *irréconciliable*, *infecter* et *infester*, *influencer* et *influer*, *intégralité* et *intégrité*, *jury* et *juré*, *justificatif* et *justification*, *littéraire* et *littéral*, *luxurieux* et *luxuriant*, *matériau* et *matériel*, *méritant* et *méritoire*, *mystifier* et *mythifier*, *notable* et *notoire*, *obstruer* et *obturer*, *officiel* et *officieux*, *oiseux* et *oisif*, *opprimer* et *oppresser*, *original* et *originel*, *paraphrase* et *périphrase*, *partial* et *partiel*, *perpétrer* et *perpétuer*, *personnaliser* et *personnifier*, *préjudice* et *préjugé*, *prescrire* et *proscrire*, *prestance* et *prestation*, *prodige* et *prodigue*, *prolongation* et *prolongement*, *publicitaire* et *publiciste*, *rechaper* et *réchapper*, *recouvrer* et *recouvrir*, *renforcer* et *renforcir*, *sabler le champagne* et *sabrer le champagne*, *servir* et *desservir*, *social* et *sociable*, *stupéfié* et *stupéfait*, *subvenir* et *survenir*, *tenu* et *ténu*, *usurier* et *usuraire*, *vénéneux* et *venimeux*, *veuillez* et *veillez*.

PARTICIPE PASSÉ

Lorsque le participe passé est suivi par un infinitif, il faut se demander qui est à l'origine de l'action indiquée par l'infinitif.
Il n'y aura accord que si c'est le sujet qui fait l'action.
La pop star que j'ai entendue chanter. (Le sujet, la pop star, chante… enfin, essaie !)
La chanson que j'ai, hélas, entendu chanter. (La chanson est chantée.)
Dans une phrase, un infinitif peut aussi être sous-entendu. C'est souvent le cas avec les participes passés des verbes (*cru*, *dit*, *dû*, *désiré*, *osé*, *pensé*, *permis*, *prévu*, *promis*, *pu*, *su*, *voulu*, etc.), ils sont alors invariables.
Sa mère lui avait donné toutes les lettres qu'elle avait pu (sous-entendu : *donner*).
Les trois frères avaient beau s'appeler Wolfgang, Frédéric et Ludwig, ils n'étaient pas aussi bons pianistes qu'ils avaient cru (sous-entendu : *être*).

PARYPONOÏAN

On prononce *paryponoïane*. Cette figure de pensée conduit à la fois à l'absurde et à la raillerie. C'est une sorte de supposition dans laquelle on feint de croire qu'une idée jaillit de son contraire.
Ainsi, quand Marcel Proust écrit dans *Les Plaisirs et les Jours* : *Ses yeux pétillaient de bêtise*, on s'attendait plutôt à… *de malice*, ou *d'intelligence*.

PASTICHE

Ce que dit Patrick Rambaud, le plus fidèle *parodieur* de Duras, de Barthes et de Simone de Beauvoir, de cet art littéraire :

Le pastiche *est un exercice d'admiration, la parodie l'une des armes de la critique. Quand Proust pastiche Flaubert, il commence par nous livrer une parfaite imitation de son vieux maître, puis la phrase soudain s'allonge, se distend, sinue, s'étire, se hache, et cela nous en apprend beaucoup plus sur le pasticheur que sur le pastiché : Proust, c'est Flaubert plus de l'asthme. À l'inverse, la* parodie *ne salue pas un talent, elle se moque des manies et des manières d'un auteur fatigant, elle en accentue les ridicules pour faire rire à ses dépens, et lui botter les fesses.*

Patrick Rambaud et son complice Michel-Antoine Burnier parodient ici le pseudo « neuvième tome » des *Mémoires* de Simone de Beauvoir :

[...] *J'avais beaucoup travaillé cette année : le huitième tome de mes Mémoires, où je racontais ma vie des trois derniers mois, m'avait donné tant de tracas ! Ce serait mon meilleur livre, disait Sartre, mais je devais encore beaucoup travailler. L'écriture en était désordonnée et les personnages manquaient de chair : j'avais décidé de tout reprendre sur ces conseils. J'avais en outre publié le récit de mes voyages en Champagne, en Eure-et-Loir, dans les Ardennes, en Bretagne, en Seine-et-Marne : j'en étais fourbue. Quelle joie de communiquer à des milliers de lecteurs ce sentiment d'épuisement qui me prenait à la fin de chacune de mes promenades ! « Ça ne brille pas par la qualité, mais au moins il y a la quantité », disait Sartre : ce mot me toucha beaucoup et j'en fus heureuse. Depuis*

plusieurs mois nous avions déserté Montparnasse : nous prenions nos petits déjeuners au « Bar de l'Escalope » où j'aimais travailler dans les sifflements des percolateurs que couvrait le bruit des demis à la pression. J'avais définitivement abandonné la baguette beurrée pour la tranche de cake, et Sartre me le reprochait gaîment : il gardait son éternelle passion pour les œufs frits. Olga préférait les biscottes et Bost grignotait des croissants à la grande fureur de Lanzmann. Nous prenions toujours le café chez moi : nous nous querellions sur le nombre de sucres. Le soir, nous continuions à voir beaucoup de films : j'avais aimé Affreux, sales et méchants, L'Aile ou la Cuisse, La Dernière Folie, Lâche-moi les baskets, Un mari c'est un mari. *Dans ce dernier film, la bourgeoisie retournait sa férocité contre elle-même : cette étourderie me fascinait. Je lisais Marie Cardinal, Annie Leclerc, Christian Coffinet, Salvat Etchard, Yves Bonnefoy, Carlos Semprun-Maura, Demouzon, André Gorz, Michel Bosquet, Gérard Horst, Jacques Larcin, Christiane de La Bigne, le docteur Olivenstein, Jean-François Bizot, André Laude.*
Notre ami Le Dantec avait publié Révoltes *chez Gallimard, que j'admirais passionnément et pour lequel Sartre avait écrit une préface :* « Un intellectuel qui se range sur les positions du prolétariat ne devient pas prolétaire », *disait-il en substance : il est un intellectuel rangé aux côtés du prolétariat. Il trouvait là, la synthèse qu'il avait ailleurs manquée dans sa préface à* Colères *de Jacques Larcin. Bien sûr, nous continuions à nous faire copieusement insulter : ce n'était pas un hasard et nous n'en avions cure [...].*
(*La Farce des choses et autres parodies*, Balland, 1982.)

PATAQUÈS

Ce mot étrange cache une liaison mal à propos ou plus généralement une faute de langage, consistant à substituer un *s* à un *t* final ou réciproquement.
Historique :
– *Madame cet éventail est-il à vous ?*
– *Il n'est point-t-à-moi.*
– *Il est à vous alors madame ?*
– *Il n'est point-z-à moi.*
– *Alors s'il n'est point-t-à vous, s'il n'est point-z-à-vous, ma foi je ne sais pas-t-à-qu'est-ce !*
De cet échange est né le mot *pataquès.* (Anecdote rapportée par P. Domergue.)

PATOIS

Les *patois* sont souvent le résultat de l'amalgame entre la langue d'un envahisseur et celle d'un envahi ! Certains ont bien résisté aux nouveaux occupants, aux diktats politiques et autres empêcheurs de *parler en rond.* On pourrait même mettre en tête de liste la langue française, grand vainqueur du tournoi ! Malgré la connotation péjorative qui leur est attachée (en 1762 le *Dictionnaire de l'Académie française* les définissait ainsi : *langage rustique, grossier, comme est celui d'un paysan, ou du bas peuple*), ce sont des langues à part entière. *Patois* serait un déverbal de l'ancien français *patoier*, « agiter les mains, gesticuler (pour se faire comprendre, comme les sourds-muets) », puis « se comporter, manigancer », dérivé de *patte* au moyen du suffixe *oyer.*

La linguiste Henriette Walter explique qu'alors que les *patois* étaient encore bien vivants au début du xxe siècle la Première Guerre mondiale a largement participé à leur disparition, parce que les régiments étaient composés de soldats natifs de régions voisines qui utilisaient leurs *patois* pour communiquer (les *patois* étant des langues parlées et transmises oralement depuis des siècles, on trouvait des variations suivant les cantons). Au fur et à mesure des pertes épouvantables, ils furent rassemblés de façon aléatoire. Peu à peu, le français deviendra leur seule langue pour se comprendre.
Proust, dans *À la recherche du temps perdu*, s'amuse du parler de Françoise :

Ainsi son parler différait de celui de sa mère ; mais, ce qui est plus curieux, le parler de sa mère n'était pas le même que celui de sa grand'mère, native de Bailleau-le-Pin, qui était si près du pays de Françoise. Pourtant les patois différaient légèrement comme les deux paysages. Le pays de la mère de Françoise, en pente et descendant à un ravin, était fréquenté par les saules. Et, très loin de là, au contraire, il y avait en France une petite région où on parlait presque tout à fait le même patois qu'à Méséglise. J'en fis la découverte en même temps que j'en éprouvai l'ennui.

PEREC (Georges)

* Je me souviens que Georges Perec tenait sa cigarette (puis son cigarillo) entre le majeur et l'annulaire.
* Je me souviens que Georges Perec portait des tuniques indiennes qu'il ne rentrait jamais dans son pantalon.

* Je me souviens d'avoir vu Georges Perec pour la première fois à la télévision le jour où il a obtenu le prix Renaudot pour *Les Choses*. J'étais alors un jeune homme, mais me souviens l'avoir écouté très attentivement, car je trouvais qu'il n'avait pas un physique d'écrivain (*sic*) et que, pour cette raison, il devait en être un bien singulier. J'ai acheté son livre le jour même, puis tous les autres jusqu'à ce qu'il me les donne.
* Je me souviens de Georges Perec oubliant de finir son céleri rémoulade pour terminer la confection d'*Une belle absente*.
* Je me souviens qu'un jour, à Orsay, où je marchais quelques pas en arrière de Georges Perec, une dame s'est retournée sur lui et a dit une phrase qui se terminait par « drôle d'oiseau ».
* Je me souviens de Georges Perec dans un restaurant essayant de faire croire à une jeune fille qui l'avait reconnu qu'il n'était pas Georges Perec.
* Je me souviens que Georges Perec était allé voir Queneau au moment de la publication de *La Boutique obscure* pour avoir son sentiment. Queneau lui avait répondu en publiant de faux récits de rêve (ou plutôt des vrais récits de faux rêves) dans *Les Cahiers du Chemin*.
* Je me souviens que Georges Perec était producteur de cinéma et que son nom en blanc sur fond noir ouvre le film de Catherine Binet *Les Jeux de la comtesse Dolingen de Graatz*.
* Je me souviens que Georges Perec aimait faire de la salade de tomates avec des tranches de mozzarella.
* Je me souviens que Georges Perec avait un Montblanc dont il parlait volontiers et qu'il utilisait parfois à l'envers.
* Je me souviens du rire de Georges Perec et du rire de Raymond Queneau.

* Je me souviens que dans les 50 choses qu'il souhaitait faire avant de mourir, Jacques Roubaud voulait trouver une contrainte qui mette en difficulté Georges Perec.
* Je me souviens d'avoir classé avec Georges Perec une infime partie de la bibliothèque de François Le Lionnais (la chambre à coucher) et que nous avions baptisé cette opération « Augias 1 ». Il n'y eut jamais d'« Augias 2 ». (Paul Fournel.)

PHRASE

Ce qu'ils en disent…

L'intensité de la phrase est faite des mots qui manquent. (Anne-Marie Albiach.)

Toute phrase doit être en soi un monument bien coordonné, l'ensemble de tous ces monuments formant la ville qui est le Livre. (Charles Baudelaire.)

Il est des phrases qui ne jettent leur poison que des années après. (Elias Canetti.)

Une phrase est pure tant qu'elle est seule. Déjà la suivante lui retire quelque chose. (Elias Canetti.)

Foncer dans le système nerveux du lecteur… Tordre la langue… Forcer les phrases à sortir de leurs gonds… (Louis-Ferdinand Céline.)

Dans le style le plus simple, que la phrase soit vierge. On veut une neige fraîche où personne n'a encore marché. (Jacques Chardonne.)

Éviter la musique d'une phrase ne peut lui communiquer que le rythme. Laisser à ce rythme l'irrégularité d'une pulsation. (Jean Cocteau.)

Plus une idée est belle, plus la phrase est sonore. (Gustave Flaubert.)

La phrase est une excroissance de l'idée. (André Gide.)

J'ai voulu faire de ma phrase un instrument si sensible que le simple déplacement d'une virgule suffise à en détériorer l'harmonie. (André Gide.)

Suggérer au lieu de dire, faire dans la route des phrases un carrefour de tous les mots. (Alfred Jarry.)

La phrase doit être entière, d'une seule ligne, je veux dire non coupée par des points et virgules, ponctuation qui ne correspond à rien : autant commencer par une autre phrase. (Paul Léautaud.)

Ce qui me tue, dans l'écriture, c'est qu'elle est trop courte. Quand la phrase s'achève, que de choses sont restées au-dehors ! (J. M. G. Le Clézio.)

Une page bien écrite est celle dont on ne saurait enlever une syllabe sans fausser la mesure de la phrase. (Pierre Louÿs.)

Il couchait sur ses phrases, mais il y dormait. (Jules Renard.)

La phrase, c'est le rythme. Le rythme, c'est le souffle, et le souffle, c'est l'âme non entravée dans sa capacité de jouir. (Christian Robin.)

J'aime les phrases qu'on dirait détachées de quelque invisible contexte. (Jean Rostand.)

Essayer de ne pas dégoûter des mots avec les phrases. (Jean Rostand.)

PLÉIADE

Non, ce n'est pas seulement le nom de la collection prestigieuse de Gallimard, c'est aussi et surtout le nom d'un groupe de poètes, qui se donna en 1556 pour mission de défendre la *langue française*. Le nombre de ses membres, sept, n'était pas sans évoquer la *Pléiade mythologique des sept filles d'Atlas*, changées en constellations, et surtout la *Pléiade des sept poètes d'Alexandrie* du IIIe siècle avant J.-C. Joachim Du Bellay, Jacques Pelletier du Mans, Rémy Belleau, Antoine de Baïf, Pontus de Tyard et Étienne Jodelle rédigèrent ensemble un manifeste, *Défense et Illustration de la langue française*, publié en 1549 sous la signature de Joachim Du Bellay.

Il était difficile alors d'exprimer des idées autrement qu'en latin, le français était une langue pauvre. Il s'agissait donc de faire de la langue française, qu'ils trouvaient « barbare et vulgaire », une langue élégante et digne, de la rajeunir et de la rendre apte à la poésie.

La Pléiade se donna pour mission d'aider à son enrichissement. Du Bellay, puis Ronsard avancèrent quelques idées sur la question :

Se servir de mots qui existent déjà.

Retrouver des vieux mots perdus.

Emprunter aux dialectes régionaux.

Transposer dans la langue littéraire les mots techniques des métiers.

Inventer de nouveaux vocables.

Fabriquer des néologismes.

Créer des mots d'origine latine ou grecque *pourvu qu'ils soient gracieux et plaisants à l'oreille*.

PLÉONASME

Il ne s'est jamais aussi bien porté ! Les mairies font du *tri sélectif* ; les services météorologiques nous annoncent une *accalmie passagère* ; les répondeurs nous suggèrent de parler après le *bip sonore* ; les vendeurs immobiliers nous vendent des *parcs arborés* et des *patios intérieurs* ; les syndicats d'initiative vantent leurs *dunes de sable* et les proviseurs de lycée ne dansent pas la *samba brésilienne*. Nous sommes cernés par les *ajourner à plus tard*, *apanage exclusif*, *double alternative*, *exporter à l'étranger* tandis que Céline Dion accouche de *deux jumeaux* !

On l'aura compris, le pléonasme est un enchaînement de mots qui expriment la même idée. Une suite pléonastique paraît donc une répétition inutile d'un ou de plusieurs mots choisis qui ne sont pas nécessaires au sens de la phrase. Alors, bannissons, entre autres, les : *Achever complètement*, *ajouter en plus*, *actuellement en cours*, *au grand maximum*, *but final*, *campus universitaire*, *collaborer ensemble*, *comparer ensemble*, *confronter mutuellement*, *contraint malgré lui*, *défiler successivement*, *défrayer les frais*, *descendre en bas*, *différer à une date ultérieure*, *disperser çà et là*, *dominer en importance*, *faux prétexte*, *frais onéreux*, *hasard imprévu*, *illusion trompeuse*, *importer de l'étranger*, *marcher à pied*, *monopole exclusif*, *panacée universelle*, *piétiner sur place*, *préférer volontiers*, *première priorité*, *preuve probante*, *prévoir à l'avance*, *projection future*, *projets d'avenir*, *réciproque de part et d'autre*, *rédiger par écrit*, *répéter deux fois*, *réserver à l'avance*, *s'avérer vrai*, *se cotiser à plusieurs*, *se lever debout, s'entraider mutuellement, s'esclaffer de rire, sortir dehors, unanimité totale.*

Ce qu'ils en disent...
Fermer les maisons closes, c'est plus qu'un crime, c'est un pléonasme. (Arletty.)
Femme insatisfaite. (Jean Grenier.)
Politicien ambitieux. (Jacques Mailhot.)
Vierge et martyre. (Geoffroy Scott.)

PLURIELS (singuliers...)

C'est un ouvrage de référence.
C'est un ouvrage de références.

De quel ouvrage s'agit-il ?
– Un ouvrage de référence : c'est un ouvrage qui fait référence dans un certain milieu.
– Un ouvrage de références : c'est un ouvrage qui contient des références utiles.

Fais ta dictée, et sans faute !
Fais ta dictée, et sans fautes !

Que dois-tu faire ?
– Ta dictée sans faute : tu ne dois pas oublier de faire ta dictée. Mais tu peux faire des fautes.
– Ta dictée sans fautes : tu dois faire *zéro faute* à ta dictée.

Indiquez vos nom et prénom.
Indiquez vos nom et prénoms.

Que devez-vous indiquer ?
– Vos nom et prénom : vous indiquerez votre nom (votre patronyme) et un seul prénom (votre prénom usuel).

– Vos nom et prénoms : vous indiquerez votre nom et vos prénoms (si vous en avez plusieurs). Car il y a un *s* à *prénoms*.

Les saumons vivant en élevage seront commercialisés.

Les saumons vivants en élevage seront commercialisés.

Quels saumons seront commercialisés ?
– Les saumons vivant en élevage : *vivant* est un participe présent, invariable, qu'on peut remplacer par « qui vivent ».
– Les saumons vivants : ils sont à la fois *vivants* et *vivant* en élevage. *Vivants* est un adjectif variable.

PLURIELS (AVEC TRAIT D'UNION)

Les noms composés présentent diverses associations : un nom + un nom, un adjectif + un adjectif, un verbe + un complément, un mot invariable + un nom, une préposition + un nom, etc., ce qui donne des rejetons aux pluriels divers.
Exemple : les *après-midi*, après leurs *pousse-café*, vrais *tord-boyaux*, les *grands-pères*, *sourds-muets*, grimpés sur des *plates-formes*, avaient pris l'habitude de faire des *allers-retours* devant les *portes-fenêtres*, pendant des *demi-heures* entières pour reluquer les *porte-jarretelles* et les *soutiens-gorge*, vrais *chefs-d'œuvre*, exposés aux *rez-de-chaussée* des *arrière- boutiques*.
Restons calmes, les règles du pluriel des mots composés avec trait d'union sont simples, les difficultés ne viennent que des exceptions !
– Les deux mots prennent la marque du pluriel quand le nom est composé de : nom + nom apposés (*portes-*

fenêtres), adjectif + un nom (*plates-formes*), deux adjectifs (*sourds-muets*).
– Si le nom est complété d'un autre nom qui le détermine (*chefs-d'œuvre*), seul le premier prend la marque du pluriel.
– De même s'il est composé d'un mot invariable et d'un nom (*arrière-boutiques*).
– De nombreux noms composés sont formés d'un verbe et d'un complément, souvent un nom (*porte-jarretelles*) ; dans ce cas le verbe reste invariable. Quand il s'agit de deux verbes, le mot est invariable.
– « Garde » : si le nom composé désigne une personne et peut être remplacé par gardien, il prend un s au pluriel, mais quand il désigne une chose, il est invariable : *Les gardes-malades (les gardiens des malades) se penchent aux garde-fous (balustrades).*

POÉSIE

Du verbe grec *poien* « créer », la *poésie* a l'originalité de son ambivalence. Dualité entre son caractère propre à transmettre des émotions, du rêve, de l'immatérialité et celle de s'inscrire dans des codes précis et stricts, dont il est vrai que les poètes se sont peu à peu émancipés. La sévérité des règles peut justifier les libertés qu'on a laissé prendre aux *rimailleurs* avec l'orthographe et la syntaxe.

On pourrait s'étonner que les pensées profondes se trouvent dans les écrits des poètes plutôt que des philosophes. La raison en est que les poètes écrivent par les moyens de l'enthousiasme et de la force de l'imagination : il y a en nous des semences de science, comme dans le silex, que

les philosophes extraient par les moyens de la raison, tandis que les poètes, par les moyens de l'imagination, les font jaillir et davantage étinceler.
(René Descartes, *Cogitationes privatae.*)

Ce qu'il en dit…
La poésie est dans le roman qui fait du roman mille poésies c'est-à-dire suspens n'importe où civilisation de l'à-coup pêcheurs mineurs phosphoreurs dans l'interruption bouffeur barboteur et tout cela pourquoi vers quoi en vue de quoi et pour servir quoi et pour en arriver à quoi tenez-vous bien à rien et pour la première fois on dira ça l'art pour rien parce que la vie est pour rien et la mort pour rien et la reproduction ou la non-reproduction pour rien et la perversion pour rien et normal anormal original ou banal encore pour rien jamais rien et que ce qui reste et qui n'est pas rien est quand même pour rien en plus rien et de même que le ciel tari a donné le terrien le terrien pourri se fend aujourd'hui du pour rien alors à quoi bon dites-vous abattus suffoqués tristes en bien bon si vous trouvez bon pas bon si pas bon et si vous trouvez pas bon personne ne vous retient demandez à vos voisins jetez-vous par la fenêtre ils n'entendront rien mais où en étais-je ?
(Philippe Sollers, *Paradis.*)

POLYSÉMIE

La polysémie est le fait, pour un seul signifiant, d'avoir plusieurs signifiés.

En ouvrant son avocat, l'avocat vit qu'il était gâté. Sa cuisinière, une fois de plus, l'avait encore gâté ! Il n'était pas question pour lui de la remercier. Furieux, il la remercia et la pria de rendre son tablier. (Bruno Zieuvair.)

La polysémie nous permet d'exploiter rationnellement le potentiel des mots [...] Le prix de cette rationalisation est le risque d'ambiguïté. (S. Ullmann.)

PONCTUATION

Marcel Proust, bien qu'asthmatique, a imaginé les phrases les plus longues de la littérature, et même avec des poumons de coureur de marathon, nous n'en viendrions pas à bout s'il n'y avait... la *ponctuation.*

Bénissons Zénodote, Aristarque et Aristophane de Byzance qui, aux IIe et IIIe siècles avant J.-C., à la grande bibliothèque d'Alexandrie (elle contenait plus de cinq cent mille manuscrits), inventèrent trois points :
– le point parfait, signifiant que la phrase avait son sens complet, placé en haut de la dernière lettre, qui serait l'équivalent actuel de l'alinéa ;
– le sous-point, se trouvait, quant à lui, dans le coin inférieur suivant la dernière lettre, comparable à notre point final actuel ;
– le point médian, à mi-hauteur après la dernière lettre, faisait office de point-virgule.
Cette nouvelle invention va permettre de copier plus facilement l'*Iliade* et l'*Odyssée* d'Homère.
Les Romains vont reprendre les principes de ponctuation des Grecs, les *apices*, mais les copistes respecteront rarement ces conventions.
Jacques Drillon, dans son *Traité de la ponctuation française*, écrit : *On dit en général que la ponctuation, telle qu'on peut en admettre aujourd'hui sinon la lettre du moins l'esprit, remonte au* VIIIe *siècle.*

Avec Gutenberg, les livres s'impriment, le copiste disparaît et l'imprimeur va dicter sa loi. De nouveaux signes vont apparaître, codifiés par un traité, celui de Dolet, en 1540, le référent absolu en matière de ponctuation. On pouvait y voir tout un ensemble de signes qui font encore partie de notre collection : le point, la virgule, le deux-points, le pied-de-mouche, le point d'exclamation, les parenthèses, les alinéas, la croix, le point d'interrogation, l'astérisque, ainsi que des pictogrammes tels que la petite main, le losange, le soleil, la lune.

La ponctuation, c'est le sel de la phrase. (Cyril Bachelie.)

→ Les 10 signes de ponctuation :

Les signes pausaux : le point (.) le point-virgule (;) la virgule (,)
Les signes d'intonation : le point d'interrogation (?) le point d'exclamation (!)
Les points de suspension (…)
Le deux-points (:)
Les guillemets français, ouvrants («) et fermants (»)
Les parenthèses, ouvrante et fermante
Les tirets, demi-cadratin (–) et cadratin (—)

→ Le point

On le met en fin de phrase, un point c'est tout. Il s'accompagne d'une intonation descendante et d'un temps d'arrêt bien marqué.

Le point sert à terminer une phrase quand on en a marre. (Perle d'écolier.)

→ Le point-virgule

On utilise le point-virgule quand la deuxième proposition débute par un adverbe.

L'écrivain a fait des fautes de ponctuation dans son roman ; heureusement que son éditeur est aveugle !

Pour séparer des propositions ou expressions indépendantes qui ont entre elles une relation faible, généralement une relation logique.

Il a fait des fautes ; il sera puni.

Pour mettre en parallèle deux propositions.

Hardy est lâche ; Laurel est hardi.

Pour séparer les termes d'une énumération introduite par un deux-points.

Exemple : *le point ; le point-virgule ; la virgule.*

Il n'est pas comme le point suivi d'une majuscule.

➜ Le point d'interrogation

Il se place à la fin des phrases interrogatives. Il caractérise une intonation très spéciale, bien explicite dans le « *Quoi ?* ».

Qu'est-ce que c'est, un point d'interrogation ?

➜ Le point d'exclamation

Il se place après une interjection et à la fin d'une phrase. Il marque la surprise, l'admiration, etc.

Hélas ! Vous ne connaissez pas Coluche !

➜ Les points de suspension

Ils vont par trois et signalent une interruption au cours d'une phrase, une hésitation, une énumération écourtée remplaçant *et cætera*, un sous-entendu, pour marquer une pause et donner de l'intensité à ce qui va suivre.

Devrais-je vous dire… j'hésite… je ne pensais pas que vous… justement… professeur, vous étiez si nul en ponctuation…

N'écrivez plus de gros mots ! Remplacez *bordel* par b…, *fils de pute* par fils de p…, *salaud* par s…, etc.

→ Le deux-points
On s'en sert pour introduire une explication, une énumération, une conséquence, une citation.

PONGE (Francis)

Il y a des noms plus communs que les autres qui désignent des choses très concrètes, « Baraque » ou « Bouteille », par exemple, qui sont en droit d'être jaloux de mots aux contours plus abstraits : « Courage », « Finesse », ou « Philosophie »…
Je connais un écrivain qui avait un faible particulier pour ceux qui désignent les choses. C'était une sorte de « Conseil en image », comme on dirait maintenant. Il se nommait Roland Mars, mais se faisait appeler Francis Ponge, et cet homme remarquable s'attelait à redonner leur dignité à certains mots.
Il disait par exemple de la **cruche**, généralement considérée comme stupide :
Certaines précautions sont utiles pour ce qui la concerne. Il nous faut l'isoler un peu pour qu'elle ne choque aucune chose. Pratiquer avec elle comme avec le danseur avec la danseuse et éviter de heurter les couples voisins.

De la cheminée d'usine
Quoi de plus ravissant que ces simples filles longues et fines mais bien rondes, pourtant au mollet de briques roses bien tourné, qui, très haut dans le ciel, murmurent du coin de la bouche, comme les figures de rébus, quelque nuage nacré.

De la valise
Il suffit de lui flatter le dos, l'encolure et le plat...
Elle est comme le cheval fidèle contre
mes jambes que je selle, je harnache,
bride et sangle ou dessangle dans la chambre de l'hôtel proverbial.

Du savon
Il écume, jubile, et plus il bave, plus sa bave, plus sa rage devient volumineuse et sacrée. Qu'il le dise avec volubilité, enthousiasme, quand il a fini de le dire, il n'existe plus...

De l'abricot
Deux cuillerées de confiture accolées ; la palourde des vergers ; nous mordons ici en pleine réalité accueillante et fraîche.

En transcendant les noms communs, il a été leur poète.

PRÉFIXE SUPERLATIF

Un *préfixe* est un affixe, c'est-à-dire un élément susceptible d'être incorporé au radical d'un mot ; avant, c'est un *préfixe* ; après, un *suffixe*.
Une femme est ainsi devenue une *super*woman, *hype*ractive, *super*concentrée quand elle doit choisir dans les rayons de son *super*marché *Super*champion, *super*grand, *hyper*fréquenté, entre les chocolats, fins, *extra*fins, *ultra*fins ou *super*fins qui soignent son *hyper*nervosité et les légumes *hyper*vitaminés et *sur*vitaminés, *super*profitables pour son *hyper*cholestérolémie et son ventre *ultra*plat. Tous ces préfixes *super*latifs ne seraient-ils pas un peu, voire beaucoup, *super*... fétatoires ?

PRÉMISSES ou PRÉMICES ?

Prémices, toujours au pluriel, suggère un commencement. On pourra ainsi parler des *prémices* de l'hiver ou de la crise boursière. Dans *prémices*, il y a un c, comme dans commencement. Rien à voir avec les *prémisses* qui annoncent la conclusion d'un raisonnement, par exemple dans un syllogisme, ce type de déduction formelle où, deux propositions étant posées, on en tire une troisième logiquement impliquée par les deux précédentes.

Tous les hommes sont mortels, or Socrate est un homme, donc Socrate est mortel.

PRÉPOSITION (devant un nom de pays)

Pourquoi dit-on *au Japon* et *en Chine* ?
On emploie la préposition *en* devant les noms de pays de genre féminin et devant tous les noms qui commencent par une voyelle (ou un *h* muet) : *en Argentine*, *en Chine*, *en Colombie*, *en Croatie*, *en Égypte*, *en France*, *en Hongrie*, *en Italie*, *en Jordanie*, *en Équateur*, *en Iran*, *en Angola*, etc.

Pour les noms de genre masculin et qui commencent par une consonne (ou un *h* aspiré), on emploie *au* c'est-à-dire *à + le* : *au Canada*, *au Chili*, *au Congo*, *au Danemark*, *au Guatemala*, *au Honduras*, *au Japon*, *au Maroc*, *au Mexique*, *au Rwanda*, *au Sénégal*, *au Venezuela*, *au Vietnam*, etc.
« C'est hyper simple alors ! Quand papa et maman vont rentrer on partira en vacances en USA, c'est chouette ! L'année dernière par contre j'ai pas aimé aller au Finlande », dit Toto qui se prit deux claques, pour s'être moqué de son professeur.

PRONOM INDÉFINI

Il était une fois quatre individus qu'on appelait *chacun*, *personne*, *quelqu'un*… et *tout le monde*…
Il y avait un important travail à faire, et on a demandé à *tout le monde* de s'y mettre.
Tout le monde était persuadé que *quelqu'un* le ferait.
Chacun pouvait l'avoir fait, mais en réalité *personne* ne le fit.
Quelqu'un se fâcha car c'était le travail de *tout le monde* !
Tout le monde pensa que *chacun* pouvait le faire et *personne* ne doutait que *quelqu'un* le ferait.
En fin de compte, *tout le monde* fit des reproches à *chacun*.
Parce que *personne* n'avait fait ce que *quelqu'un* aurait pu faire.
Moralité : sans vouloir le reprocher à *tout le monde*, il serait bon que *chacun* fasse ce qu'il doit faire, sans nourrir l'espoir que *quelqu'un* le fera à sa place.
Car l'expérience montre que là où on attend *quelqu'un*, généralement on ne trouve *personne* !
Conclusion : je vais le transférer à *tout le monde* afin que *chacun* puisse l'envoyer à *quelqu'un* sans oublier *personne*…
(Anonyme.)

PRONONCIATION

Quelques mots dont l'orthographe et la prononciation diffèrent…

femme	*parasol*	*quaternaire*	*géranium*
solennel	*tournesol*	*quatuor*	*muséum*
ardemment	*vraisemblance*	*in-quarto*	*préventorium*
évidemment	Alsace	*square*	*rhum*
excellemment	*aquarelle*	*poêle*	*sanatorium*
innocemment	*aquarium*	*faon*	*sérum*
intelligemment	*équateur*	*paon*	*nous faisons*
patiemment	*équation*	*taon*	*je faisais*
prudemment	*loquace*	*asthme*	*tu faisais*
récemment	*quadragénaire*	*monsieur*	*il faisait*
violemment	*quadrangulaire*	*messieurs*	*nous faisions*
automne	*quadrilatère*	*gars*	*vous faisiez*
condamner	*quadrupède*	*examen*	*ils faisaient*
second	*quadrupler*	*album*	

Q

QUELQUE

Il peut être adjectif ou adverbe, et en conséquence variable ou invariable.

Adjectif : À *cette époque, je n'avais pas la foi. Ceux qui me l'ont donnée, ce sont quelques athées, plus tard, que j'ai connus.* (Sacha Guitry.)
Adverbe : *Quelque méchants que soient les hommes.* (La Rochefoucauld.)

Si *quelque* a le sens de : *un, du, certain, quelconque* ou peut être remplacé par *environ*, il est invariable.
Les dinosaures ont disparu depuis quelques années.
Mais : *Les dinosaures ont disparu depuis quelque (environ) 160 millions d'années. Quelque (si) gigantesques qu'ils aient été, les dinosaures ont fini par disparaître.*

QUOIQUE OU QUOI QUE ?

Quand notre stylo balance entre ces deux homophones, on peut remplacer le *quoique* ou le *quoi que* par *quelle que soit la chose* ; si c'est possible, on est en présence d'un *quoi que*.

Mieux vaut être incapable de lire et d'écrire que d'être incapable de quoi que ce soit d'autre. (William Hazlitt.)

Si on peut le remplacer par *bien que* il s'agit de *quoique*.

Quoique personne ne sache exactement ce qu'est le fond de l'air, tout le monde en parle, en général pour le trouver frais. (Pierre Daninos.)

R

RASTIGNAC (et les autres)

Ils sont passés dans le langage courant et sont devenus des antonomases :

Don Juan (Tirso de Molina, Molière.)
Le séducteur insatiable et sans scrupule (donjuanisme).

Don Quichotte (Miguel de Cervantès.)
L'homme généreux et chimérique.

Dr Jekyll et Mr Hyde (Robert Louis Stevenson.)
Le Bien et le Mal, les deux faces d'un même être.

Dulcinée (Miguel de Cervantès.)
La femme idéale, bien-aimée.

Harpagon (Molière.)
L'avare.

Lilliput (Jonathan Swift.)
L'être ou la chose minuscule (lilliputien).

Lolita (Vladimir Nabokov.)
La nymphette aguichante.

Pantagruel (Rabelais.)
Un appétit pantagruélique (de géant).

Pipelet (Eugène Sue.)
Le concierge parisien ; « pipelette ».

Rastignac (Honoré de Balzac.)
L'ambitieux sans scrupule.

Tartuffe (Molière.)
Une personne hypocrite.

Ubu (Alfred Jarry.)
Un fantoche cruel et lâche (ubuesque).

RÉFORME DE L'ORTHOGRAPHE

En octobre 1989, Michel Rocard, alors Premier ministre, met en place le Conseil supérieur de la langue française. Il charge des experts, linguistes, membres de l'Académie française, et les grands éditeurs de dictionnaires, de proposer des régularisations sur quelques points tels : le trait d'union, le pluriel des mots composés, l'accent circonflexe, le participe passé, diverses anomalies, etc. Les rectifications orthographiques ont été approuvées par l'Académie française et publiées en décembre 1990 dans les « Documents administratifs » du *Journal officiel*. (À noter que cette réforme, non imposée, a été enterrée comme les autres. Les dictionnaires, usuels, etc., n'en tiennent pas compte et considèrent comme fautifs certains énoncés ci-dessous, et par conséquent les correcteurs aussi…)

→ Le trait d'union

Dans les mots composés, on privilégie désormais la soudure au lieu du trait d'union chaque fois que cela n'entraîne pas de difficultés de lecture. Par exemple, on écrira *néoclacissisme* en un seul mot, mais *néo-*

impressionnisme en deux mots, car la réunion de *o* et de *i* crée le groupe vocalique *oi*. Les mots composés ainsi soudés suivent les règles normales de l'accord en genre et en nombre : *un millefeuille, des millefeuilles* ; *une installation multicâble, des installations multicâbles* ; tous les numéraux formant un nombre complexe sont reliés par des traits d'union, y compris ceux qui sont supérieurs à cent. On écrira donc : *vingt-et-un* ; *mille-six-cent-trente-cinq*. *Milliard, million et millier* étant des noms ne sont pas concernés par cette rectification.

En ce qui concerne le singulier et le pluriel des noms composés comportant un trait d'union : les deux éléments des noms composés d'un verbe et d'un nom ou d'une préposition et d'un nom restent au singulier quand le nom composé est au singulier. Au pluriel, seul le second élément prend la marque du pluriel : un pèse-lettre, *des pèse-lettres* ; un abat-jour, *des abat-jours*. Quand l'élément nominal comporte une majuscule ou quand il est précédé d'un article singulier, il ne prend pas de marque de pluriel : *des prie-Dieu, des trompe-l'œil, des trompe-la-mort*.

→ Les accents

On accentue sur le modèle de semer, les futurs et les conditionnels des verbes du type céder : *je cèderai* ; *j'allègerais*.

Dans les inversions interrogatives, la première personne du singulier en *e* suivie du pronom sujet *je* porte un accent grave : *aimè-je, puissè-je*.

De même, dans un certain nombre de mots dans lesquels *é* se prononce *è*, on adopte une graphie conforme à la prononciation en usage : *empiètement, crèmerie*.

Placés sur les *i* et les *u*, les accents circonflexes deviennent facultatifs, à moins qu'ils ne soient la marque d'une conjugaison ou apportent une distinction de sens utile, comme dans *mur* (nom) et *mûr* (adjectif) ; *du* (déterminant) et *dû* (participe passé).

→ L'accord du participe passé

Le participe passé du verbe *laisser* suivi d'un infinitif est rendu invariable, sur le modèle de celui de *faire* : *elle s'est laissé mourir* ; *elle s'est laissé séduire* ; *je les ai laissé partir*.

→ Les autres cas

Les noms ou adjectifs empruntés à une langue étrangère ont un singulier et un pluriel réguliers. On choisit comme forme du singulier la plus fréquente, même s'il s'agit d'un pluriel dans la langue d'origine : *un ravioli*, *des raviolis* ; *un scénario*, *des scénarios*. L'accentuation, d'autre part, est rendue conforme aux règles des mots français : *un imprésario* ; *un révolver* ; les verbes en *-eler* et *-eter* se conjuguent sur le modèle de peler et acheter : *elle ruissèle*, *elle ruissèlera* ; *j'étiquète* ; *il époussètera*. Certaines séries de mots désaccordées sont rendues conformes aux règles de l'écriture du français et harmonisées.

RÉOUVERT OU ROUVERT ?

Dans les médias, l'infinitif *réouvrir* et le participe passé *réouvert* sont systématiquement utilisés par analogie avec *réouverture*, alors qu'on devrait dire *rouvrir* et *rouvert*. C'est pourquoi on a pu entendre un journaliste, ayant annoncé que l'aéroport allait être réouvert,

faire remarquer qu'il était incohérent de dire rouvert puisqu'on ne disait pas rouverture.
Quand on cherche dans un dictionnaire, on ne trouve pas *réouvrir*, mais *rouvrir* :
1/ verbe transitif : ouvrir de nouveau (ce qui a été fermé) : rouvrir une porte, une armoire, son parapluie, etc.
2/ verbe intransitif (1875) : être de nouveau ouvert après une période de fermeture : les magasins X… rouvrent la semaine prochaine.

RÉSIDENT OU RÉSIDANT ?

L'affaire n'est pas simple. Un *résident*, c'est quelqu'un qui peut à la fois résider dans une résidence, posséder une résidence secondaire, être haut fonctionnaire placé par l'État protecteur auprès du souverain d'un État protégé ou qui réside dans un pays qui n'est pas son pays d'origine.

Un *résidant* (plutôt employé adjectivement ou comme participe présent) habite dans un lieu donné. Mais *occupant* ou *habitant* fera tout aussi bien l'affaire.

RIEN

Rien vient de l'accusatif *rem* de *res* qui, en latin, veut dire… chose ! Comme quoi on est *peu de chose* et avec le temps on peut devenir *rien du tout*. Aujourd'hui, il peut être utilisé comme nom, pronom et adverbe, ce qui fait beaucoup pour un petit *rien* !

Je vous ai apporté un petit rien.
Je n'ai besoin de rien.

Raymond Devos n'allait pas passer à côté d'une telle aubaine !
Parler pour ne rien dire :
[…] *si on peut trouver moins cher, c'est que rien vaut déjà quelque chose !*
On peut acheter quelque chose avec rien ! En le multipliant !
Une fois rien… c'est rien !
Deux fois rien… c'est pas beaucoup !
Pour trois fois rien on peut déjà acheter quelque chose !…
Et pour pas cher !

S

SE SOUVENIR OU SE RAPPELER ?

Je ne me *souviens* plus de ce que je voulais écrire dans cette rubrique mais *rappelez-moi* le nom de ce président de la République pour que je lui *rappelle* ses promesses. Je ne me *souviens* plus non plus de ce petit bal perdu… Au secours, Juliette !

SIGLES

AUD : Allocation unique dégressive
ASSEDIC : Association pour l'emploi dans l'industrie et le commerce
CAC : Cotation assistée en continu
CBS : Columbia Broadcasting System
CNIT : Centre des nouvelles industries et technologies
CPAO : Conception de programmes assistée par ordinateur
COB : Commission des opérations de Bourse
EADS : European Aeronautic Defence and Space
GMT : Greenwich Mean Time

GIGN : Groupe d'intervention de la gendarmerie nationale
GPS : Global Positioning System
HCR : Haut-Commissariat pour les réfugiés
IFR : Instrument Flight Rules
INRI : Iesus Nazarenus Rex Iudaeorum
INRA : Institut national de la recherche agronomique
IRM : Imagerie par résonance magnétique
KLM : Köninklijke Luchtvaart Maastshappij
LSD : Lysergsaürediäthylamid
MLF : Mouvement de libération des femmes
MODEM : Modulateur démodulateur
MST : Maladie sexuellement transmissible
NASDAQ : National Association of Securities Dealers Automated Quotations
ONG : Organisation non gouvernementale
OGM : Organisme génétiquement modifié
ORSEC : Organisation des secours
PEP : Plan d'épargne populaire
PIB : Produit intérieur brut

SOLÉCISME

On parle de *solécisme* lorsqu'un mot n'est pas bien construit avec les autres mots de la phrase : *Le barbarisme, c'est quand on trouve dans une phrase un mot qui ne devoit pas y paroître, selon l'usage reçû.* (Anonyme.) Ne pas « bien » parler peut vous conduire à une sorte de survivance, puisque c'est à leur mauvais patois, qui altérait la langue grecque, que les habitants de Soles en Cilicie doivent de se retrouver dans nos dictionnaires.

Le solécisme consiste donc dans un vice de construction ou dans une faute contre la grammaire.
Je m'en rappelle au lieu de : *je me le rappelle*.
Il a entré dans la maison close au lieu de : *il est entré dans la maison close*.

À partir de l'édition de 1835 du *Dictionnaire de l'Académie française*, on relève l'emploi figuré de solécismes ; pourtant, deux siècles auparavant, les *Femmes savantes* de Molière déclamaient :

Le moindre solécisme en parlant vous irrite.
Mais vous en faites, vous, d'étranges en conduite.

Tandis que Boileau, sévère, affirme : *Mon esprit n'admet point un pompeux barbarisme ; ni d'un vers ampoulé l'orgueilleux solécisme*, nous sommes, nous, pauvres humains condamnés à faire des fautes, absous par d'Alembert : *Tant pis pour qui ne fait pas de solécisme en parlant ; on pourrait dire que ces personnes-là lisent toujours et ne parlent jamais* et mieux encore par un abbé, poète adulé en son temps, l'abbé Delille :

Quelquefois à la langue, en dépit du purisme,
Ose faire présent d'un heureux solécisme,
Scandale du grammairien.

SONNET

Poème de quatorze vers en deux quatrains, sur deux rimes et deux tercets.
Un sonnet sans défauts vaut seul un long poème. (Boileau.)
Mis à l'honneur par les poètes de la Pléiade, sa forme est étroitement liée au lyrisme amoureux. Après une éclipse au XVIIIe siècle, il revint en grâce au XIXe siècle

avec les romantiques. Deux chefs-d'œuvre du genre : *Les Regrets* (Du Bellay) ; *Le Dormeur du val* (Rimbaud).

SPAM

Une cochonnerie venue d'ailleurs. Si on ne connaît pas la provenance des *spams*, on peut au moins connaître l'origine du mot. Pour ceux qui ont renoncé à l'ordinateur, les *spams* désignent les communications électroniques massives non sollicitées par les destinataires, à des fins publicitaires ou malhonnêtes.
SPAM, marque de jambon en boîte créée par Hormel Foods en 1937, qui serait la contraction de *spiced ham* ou l'acronyme de *shoulder of pork and ham.*
Ce sont les Monty Python qui le rendirent célèbre dans un de leurs sketches où un groupe de Vikings, dans un restaurant, interrompt régulièrement la conversation en chantant bruyamment *Spam, Spam, Spam, Spam, lovely Spam, wonderful Spam*, parodiant ainsi une publicité radiophonique.

STYLE

Ce qu'ils en disent…

Il n'y a jamais de faute de style dans une prairie. (Honoré de Balzac.)

Le lecteur s'attend à un mot et moi, je lui en colle un autre. C'est ça, le style. (Louis-Ferdinand Céline.)

Ce que je cherche, c'est pas de faire du verbe, d'enfiler des mots, c'est de faire passer des émotions. Le verbe empêche l'émotion. Faut le tuer. (Louis-Ferdinand Céline.)

Le style est une qualité naturelle comme le son de la voix. (Paul Claudel.)

C'est cette manière d'épauler, de viser, de tirer vite et juste, que je nomme le style. (Jean Cocteau.)

Je propose l'absence d'un style. Avoir du style au lieu d'avoir un style... (Jean Cocteau.)

Il en est de l'art comme de l'amitié ou de l'antipathie : c'est une question de peau, et le style est la peau de l'écrivain. (Jean Dutourd.)

Le style, c'est ce qui arrache au ciel une idée où elle se mourait d'ennui. (Bernard Frank.)

L'adjectif, c'est la graisse du style. (Victor Hugo.)

La difficulté d'écrire en prose vient de la facilité qu'a M. Jourdain pour en faire. (Roger Judrin.)

Unir l'extrême audace à l'extrême pudeur, c'est une question de style. (François Mauriac.)

Le style, je vous le rappelle, est la manière d'un auteur, sa manière particulière, qui le distingue de tout autre auteur. (Vladimir Nabokov.)

Le style, c'est l'oubli de tous les styles. (Jules Renard.)

La clarté est la politesse de l'homme de lettres. (Jules Renard.)

Le style met les mots en prison pour qu'ils s'en évadent. (Robert Sabatier.)

Le style doit être comme un vernis transparent : il ne doit pas altérer les couleurs, ou les faits et pensées sur lesquels il est placé. (Stendhal.)

Le style n'est pas le vêtement mais la peau d'un roman. Il fait partie de son anatomie comme ses entrailles. (Elsa Triolet.)

SUBJONCTIF IMPARFAIT

On sait combien le subjonctif imparfait n'est pas facile à utiliser, ainsi dans cette phrase de Diderot :
Il faudrait que vous en sussiez de plus longues et de plus agréables.
Autre anecdote rapportée par Claude Gagnière : Mme Aubernon, dans son salon littéraire, avait proposé à ses invités le sujet suivant : *Une femme peut-elle être aimée d'un homme sans soupçonner son amour ?* Quand vint son tour, elle fit cette confidence : *Eh bien, moi, quand j'étais toute petite fille, un vieux général m'a aimée deux ans sans que je le susse !*
Et que penser de :
J'aurais souhaité que nous nous aimassions, à Sion.
À trop manger de gâteaux, il serait dommage que vous en pâtissiez !
En hommage à Pan, il faudrait que je procréasse…

On observe le même phénomène avec le passé simple :
Nous <u>fûmes</u> à La Havane… Lorsque nous nous vîmes, nous nous <u>plûmes</u>. Mais quand vous me parlâtes, vous m'<u>épatâtes</u> ! Quelle joie lorsque vous m'<u>offrîtes</u> ces pommes de terre !
Autres exemples insolites :
Être : qui se confond tout simplement avec *suivre*, à la première personne du présent : *Je suis un imbécile !*
Paître : je *paîtrai* (futur).
Pouvoir : je *pus*, vous *pûtes* (passé simple).
Savoir : il faut que vous le *sachiez* (subjonctif présent).

Ce qu'il en dit…

Ah fallait-il que je vous visse
Fallait-il que vous me plussiez
Qu'ingénument je vous le glisse

Qu'avec orgueil vous vous tussiez
Fallait-il que je vous aimasse
Que vous me désespérassiez
Et qu'en vain je m'opiniâtrasse
Et que je vous idolâtrasse
Pour que vous m'assassinassiez.
(Alphonse Allais.)

SYLLOGISME

Ce qu'il en dit…
Le syllogisme se présente sous la forme d'un argument en trois propositions : la majeure, la mineure et la conclusion, et tel que la conclusion est déduite de la majeure, par l'intermédiaire de la mineure.
Le syllogisme a joué un grand rôle dans l'enseignement au Moyen Âge. Pourtant, son usage strict est d'une faible portée dans le raisonnement scientifique et les auteurs n'ont pas manqué de retourner contre lui ses propres armes afin de mieux le ridiculiser.

Par exemple
Ce qui est bon marché est rare,
Or, ce qui est rare est cher,
Donc, ce qui est bon marché est cher.

Même le sage et sérieux Montaigne a tourné le syllogisme en dérision :
Le jambon fait boire,
Or, le boire désaltère,
Donc, le jambon désaltère.

Et Jonathan Swift :
Personne n'accepte de conseils,

Par contre, tout le monde accepte de l'argent,
Donc, l'argent vaut mieux que les conseils.

En Bavière, on cite ce proverbe ancien qui est un parfait syllogisme en quatre propositions :
Si tu bois du vin, tu dormiras bien,
Si tu dors tu ne pécheras pas,
Si tu ne pèches pas, tu seras sauvé,
Donc bois du vin, c'est le salut.

Nous avons gardé pour la bonne bouche ce syllogisme bouffon d'Eugène Ionesco qui s'attaque précisément au modèle du genre, celui d'Aristote :
Tous les chats sont mortels,
Or, Socrate est mortel,
Donc, Socrate est un chat.
(Claude Gagnière.)

SYNECDOQUE

Son étymologie, du grec *sunekdokhé* « compréhension de plusieurs choses à la fois », ne nous est pas d'un grand secours.
La synecdoque remplace le plus par le moins, le moins par le plus, l'espèce par le genre, le genre par l'espèce, le tout par la partie, la partie par le tout.
Il découvrit de nouveaux visages (pour « des personnes nouvelles »).
Un troupeau de plusieurs centaines de têtes (pour « de bêtes »).
Faire de la voile (pour « du bateau à voile »).
Un trois-mâts (pour « un voilier possédant trois mâts »).
Bordeaux a perdu la finale (pour l'équipe de Bordeaux).

La synecdoque était assez prisée par Rimbaud :
Du désert de bitume fuient droit en déroute avec les nappes de brumes échelonnées en bandes affreuses au ciel qui se recourbe, se recule et descend, formé de la plus sinistre fumée noire que puisse faire l'Océan en deuil, les casques, les roues, les barques, les croupes. – La bataille !
(*Les Illuminations*, 1873-1875.)

SYNONYME

Un *synonyme* est un mot de sens voisin qui appartient à la même classe grammaticale que celui proposé. Le Littré donne cette définition : *Il se dit d'un mot qui a, à très peu près, le même sens qu'un autre, comme péril et danger, funeste et fatal, mort et trépas.* D'après d'Alembert, *Ce qui constitue deux ou plusieurs mots synonymes, c'est d'abord un sens général qui est commun à ces mots ; et ce qui fait ensuite que ces mots ne sont pas toujours synonymes, ce sont des nuances souvent délicates et quelquefois presque imperceptibles, qui modifient ce sens primitif et général.*
Il n'y a pas de synonymes parfaits : *S'il y avait des synonymes parfaits, il y aurait deux langues dans une même langue.* (César Chesneau.)
En feuilletant un dictionnaire des synonymes, on s'aperçoit que synonyme n'a pas de synonyme… et l'écrivain américain Saul Bellow lance le défi : *Quand trouvera-t-on un autre mot pour synonyme ?…* ou mieux : *Quel est le synonyme de synonyme ?*
Le contraire de synonyme, c'est antonyme. Et l'antonyme a-t-il, lui, un synonyme ? Conclusion : *Le syno-*

nyme est un mot qu'on écrit pour remplacer celui dont on ne connaît pas l'orthographe. (Anonyme.)

SYNTAXE

Les mots sont esclaves et libres, soumis à la discipline de la syntaxe. (Mme de Staël.)

La sémantique étudie le langage considéré du point de vue du sens ; la morphologie traite de la forme et des variations des mots ; la *syntaxe*, elle, vient compléter l'étude de la langue, la manière d'employer les mots avec correction et précision pour exprimer ce que l'on pense.

Elle étudie non seulement les règles générales de l'accord des mots (l'accord de l'adjectif avec le nom, du verbe avec le sujet, etc.) mais aussi les particularités qui s'y rattachent.

À la télé, quand les commentateurs sont fatigués, ils laissent « parler l'image ». Elle, au moins, ne fait pas de fautes de syntaxe. (Bruno Masure.)

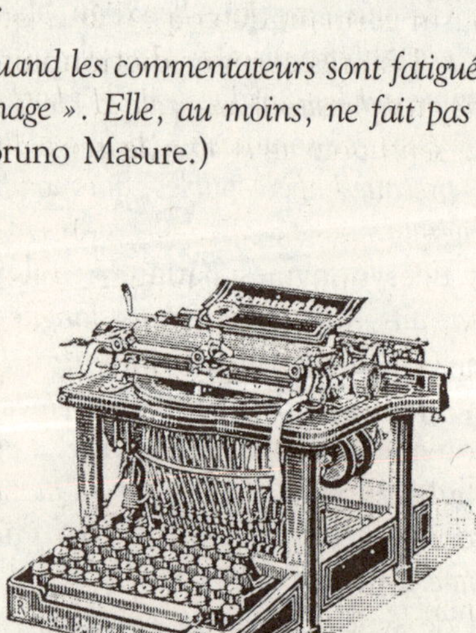

T

TAUREAU IRLANDAIS

Ce taureau-là, d'après Robert Benayoun, aurait au moins trois siècles. Comme son nom l'indique, il vient d'Irlande et *il répond au double sens qu'a, en anglais, le mot* bull. *En même temps, taureau, fadaise, niaiserie ou illogisme.* Le taureau irlandais, c'est en réalité le cousin germain du coq-à-l'âne, qui remonte au XVIIe siècle. D'après certains dictionnaires anglais, ce serait *une juxtaposition mentale d'idées incongrues présentant la sensation mais non le sens d'un rapport établi.*

En clair, ce serait une lapalissade expliquée au choix par le lapsus, l'étourderie, l'ignorance ou la naïveté. Mais attention, le taureau irlandais peut être délibéré. Il devient alors un mot d'esprit dont W. C. Fields ou Francis Blanche étaient, paraît-il, friands.

Exemples :

Il était héréditaire dans sa famille de n'avoir pas d'enfants.

L'abstinence est une bonne chose, pourvu qu'on la pratique avec modération.

Je n'ai pas à rougir de ma pâleur.

Dans ce merveilleux pays, la main de l'homme n'a jamais encore posé le pied.
Il s'est noyé à petit feu.
Ses chaussures lui vont comme un gant.
Moi qui vous parle, j'ai vu naître le cinéma, et je peux bien vous le dire : le parlant m'a laissé muet !
Si trois vaches broutent dans un pré, et que l'une d'elles est couchée, c'est que c'est un taureau.
Je réponds fermement par cette affirmative : non.
Un aveugle verrait ce film, il n'en croirait pas ses yeux !
C'est un acte gratuit qui vous coûtera cher.
Si je m'écoutais, je ferais la sourde oreille.
Je te serre une main et de l'autre je t'applaudis très fort.
Sa joie de vivre l'a tué.
Dans cette famille-là, ils sont tous orphelins de père en fils. On dit que les fils uniques ont toujours plus de chance que leurs frères.

TAUTOGRAMME

Du grec *tauto* « le même » et *gramma* « lettre tracée, écrite ». Phrase dont tous les mots commencent par la même lettre. C'est un cas particulier d'allitération. Il a été popularisé par l'OuLiPo pour devenir un exercice ou un jeu littéraire :

Z'ai nom *Zénon*.
Au *Zénith*, un *zeste* de *zéphyr* faisait *zézayer* le *zodiaque*.
Dans la *zone zoologique*, bon *zigue*, *zigzaguait* l'ouvrier *zingueur*, *zieutant* les *zèbres* mais *zigouillant* plutôt les *zibelines*.
Zut, suis-je déjà à *Zwijndrecht*, à *Znaïm* ou à *Zwevegem*, à *Zwicken* ou sur le *Zuyderzee*, à *Zermatt* ou à *Zurich* ?
Zélateur de *Zoroastre*, j'ai le poil sombre des chevaux *zains*.
Mais, ayant joué au *zanzibar*, un *zazou* m'a *zesté* les parties *zénithales* selon une méthode *zététique*. Aussi, c'est entre le *zist* et le *zest* que j'ose *zozoter* : *zéro*.
Mais *zéro zoniforme*, *zéro zoosporé*, *zéro zoophagique*.
Et pas de *zizanie* entre les *zouaves* à propos de *zizis* – hein ? *Zéro*.
(Jean Lescure.)

TEL

– *Tel que* : s'accorde avec le nom qui le précède et dont il dépend.
Les difficultés de l'accord en français telles que le participe passé avec avoir, le participe passé avec être, etc.

– *Tel (sans que)* : s'accorde avec le terme qui suit.
Certaines fautes sont pardonnables telles les fautes d'orthographe.
– *Comme tel* et *en tant que tel* : s'accordent avec le terme auquel on compare le sujet.
Des lecteurs intelligents et indulgents et considérés comme tels par l'auteur.
– *Tel quel* : s'accorde avec le nom auquel il se rapporte.
Essayez de laisser la nature telle quelle.

TIRET

Il marque dans un dialogue le changement d'interlocuteur.
« Avez-vous bien mémorisé tout ce qui vient d'être dit ?
– Vous voulez dire d'être écrit ? »
On peut aussi s'en servir comme d'une parenthèse, quand on n'a pas trouvé la bonne touche du clavier Azerty, ou volontairement en isolant une phrase ou un segment de phrase.

TITRES

Quelques titres d'ouvrages on ne peut plus singuliers cités par André Blavier :

☛ Samuel Hafenreffet publie un traité, en latin, sur *La Musique du pouls* (1640) tandis que, deux ans plus tard, Luigi Novarini publie à Vérone, en italien, une *Vie de Jésus dans le ventre de Marie.*
☛ Huet publie en 1681 son *Traité de la situation du paradis terrestre* ; le père Hardouin y va d'un ouvrage

analogue et Swinden publie à Amsterdam, en 1728, ses *Recherches sur la nature du feu de l'Enfer et du lieu où il est situé.*

☛ Anonyme : *L'Arche de Noé* ; *Le Déluge* ; *L'Heure des marées dans la mer Rouge comparée avec l'heure du passage des Hébreux*, 1755.

☛ Astruc : *Conjectures sur les mémoires originaux dont il paraît que Moyse s'est servi pour composer la Genèse*, 1753.

☛ L'abbé Moussaud, professeur à La Rochelle : *Des merveilleux effets de la vis d'Archimède, rapprochés des mystères de la religion*, 1820.

☛ Du Boysaimé : *De la courbe que décrit un chien courant après son maître* (Paris, Didot).

☛ Ernest Reyer : *De l'influence des queues de poisson sur les ondulations de la mer* (toujours annoncé et jamais publié – voir Th. Gautier, *Histoire du romantisme*, 1895).

(André Blavier, *Les Fous littéraires*, Veyrier, 1982.)

TOPONYME

Un *toponyme* est un nom de lieu. La *toponymie* est l'étude linguistique des noms de lieux.

Un *hydronyme* est un nom de cours d'eau. L'*hydronymie* est l'étude des noms de cours d'eau.

Un *oronyme* est un nom de montagne ; l'*oronymie* est l'étude des noms de montagne.

Un *ethnonyme* ou *gentilé* est le nom des habitants d'une ville, d'une région, d'un pays.

Quelques toponymes de lieux où il fait sans doute (!) assez bon vivre : *Merdeuse* (Ardennes) ; *Trou-du-Cul* (Nièvre) ; *Chaud-Cul* (Moselle) ; *Angoisse* (Dordogne) ;

Clapiers (Hérault) ; *Mardié* (Loiret) ; *Porcherie* (Haute-Vienne).

Pendant la Révolution, certaines villes furent débaptisées ; les révolutionnaires s'en prirent particulièrement à celles dont le nom comportait le mot saint, roi, reine ou château :
Bourg-la-Reine : *Bourg-l'Égalité*.
Bourg-Saint-Andéol : *Commune-Libre*.
Bourg-Saint-Maurice : *Nargue-Sarde*.
Saint-Amand-Montrond : *Libreval*.
Saint-Avold : *Rosselgène*.
Saint-Chamond : *Val-Rousseau*.
Saint-Claude : *Condat-Montagne*.
Saint-Cloud : *Pont-la-Montagne*, *La Montagne-Chérie*.
Saint-Cyr-l'École : *Val-Libre*.
Saint-Denis : *Franciade*.
Neufchâteau : *Mouzon-Meuse*.
Saint-Germain-en-Laye : *Montagne-du-Bon-Air*.
Saint-Lô : *Rocher-de-la-Liberté*.
Saint-Malo : *Port-Malo*.
Saint-Mandé : *La Révolution*.
Compiègne : *Marat-sur-Oise*.
Saint-Symphorien-le-Château : *Chausse-Armée*.
Saint-Tropez : *Héraclée*.
Sainte-Maxime : *Cassius*.
Saint-Raphaël : *Barraston*.

TOUT SUR TOUT

La notion de totalité est une notion complexe, et bien accorder *tout* n'est pas si facile, ce *tout* ayant tendance à cumuler les emplois : *tout* adverbe ; *tout* adjectif ; *tout* pronom indéfini ; *tout* nom commun et *tout* et tout !
Tout, lorsqu'il modifie un adjectif, est adverbe, donc invariable (*ils sont tout énervés*) ; cependant, il varie devant un adjectif féminin commençant par une consonne (*elle est toute contente*) ou un *h* aspiré (*elle est toute honteuse*).

Tout peut aussi être nom, adjectif ou pronom ; il est alors variable.
Donne-moi tout !
Cette fille est de toute beauté. Tous sont d'accord.
En tant qu'adjectif, il s'accorde en genre et en nombre avec le nom auquel il se rapporte.
En tant que pronom, il prend le genre et le nombre du nom qu'il remplace.
On reconnaît *tout* avec valeur d'adverbe, donc invariable, lorsqu'on peut le remplacer par *complètement*, *totalement*, *tout à fait*… ou par *si*.

Tout est généralement au pluriel dans les expressions suivantes :
À tous crins
À tous coups
À tous égards
À tous vents
À toutes fins utiles
À toutes pièces
En toutes lettres

Toutes choses égales d'ailleurs
Toutes proportions gardées
Toutes voiles dehors
Tous feux éteints

L'adjectif *tout* peut être au singulier ou au pluriel, selon le contexte, dans les expressions suivantes :
À tout moment (*tous moments*)
À tout point de vue (*tous points de vue*)
À tout propos (*tous propos*)
De tout côté (*tous côtés*)
De tout genre (*tous genres*)
De tout temps (*tous temps*)
De toute part (*toutes parts*)
De toute sorte (*toutes sortes*)
En tout genre (*tous genres*)
En tout lieu (*tous lieux*)
En tout point (*tous points*)
En tout sens (*tous sens*)
En tout temps (*tous temps*)
En toute chose (*toutes choses*)
En toute occasion (*toutes occasions*)
En toute saison (*toutes saisons*)
Pour toute raison (*toutes raisons*)
Tout compte fait (*tous comptes faits*)
Toute affaire cessante (*toutes affaires cessantes*)
Dans l'expression *tout autre*

Lorsque *tout* signifie *n'importe quel*, il est adjectif et donc variable.

TRADUCTION

Les traductions sont des domestiques qui vont porter un message de la part de leur maître et qui disent tout le contraire de ce qu'on leur a ordonné, écrivait au XVIIe siècle Mme de Sévigné, et pour Paul Hadège *Traduire, c'est trahir.*

Pour garder aux textes la même valeur lorsqu'ils sont traduits dans une autre langue, le traducteur doit avoir, de chaque langue, une bonne connaissance de la grammaire, bien maîtriser les temps et la syntaxe, avoir une excellente connaissance du lexique des langues concernées et de l'étymologie des termes ainsi que des tournures idiomatiques propres à chacune et rendre les métaphores de l'auteur par des tournures similaires. Après avoir évité barbarismes, faux sens, contresens, non-sens et autres pièges et de plus, comme disait Cervantès, *ne rien mettre, ne rien omettre*, il faut reproduire l'effet intégral du texte original chez le lecteur. Cioran pense que le français est *l'idiome idéal pour traduire délicatement des sentiments équivoques* ; pour Pierre Leyris (1907-2001), sans doute le traducteur le plus respecté de sa génération, *traduire, c'est avoir l'honnêteté de s'en tenir à une imperfection allusive* ; quant à Voltaire, il s'énervait : *Malheur aux faiseurs de traductions littérales, qui en traduisant chaque parole énervent le sens ! C'est bien là qu'on peut dire que la lettre tue, et que l'esprit vivifie.*

De nos jours, les ordinateurs s'en mêlent et on nous promet que, bientôt, les humains auront des implants dans le visage et la gorge leur permettant de parler des langues étrangères !

Quand il ne s'agit pas de traduire *Voyage au bout de la nuit* mais des modes d'emploi ou autres recommandations d'hôteliers, les maladresses dues à une mauvaise maîtrise du français sont parfois plus que comiques :

Dans le lobby d'un hôtel de Bucarest
L'ascenseur sera en réparation le prochain jour. Pendant ce temps, nous regrettons que vous soyez insupportables.

Dans un hôtel japonais
Vous êtes invités à profiter de la femme de chambre.

Extrait du *Soviet Weekly*
Il y aura une Exhibition d'Arts de Moscou par 150 000 peintres et sculpteurs de la République slave. Ceux-ci ont été exécutés au cours des deux dernières années.

Dans un bar de Tokyo
Cocktails spéciaux pour les femmes avec noix.

Dans un aéroport de Copenhague :
Nous prenons vos sacs et les envoyons dans toutes les directions.

Dans un bar norvégien
On demande aux femmes de ne pas avoir d'enfants au bar.

Dans une brochure de location d'autos de Tokyo
Quand un passager de pied est en vue, flûtez le klaxon. Trompettez-le mélodieusement au début, mais s'il continue d'obstacler votre passage, alors flûtez-le avec vigueur.

TRAIT D'UNION

À quoi sert le *trait d'union* ? À unir des mots. Mais il permet aussi de faire la distinction entre un simple groupe de mots et un mot composé.

Juliette est folle de rage.
Son bas rouge a filé.
Son bas-rouge a filé.

– **Un bas rouge** : elle a filé son bas, son collant, de couleur rouge.

– **Un bas-rouge (nom composé)** : son chien, un bas-rouge, lui a faussé compagnie.

Drame sur l'hippodrome de Vincennes.
Le jockey est mort sur le champ.
Le jockey est mort sur-le-champ.

– **Sur le champ** : le jockey est mort sur le champ de courses, sur l'hippodrome.

– **Sur-le-champ (adverbe)** : le jockey est mort subitement.

Les petites annonces de recherche d'emploi.
Garde malade 42 ans…
Garde-malade 42 ans…

– **Garde malade** : il ou elle garde un malade de 42 ans. Pas les autres ?

– **Garde-malade** : c'est un ou une garde-malade de 42 ans. Cela paraît plus vraisemblable.

TRÉMA

Le signe orthographique *tréma*, qui s'écrit, lui, avec un accent aigu, vient du grec *trêma* « trou, points sur un dé » ; on le doit à un médecin, Jacobius Sylvius, qui l'introduisit en 1532 sur le *ë* et le *ï*, pour indiquer que la voyelle qui précède doit être prononcée séparément. *L'aïeul égoïste déguste son maïs dans un bol en faïence.* Son utilisation sur le *e* est plus récente et plus rare. On l'emploie dans quelques mots, surtout lorsque cette voyelle est précédée d'un *a* ou d'un *o*, afin de distinguer la suite *ae* ou *oe* des lettres doubles æ et œ (Noël). Il peut rendre une voyelle muette comme dans Mme de Staël [Stal], baronne que Napoléon Bonaparte avait bien du mal à rendre muette ! Et, bien entendu, il y a des exceptions comme Saigon, sans compter que le tréma a un petit côté ambigu : entre *ambiguë* et *ambiguïté* !

TROMPE-SENS

Un joli terme imaginé par Patrice Louis pour désigner des expressions dont le sens peut prêter à confusion : *Coupes sombres* (pratiquer des) : faire des suppressions massives, radicales.
En réalité, c'est couper si peu d'arbres dans une forêt que cela ne se voit pas. Synonyme : coupe d'ensemencement, quand on n'abat des arbres que pour permettre l'ensemencement naturel. – Antonyme : coupe claire, qui laisse les arbres clairsemés.
L'œil du cyclone : le centre des difficultés.
En réalité, c'est la zone calme qui échappe à toute agitation au centre du tourbillon.

Regarder par le petit bout de la lorgnette : avoir des idées étriquées.
En réalité, pour voir plus gros, il faut effectivement regarder par ce petit bout-là. Mais, par voie de conséquence, le champ de vision est réduit et justifie le soupçon de vues étroites.
Tirer les marrons du feu : tirer avantage d'une situation, sous l'influence de tirer son épingle du jeu.
En réalité, celui qui agit se brûle… au profit d'un autre.
(Patrice Louis, *C'est beau mais c'est faux*, Arléa, 2004.)

TRUISME

Quand Johnny Hallyday dit : *Pour faire un couple, il faut être deux* et Michel Platini : *Quand ça va pas très bien, ça va toujours pas très bien*, c'est un truisme : une vérité tellement évidente qu'elle ne valait pas la peine d'être énoncée.
La truie n'a rien à voir avec l'étymologie du mot emprunté à l'anglais *truism*, composé de *true* « vérité », « vrai », et du suffixe *-ism*, *-isme* en français.

U

US

La prononciation de cette terminaison est ambiguë ; la preuve avec *blocus* ou *reclus* et cet exercice qui montre asssez bien l'ampleur de ce casse-tête phonétique : *Retenus par le blocus, les reclus, qui avaient conservé leur tonus, escaladaient le talus dépourvu de cactus et de pandanus, malgré les obus. Ils fouillèrent dans les détritus au risque d'attraper des virus. D'autres détenus, vraiment obtus, leur avaient opposé des refus confus, et devant cet abus des intrus volaient les surplus.* Mais *motus* !
(Jean-Loup Chiflet, *Les mots qui me font rire*, Points, 2007.)

V

VAUGELAS (Claude Favre de)

Né en 1585, excellent grammairien, Claude Favre de Vaugelas publie en 1647 ses *Remarques sur la langue française*. Plus qu'une grammaire, il cherche dans cet ouvrage à suggérer le bon usage et préciser les frontières du goût. Il va contribuer à séparer la langue littéraire de la langue vulgaire ; cependant, on lui reprocha d'avoir contribué à faire une syntaxe trop rigide et parfois irrationnelle et d'avoir appauvri la langue par son refus des néologismes et des mots nouveaux.
Signe de son influence au XVIIe siècle, *parler Vaugelas* était synonyme de bien parler et le grand Corneille corrigea ses pièces pour les mettre en accord avec ses travaux.
Admis en 1634 à l'Académie française, il devait recevoir une pension de Richelieu pour travailler au dictionnaire, qui ne fut jamais payée, malgré les quinze ans qu'il y consacra.
Voici ce qu'écrit Sainte-Beuve, dans ses *Nouveaux Lundis*, sur celui qu'il surnommait *le greffier du langage* : *Vaugelas a été en son temps l'organe le plus accrédité du meilleur et du plus pur parler de la France* et : *Il a passé*

sa vie à observer cet usage en bon lieu, à en épier, à en recueillir tous les mouvements, toutes les variations, les moindres incidents remarquables, à les coucher par écrit. C'était un véritable statisticien du langage.
En 1650, le seigneur de Vaugelas, baron de Pérouges, s'éteignait, avec un dernier clin d'œil : *Je m'en vais ou je m'en vas ; l'un et l'autre se dit ou se disent.*

VERBATIM

À la fois adverbe et nom masculin, employé souvent à tort, il nous vient d'Angleterre malgré une étymologie latine – *verbum* « verbe-mot » – et nous est revenu par l'Angleterre.
Utilisé comme adverbe, il signifie : *selon les termes exacts, mot à mot*. Comme nom commun, il désigne une citation textuelle, mot à mot d'une allocution, d'un débat, d'une interview ou d'un discours.
On se demande pourquoi l'interview de Loana n'a pas fait l'objet d'un verbatim, mais d'un minuscule compte rendu.

VERBES DÉFECTIFS

Ces verbes ne s'utilisent pas à tous les temps : Grevisse, dans *Le Bon Usage*, note que *la plupart des verbes défectifs sont condamnés à disparaître ou du moins à ne subsister que dans des locutions toutes faites*.
Certains comme *accroire* et *quérir* ne s'emploient qu'à l'infinitif, d'autres comme *clore* n'ont ni imparfait ni passé simple à l'indicatif ; *nuire, luire, reluire, rire, survivre* ont la particularité de leur participe passé : ils n'ont

ni féminin ni pluriel : *nui*, *lui*, *relui*, *ri*, *survécu*. *Oindre* est assez rare en dehors de l'infinitif et du participe passé ; *faillir* ne se trouve plus guère qu'à l'infinitif, au passé simple et aux temps composés ; *falloir*, verbe impersonnel, n'a ni impératif ni participe présent, on ne l'utilise qu'à la troisième personne du singulier ; *pleuvoir* se conjugue seulement à la troisième personne du singulier et du pluriel et n'a pas d'impératif.

Autres petits capricieux : *absoudre*, *braire*, *bruire*, *déchoir*, *échoir*, *éclore*, *frire*, *gésir*, *paître*, *seoir*, *sourdre*, *traire*, *urger*, *vouloir*.

Quant à *ouïr*, il ne se rencontre qu'à l'infinitif et au participe passé (*ouï*), ce qui n'a pas échappé à Raymond Devos :

L'ouïe de l'oie de Louis a ouï.
Ah oui ? Et qu'a ouï l'ouïe de l'oie de Louis ?
Elle a ouï ce que toute oie oit…
Et qu'oit toute oie ?
Toute oie oit, quand mon chien aboie le soir au fond des bois, toute oie oit ouah ! ouah !

VERLAN

Verlan, javanais et louchébem ne sont pas comme l'argot de véritables créations, mais découlent de procédés formels. On retourne le mot et on permute des syllabes, des phonèmes ou des lettres normalement non prononcées (verlan / lanver) : *Métro* = *tromé*.

C'est Auguste Le Breton qui aurait introduit le verlan en littérature : […] *dans* Du rififi chez les hommes, *en 1954*. Verlen *avec un* e *comme envers et non* verlan *avec un* a *comme ils l'écrivent tous… Le verlen, c'est nous qui l'avons créé avec Jeannot du Chapiteau, vers 1940-1941, le grand Toulousain, et un tas d'autres*. (Auguste Le Breton, *Le Monde*, 1985.)

VERS

L'*alexandrin* est le plus long de tous les vers avec ses douze syllabes. Pourquoi cette appellation ? À cause du *Roman d'Alexandre*, poème composé au XIIe siècle, par Alexandre de Paris (parce qu'il vécut à Paris).

Ce qu'il en dit…
Il y a dans tout Français, lovés, des alexandrins prêts à bondir. Va te brosser les dents, n'oublie pas les gencives. Douze pieds ! s'écrie-t-on tout content. C'est un plaisir semblable à celui du fumeur. Quand il a fait un rond, il est de bonne humeur. Des bouffées d'alexandrins, les soirs d'été, nous parviennent aux oreilles. Queneau, dans Pierrot mon ami, *en joue comme d'un accordéon :*
Ici, l'on tourne en rond et là on choit de haut, ici l'on va très vite et là tout de travers. (Alain Schifres.)

Le *décasyllabe* est sans doute le vers que les poètes ont le plus utilisé. C'est le vers de *La Chanson de Roland*, le vers de Dante, mais également celui de Shakespeare et de Goethe, pour ne citer que ceux-là.

À noter aussi :
Les deux syllabes (ou *dissyllabe*)
Les trois syllabes (ou *trisyllabe*)
Les quatre syllabes (ou *tétrasyllabe*)
Les cinq syllabes (ou *pentasyllabe*)

Les six syllabes (ou *hexasyllabe*)
Les sept syllabes (ou *heptasyllabe*)
Les huit syllabes (ou *octosyllabe*)

Et… celui d'une syllabe (ou *monosyllabe*), immortalisé par le fameux sonnet de Jules de Rességuier :

Fort
Belle,
Elle
Dort ;
Sort
Frêle !

VILLERS-COTTERÊTS

Au début du XIIIe siècle, à l'université de la Sorbonne, l'enseignement était dispensé en latin par les ecclésiastiques. En 1530, François Ier va créer le Collège des trois langues (hébreu, grec et latin), notre actuel Collège de France ; pour la première fois les cours seront en français. L'ordonnance de Villers-Cotterêts, qu'il promulgue le 15 août 1539, impose le français comme langue juridique et administrative.
Pourquoi à Villers-Cotterêts ? Monté sur le trône en 1515, François Ier avait hérité de Louis XII le duché de Valois. Le roi aimait la chasse et *Françoys s'estudia pour le plaisir de la Chasse à faire recoustrer, rebastir et accommoder le Château de Villers-Cotterêts.* (Bergeron, *Le Valois royal.*)

VIRELANGUES

Ils auraient pu être inventés par Démosthène, l'un des grands orateurs grecs, mais celui-ci préféra rectifier ses défauts d'élocution en s'entraînant à parler avec des galets dans la bouche !

Les virelangues sont des locutions, des phrases ou des petits groupes de phrases à caractère ludique, caractérisés par leur difficulté de prononciation ou de compréhension. Ils peuvent aussi être utilisés par les comédiens pour exercer leur diction.

Suggestions :

Dis-moi, petit pot de beurre, quand te dépetipodebeurreriseras-tu ?

Gros pot rond de beurre, je me dépetipodebeurreriserai quand tous les petits pots de beurre se dépetipodebeurreriseront et auront dégrospotsronddebeurrerisé tous les gros pots ronds de beurre.

Un chasseur sachant chasser doit savoir chasser sans son chien.

Seize jacinthes sèchent dans seize sachets secs.

Si six scies scient six cigares, six cent six scies scient six cent six cigares.

Ces six saucissons-ci sont si secs qu'on ne sait si c'en sont.

Kiki était cocotte, et Koko concasseur de cacao. Kiki la cocotte aimait beaucoup Koko le concasseur de cacao. Or un marquis caracolant, caduc et cacochyme, conquis par les coquins quinquets de Kiki la cocotte, offrit à Kiki la cocotte un coquet caraco kaki à col de caracul. Quand Koko le concasseur de cacao s'aperçut que Kiki la cocotte avait reçu du marquis caracolant, caduc et cacochyme un coquet caraco kaki à col de caracul, Koko le concasseur de cacao conclut : je clos mon caquet, je suis cocu !

VIRGULE

Où la trouve-t-on ? un peu partout évidement :

– Dans une énumération, pour séparer des mots, des groupes de mots de même nature ou des propositions juxtaposées.

Il se gave, se goinfre, s'empiffre de caviar, de saumon, de foie gras.

– Pour séparer des mots, des groupes de mots ou des propositions coordonnées par *et*, *ou*, *ni* lorsque celles-ci sont répétées plus de deux fois.

Il ne craint ni le caviar, ni le homard, ni le champagne.

– Devant des mots, groupes de mots ou des propositions coordonnées par des conjonctions de coordination autres que *et*, *ou*, *ni*.

Nous n'irons plus au bois, car les lauriers sont coupés.

– Pour mettre en relief un élément placé en tête de phrase.

Lui, ne craint pas l'indigestion.

– Pour séparer les propositions participiales.

Cette page lue, les lecteurs seront champions en ponctuation.

– Pour isoler ou encadrer des mots, groupes de mots ou propositions mis en apposition et qui donnent des informations complémentaires.

L'enfant, épuisé par cette première journée d'école, s'est rapidement endormi.

Martin, le plus chanceux des hommes, a encore gagné à la loterie.

Cette chanson, que tout le monde apprécie, est pourtant très ancienne.

Remarque : si la proposition subordonnée relative explicative est isolée par une virgule (voir exemple ci-dessus), la subordonnée relative déterminative, elle, n'est pas séparée de son antécédent par une virgule.

L'homme qui m'a téléphoné hier est passé ce matin à mon bureau.
– Pour encadrer ou isoler les propositions incises.
Je vais, dit le professeur, vous expliquer la formation des nuages.
Je vais vous expliquer la formation des nuages, dit le professeur.
– Pour séparer des propositions en signifiant un déroulement chronologique, une succession d'événements.
Je l'entends, je cours vers la porte, elle ouvre et m'enlace tendrement.
Nous montions, il descendait.
– Après le nom de lieu dans l'indication des dates.
L'Aigle, le 9 janvier 1947.

VRAIS FAUX CONTRAIRES

Curieusement, le *carabin* n'est pas le conjoint de la *carabine*, ni le *capucin* de la *capucine*, pas plus que le *pèlerin* de la *pèlerine* et encore moins le *camelot* de la *camelote* ! Sans oublier le *chevalier* et la *chevalière*, le *jardinier* et la *jardinière*, le *colombin* et la *colombine* ! Seul le *médecin* pourrait en quelque sorte être marié avec la *médecine*… Après les faux couples humanoïdes, voici les faux couples d'animaux : le *canin* et la *canine*, le *dauphin* et la *dauphine*, le *paresseux* et la *paresseuse*, le *lézard* et la *lézarde*, le *passereau* et la *passerelle*, le *brochet* et la *brochette*, le *turbot* et la *turbotière*. Le *loup* et la *loupe* n'arriveront pas à faire des *louveteaux* et encore moins des *loupiots*.

W

W

Les premières éditions du dictionnaire de l'Académie ne citaient aucun mot avec un *w* à l'exception d'un *double v* pour certains noms propres essentiellement germaniques. Jusqu'en 1935 la lettre était définie ainsi : *lettre consonne qui appartient à l'alphabet de plusieurs peuples du Nord, et qu'on emploie en français pour écrire un certain nombre de mots empruntés aux langues de ces peuples* [...].
Ce n'est qu'en 1964 que le Robert entérinera le *w* comme la 23e lettre de l'alphabet français.
On doit à Grégoire de Tours la mention selon laquelle le roi Chilpéric Ier (539-584) aurait ajouté quatre lettres à l'alphabet latin dont le W. Augustin Thierry, dans son *Histoire des temps mérovingiens*, rapporte les faits selon Grégoire de Tours : *Guidé par un éclair de vrai bon sens, Chilpéric avait songé à rendre possible, en lettres latines, l'écriture des sons de la langue germanique ; dans ce but, il imagina d'ajouter à l'alphabet quatre caractères de son invention, parmi lesquels il y en avait un affecté à la prononciation qu'on a depuis rendue par le double v.*

X

X

Cette lettre, qui ne se fait pas remarquer dans la rubrique *fréquence d'utilisation des lettres* et qui a la particularité de se prononcer de la même manière dans toutes les langues, ne chôme pas. C'est une belle inconnue dans les équations, 3 x + 5 = 2212, une école renommée pour ceux qui vont l'utiliser, les matheux et matheuses de l'École polytechnique. Pour son côté plus obscur, nous notons les films X, les plaintes sous X, les naissances sous X et, pour son côté voyeur, le rayon X.

* Dans les mots commençant par *ex-*, l'*x* se prononce [gz] s'il est suivi d'une voyelle ou d'un *h*.
Exemple : *exécrer* [egzekre] – *exhaler* [egzale]
* Il faut mettre un *c* après *ex-* si l'*x* a la valeur d'un [k].
Exemple : *excès* [ekse] – *excellent* [ekselã]

Y

Y

Voilà une simple lettre aux nombreuses « casquettes ». Inconnue en algèbre, seconde des coordonnées cartésiennes en géométrie, personne indéterminée : *Qu'il vive avec X ou Y, cela ne nous regarde pas*. Descendante du *hic* latin, *ici*, pronom adverbial : *J'y suis, j'y reste*, et aussi commune française de Picardie, Y (prononcer « i », dont les heureux habitants sont les *Ypsiloniens*). Commune jumelée avec une ville du pays de Galles : *Llanfairpwllgwyngyllgogerychwyrndrobwllllantysiliogogogoch* !

C'est la vingt-quatrième lettre de l'alphabet. Cette lettre est appelée « i grec » parce qu'elle répond à l'upsilon des Grecs et parce qu'en général nous en faisons usage par raison d'étymologie dans les mots dérivés du grec tels que anonyme, cacochyme, crystal, dyssentrie, érysipèle, myope, stéréotype, etc. Cette lettre a le son de l'« i simple », quand elle fait seule le mot, ou qu'elle est à la tête de la syllabe, immédiatement avant une autre voyelle, il y a, yeux, yacht. [...] *Mais placée entre deux voyelles, elle a le son de deux i ; essayer, abbaye, payer.* (Jean-Charles

Laveaux, *Dictionnaire raisonné des difficultés grammaticales et littéraires*, 1918.)

Ce qu'il en pense…
On est toujours ennuyé avec les noms en ski : Dostoïevski, Trotski… Faut-il un i ou un y ? S'ils sont russes il ne faut jamais d'y ; s'ils sont polonais, on ne sait pas. De plus, en polonais, ils prennent le féminin : M. *Leszczynski,* Mme *Leszczynska ; mais pas en russe : on dit* M. *Dostoïevski, on ne dit pas* Mme *Dostoïevska ; ce sont des petites choses qui peuvent aider.*
(Alexandre Vialatte.)

Z

ZÉRO

Le zéro, du mot arabe *sifr* (« vide » et « grain »), apparut pour la première fois à Babylone aux environs du IIIe siècle avant J.-C. Il n'était cependant pas utilisé dans les calculs et ne servait que comme chiffre (marquage d'une position vide dans le système de numération babylonien).

C'est aux Indiens que l'on doit le zéro représenté par un cercle. Le mot indien désignant le zéro était *ú'snya* [çûnya] « vide ». Le mathématicien indien Brahmagupta (598-668) fut le premier à le définir dans son ouvrage *Brâhma Siddhânta* comme le résultat de la soustraction d'un nombre par lui-même.

Léonard de Pise (vers 1170-1250) se sert du nom de *zéfirum* que l'on utilisera jusqu'au XVe siècle. Après quelques modifications, ce mot aboutit à *zéfiro*, qui donnera zéro à partir de 1491.

C'est grâce au zéro que les sciences ont pu évoluer. Alors, récolter un 0 en mathématiques… ne doit pas faire désespérer, mais il vaut mieux savoir que zéro est un nom variable, qui s'accorde, et qu'il est conseillé de s'en souvenir si l'on ne veut pas un deuxième zéro à sa dictée.

ZEUGME

Le *zeugme* ou *zeugma* consiste à joindre à un mot deux compléments disparates, le plus souvent par le rapprochement de deux éléments, l'un concret et l'autre abstrait.
De grands noms de la littérature et des humoristes s'y sont adonnés avec jubilation :

Vêtu de probité candide et de lin blanc. (Victor Hugo.)

Je fus présenté à la famille où je plus, tout de suite, à verse. (Alphonse Allais.)

Ils s'enfoncèrent, l'un dans la nuit, l'autre un clou dans la fesse droite. (Pierre Dac.)

Après avoir sauté sa belle-sœur et le repas du midi, le Petit Prince reprit enfin ses esprits et une banane. (Pierre Desproges.)

En voyant le lit vide il le devint. (Ponson du Terrail.)

Robert avait toujours exigé sa ration de sucre dans le café et de politesse dans la conversation. (Hervé Bazin.)

Il lui fit l'amour et des zeugmes au plat. (Hervé Le Tellier.)

Il admirait l'exaltation de son âme et les dentelles de sa jupe. (Gustave Flaubert.)

Sous le pont Mirabeau coule la Seine
Et nos amours. (Guillaume Apollinaire.)

Cette chambre sentait la province et la fidélité. (Honoré de Balzac.)

Il baissa sa culotte et dans mon estime. (Maryz Courberand.)

Prenez un homme, autant que possible entre deux âges et entre deux étages. (Pierre Dac.)

J'avais le rouge au front et le savon à la main. (Jacques Brel.)

Je ne sais quel mérite il y a à faire de pareils ouvrages : j'en ferais bien autant, si je voulais ruiner ma santé et un libraire. (Montesquieu.)

LE JEU DU DICTIONNAIRE

Comment y jouer ?

Trois vraies définitions prises telles quelles dans le Petit Robert ainsi que leurs étymologies ont été attribuées au même mot. Il s'agit de trouver la bonne. Si vous vous trompez, vous aurez de toute façon découvert deux autres mots que vous ne connaissiez peut-être pas.

Bonne chance !

QUESTIONS

Abasie V

1. Disque en plastique, légèrement bombé, destiné à être lancé (de façon à le faire planer) et renvoyé avec un mouvement de rotation.
2. Cellule reproductrice, en forme de massue, localisée dans l'hyménium des basidiomycètes et à l'extrémité de laquelle se développent les spores.
3. Impossibilité de marcher sans qu'il y ait trouble musculaire.

Ache V

1. Plante ombellifère, herbacée, dont deux espèces sont cultivées comme alimentaires, le céleri à côtes et le céleri-rave.
2. Condiment composé de petits légumes, de fruits et de graines aromatiques, macérés dans du vinaigre.
3. Exprime la douleur.

Ahan X

1. Oiseau rapace nocturne portant des aigrettes, ce qui le distingue des chouettes.

2. Grand vase à boire en métal, monté sur un pied et muni d'un couvercle.
3. Effort pénible.

Apex

1. Mot, forme, emploi dont on ne peut relever qu'un exemple (à une époque donnée ou dans un corpus donné) ; attestation isolée.
2. Petit charançon (*coléoptères*), qui s'attaque notamment aux fruits.
3. Partie sommitale d'un organe.

Apparaux

1. Matériels destinés à des manœuvres de force, sur un bateau.
2. Endroit, espace déterminé de la mer ; étendue de côtes accessibles à la navigation.
3. Apparence, déploiement extérieur des préparatifs, des apprêts. Déroulement d'un cérémonial aux yeux des spectateurs.

Arroche

1. Bobine de filature sur laquelle on enroule la soie.
2. Plante à feuilles triangulaires (*chénopodiacées*), dont une espèce résiste au climat marin et dont les autres espèces, herbacées, sauvages ou cultivées, sont comestibles.
3. Équipage accompagnant un personnage.

Bagad

1. Formation musicale à base d'instruments traditionnels de Bretagne (bombardes, binious).

2. Cavalier de l'ancienne armée turque, enrôlé en temps de guerre.
3. Résidu des tiges de canne à sucre dont on a extrait le jus, qui sert de combustible, d'engrais, etc.

Bajoyer ×

1. Noble hollandais non titré (au-dessous du chevalier).
2. Mot utilisé au Québec pour désigner globalement les écarts (*phonétiques*, *lexicaux*, *syntaxiques* ; *anglicismes*) du français populaire canadien, soit pour les stigmatiser, soit pour en faire un symbole d'identité.
3. Paroi latérale d'une chambre d'écluse. Mur qui consolide les berges d'une rivière.

Basoche ×

1. Étoffe croisée dont la chaîne est de fil et la trame de coton.
2. Communauté des clercs dépendant des cours de justice.
3. Banc de roches ou de corail, situé à faible profondeur, mais que l'eau ne découvre pas à marée basse.

Baud ×

1. Grand poisson de mer (*lophiiformes*) à grosse tête surmontée de tentacules, appelé aussi *lotte de mer*.
2. Unité de mesure de la vitesse de modulation d'un signal.
3. Traverse qui maintient l'écartement des murailles et soutient les bordages.

Bêcheveter

1. Critiquer vivement quelqu'un.
2. Bêler, en parlant de la chèvre.
3. Placer tête-bêche (*bêcheveter des bouteilles, des livres*).

Bélouga

1. Arbre d'Afrique tropicale, à tronc énorme (*bombacées*) et fruit charnu comestible.
2. Mammifère cétacé aussi appelé *baleine blanche*, qui vit dans les eaux arctiques (*monodontidés*), apparenté au dauphin.
3. Canal ou chenal reliant deux cours d'eau en pays tropicaux.

Biset

1. Bord taillé obliquement.
2. Pigeon sauvage de couleur bise.
3. Baiser, bise.

Bobèche

1. Disque légèrement concave adapté aux chandeliers et destiné à recueillir la cire coulant des bougies.
2. Bobineuse mécanique.
3. Femme, petite fille aux manières affectées, prétentieuse et hautaine.

Brocard

1. Adage juridique.
2. Petit trait moqueur, raillerie.
3. Chevreuil mâle d'un an environ.

Cade

1. Genévrier des régions méditerranéennes (*cupressacées*), dont le bois est utilisé en marqueterie.
2. Magistrat musulman qui remplit des fonctions civiles, judiciaires et religieuses.
3. Rythme de l'accentuation, en poésie ou en musique ; effet qui en résulte.

Canezou

1. Mammifère carnivore d'Afrique, voisin des mouflettes, dont la fourrure noire à bandes claires est estimée.
2. Au Canada, petit canard sauvage, appelé aussi *canard à longue queue de Terre-Neuve*.
3. Corsage sans manche (de lingerie, de dentelle).

Carlin

1. Ancienne monnaie du royaume de Naples.
2. Plante sauvage à feuilles épineuses (*composées*), à grandes fleurs entourées de bractées vertes ou argentées.
3. Pièce de bois parallèle à la quille et destinée à renforcer la carène.

Chiclé

1. Comportement qui manque de simplicité.
2. Variété de laitue.
3. Latex qui découle notamment du sapotillier.

Chott ×

1. Lac salé, en Afrique du Nord.
2. Petit chou recouvert de sucre en grains.
3. Chien de compagnie d'origine chinoise, à abondant pelage uni, le plus souvent de couleur fauve.

Conga ✓

1. Oiseau minuscule des climats tropicaux (*apodiformes*), à plumage éclatant et long bec, qui peut voler sur place par vibration des ailes.
2. Danse d'origine mexicaine dérivée de la rumba et du mambo.
3. Danse cubaine d'origine africaine à quatre temps, avec trois pas rectilignes et le quatrième en diagonale.

Cornillon ×

1. Fruit du cornouiller.
2. Petit cor ou petite trompe.
3. Squelette de la corne des ruminants (prolongement du crâne).

Criss ✓

1. Mauvais violon.
2. Type de valet de comédie.
3. Poignard malais ou javanais à lame sinueuse.

Dariole ✓

1. Flan léger au beurre et aux œufs.
2. Déversoir d'un étang.
3. Trypanosomiase contagieuse des équidés.

Derny ✗

1. Chien sauvage d'Australie.
2. Bâti métallique supportant le trépan qui sert à forer les puits de pétrole.
3. Cyclomoteur employé naguère pour entraîner les coureurs cyclistes, dans certaines courses.

Diaule ✓

1. Jouet comprenant une bobine formée de deux cônes opposés par le sommet, et deux baguettes reliées par une ficelle que l'on tend plus ou moins sous la bobine pour la lancer et la rattraper.
2. Brassée de céréales ou de plantes oléagineuses, coupées et non liées, qu'on laisse sur le sillon en attendant de les mettre en gerbes ou en petites meules.
3. Flûte double des Grecs de l'Antiquité ; air joué avec cet instrument.

Doleau ✗

1. Veste ajustée à brandebourgs que portaient les hussards, les chasseurs à cheval.
2. Hachette pour équarrir les ardoises.
3. Hache qui sert à doler le bois des douves, des cerceaux de tonneaux.

Drageon ✓

1. Coupe, vase où l'on mettait des dragées, des sucreries, des épices.
2. Pousse aérienne, née sur une racine, et qui produit des racines adventives.
3. En Belgique, pluie battante, averse.

Drome

1. Mammifère voisin du chameau (*camélidés*), à une seule bosse dorsale, accoutumé à la sécheresse et renommé pour sa vitesse.
2. Ensemble des diverses pièces de rechange (avirons, mâts, vergues…) disposées sur le pont d'un navire.
3. Petit avion de reconnaissance, sans pilote, télécommandé ou programmé.

Écale

1. Plante potagère (*liliacées*), variété d'ail dont les bulbes sont utilisés comme condiments.
2. Sorte d'échelle permettant de franchir une haie. Clôture mobile barrant l'entrée d'un champ.
3. Enveloppe recouvrant la coque des noix, noisettes, amandes, châtaignes.

Effarvatte

1. Chouette au plumage clair, qui se nourrit de rongeurs.
2. Rousserolle des roseaux.
3. Promptement, en toute hâte.

Électuaire

1. Poisson des côtes de la Manche et de l'Atlantique (*gadiformes*), proche de la lotte.
2. Cordage dont on entoure les fardeaux pour les soulever ; filin garni de crocs utilisé pour mettre à la mer un canot léger.
3. Masse de métal ou d'alliage gardant la forme du moule où on l'a coulée.

Émissole ×

1. Petit squale (*sélaciens*) commun en Méditerranée, appelé aussi *chien de mer*.
2. Action de projeter (un liquide) hors de l'organisme ; écoulement sous pression.
3. Moût de raisin dont la fermentation a été arrêtée par une addition d'alcool, et qui sert à la préparation des vins de liqueur, des vermouths.

Ennéade ×

1. Groupe de neuf personnes, de neuf choses semblables.
2. Jacinthe des bois.
3. Accumulation de sable autour d'un obstacle, dans un désert.

Éparvin ✓

1. Personne qui fabrique, vend des articles de fantaisie, de mode, pour orner le vêtement féminin.
2. Plante herbacée (*composées*), très commune, à fleurs jaunes.
3. Tumeur osseuse du jarret du cheval.

Époutir ×

1. Jeter quelqu'un dans l'étonnement, la surprise.
2. Débarrasser (une étoffe) des corps étrangers.
3. Émousser en ôtant, en cassant ou en usant la pointe.

Faluche ✓

1. Roche sédimentaire formée d'amas de coquilles enrobées dans une matrice d'argile et de sable.

2. Pantalon.
3. Béret de velours noir traditionnel des étudiants (rarement porté de nos jours).

Fardoches ✓

1. Bordages supérieurs d'une embarcation, dans lesquels sont pratiquées les entailles des dames des avirons.
2. Esprit follet, lutin d'une grâce légère et vive.
3. Broussailles au Canada.

Faubert ✓

1. Râteau de bois, droit ou oblique, muni de chaque côté d'une rangée de dents et servant pour les foins.
2. Personne qui habite un faubourg, et notamment un faubourg populaire de Paris.
3. Sorte de balai de vieux cordages servant à sécher le pont des navires après le lavage ou la pluie.

Feuilleret ✓

1. Rabot pour faire des feuillures.
2. Abri que forme le feuillage des arbres.
3. Tonneau dont la capacité varie de 114 à 140 litres.

Flache ✓

1. Sans force, fatigué.
2. Dépression, creux à l'arrête d'une poutre ; à la surface d'un bois, d'une pierre.
3. Recherche de l'effet.

Flein ✗

1. Petit panier, corbeille ovale ou rectangulaire servant au conditionnement des fruits ou légumes fragiles (fraises, framboises, champignons...).
2. Plante (*graminées*) herbacée, fourragère.
3. Grand poisson plat des mers froides (*pleuronectiformes*), à chair blanche et délicate.

Fouage ✓

1. Redevance qui se payait par foyer.
2. Galette de fleur de froment cuite au four ou sous la cendre.
3. Abats de sanglier cuits au feu, que l'on donne aux chiens après la chasse (correspond à la curée du cerf).

Frette ✓

1. Anneau ou ceinture métallique dont on entoure une pièce pour la renforcer, l'empêcher de se fendre.
2. Corneille (*corvidés*) à bec étroit dont la base n'est pas garnie de plumes.
3. Repas, plat que l'on cuisine.

Gabier

1. Matelot chargé de l'entretien, de la manœuvre des voiles du gréement.
2. Cylindre de clayonnage, de branchages tressés, de grillage, destiné à être rempli de terre, etc., pour servir de protection.
3. Désordre résultant d'une mauvaise administration ou gestion.

Gecko

1. Lézard grimpeur (*lacertiliens*) portant aux doigts des quatre pattes des lamelles adhésives.
2. Grand arbre originaire d'Extrême-Orient, aux feuilles en éventail, appelé aussi *arbre aux écus*.
3. Oiseau (*passériformes*) au plumage bigarré.

Glossine

1. Plante originaire du Brésil (*gesnériacées*) acclimatée comme plante d'intérieur, à larges feuilles duveteuses, et dont les fleurs en forme de cloches sont souvent solitaires.
2. Mouche africaine qui ne pond pas d'œufs. *La mouche tsé-tsé est une glossine.*
3. Cri de la poule, de la gélinotte.

Gorgerin

1. Partie inférieure d'un casque servant à protéger le cou.
2. Collerette de femme.
3. Rabot pour creuser les gorges.

Griset

1. Teinte grise obtenue par des hachures, par un pointillé, sur une gravure, une carte, un papier.
2. Jeune passereau qui a encore le plumage gris.
3. Peuplier à cime majestueuse et feuillage argenté.

Guignard

1. Petit échassier (*charadriidés*) chassé pour sa chair délicate, appelé aussi *pluvier des Alpes*.

2. Petite cerise à longue queue, à chair molle, rouge et très sucrée, dont la forme rappelle celle du bigarreau.
3. Petite serpe.

Haïk

1. Poème classique japonais de dix-sept syllabes réparties en trois vers (5, 7, 5).
2. Longue pièce d'étoffe rectangulaire, dans laquelle les femmes musulmanes se drapent comme dans un manteau, par-dessus les autres vêtements, et dont elles relèvent parfois un pan, formant voile, sur la tête.
3. Monument commémoratif ou reliquaire d'origine indienne.

Hocco

1. Oiseau (*gallinacés*) comestible, qui tient du faisan et du pigeon, appelé aussi *coq indien*, *coq d'Amérique*.
2. Bergeronnette qui remue la queue en sautillant pour chasser les insectes au bord des cours d'eau.
3. Servant à appeler.

Horion

1. Coup violent.
2. Cordage reliant une ancre à la bouée qui permet d'en repérer l'emplacement.
3. En Angleterre, vétéran de la garde, en costume du xve siècle, qui paraît dans les cérémonies royales, garde la Tour de Londres.

Hospodar

1. Ancien titre des princes vassaux du sultan de Turquie placés à la tête des provinces roumaines.
2. Étranger.
3. Gouverneur de province, dans les Pays-Bas espagnols.

Immelmann

1. Figure de voltige aérienne constituée d'un demi-looping suivi d'un demi-tonneau.
2. Équipe de parachutistes sautant du même avion.
3. Ancienne unité CGS de mesure de la viscosité cinématique (SYMB. St) équivalent à 10^{-4} m^2/s.

Indri

1. Précepte sanskrit ; recueil d'aphorismes de ce genre.
2. Mammifère lémurien d'assez grande taille, arboricole, diurne et frugivore, vivant en groupe à Madagascar.
3. Succédané de crabe ou de langouste, etc., à base de pâte de poisson aromatisée, extrudée et colorée.

Isatis

1. Ensemble des organismes marins vivant en pleine eau loin du fond et n'en dépendant pas pour leur subsistance.
2. Pastel.
3. Veuve qui s'immolait rituellement sur le bûcher funéraire de son mari, en Inde.

Ivraie

1. Plante monocotylédone herbacée (*graminées*), particulièrement nuisible aux céréales.

2. Germandrée à fleurs jaunes, dite aussi *petit if*, qui exhale une odeur aromatique résineuse.
3. Plante monocotylédone (*iridacées*) voisine de l'iris, à fleurs très décoratives.

Jacobus ✓

1. Ancienne monnaie d'or anglaise, frappée sous Jacques Ier.
2. Surnom du paysan français.
3. Perroquet gris cendré.

Jamboree ✓

1. Réunion internationale de scouts.
2. Fruit du jambosier, appelé aussi *pomme de rose* (pour l'odeur).
3. Préparation à base de viande façonnée en forme de petit jambon.

Jan

1. Au tric-trac, coup donnant ou ôtant des points.
2. Radeau de bois très léger portant une cabane d'habitation, utilisé par les pêcheurs brésiliens.
3. Soldat d'élite de l'infanterie ottomane, qui appartenait à la garde du sultan.

Jar

1. Poil droit et raide qui se trouve mêlé au poil fin des fourrures ou à la laine.
2. Argot du milieu des voleurs.
3. Sable caillouteux d'origine fluviale.

Javeau

1. Île de sable, de limon, formée par le débordement d'un cours d'eau.
2. Arme de jet, formée d'une hampe mince et d'un fer généralement long et aigu.
3. Tumeur de la partie inférieure des membres chez le cheval, le bœuf.

Julep

1. Potion à base d'eau et de sucre, aromatisée à l'aide d'une essence végétale, servant de véhicule à divers médicaments.
2. Vase de nuit.
3. Variété de coton produit en Égypte.

Kabig

1. Manteau court à capuche, muni sur le devant d'une poche formant manchon.
2. Genre théâtral traditionnel, au Japon.
3. Poudre orangée (tinctoriale et ténifuge), obtenue par la réunion des minuscules poils glanduleux qui couvrent les fruits d'un arbrisseau de l'Inde (*euphorbiacées*).

Kami

1. Peinture japonaise sur soie ou sur papier, étroite et haute, suspendue verticalement et que l'on peut enrouler autour d'un bâton de bois.
2. Grand oiseau échassier d'Amérique du Sud.
3. Divinité, dans la religion shintoïste.

Koré

1. Instrument à cordes pincées, composé d'un long manche et d'une calebasse tendue d'une peau.
2. Statue de l'art grec archaïque représentant une jeune fille.
3. Esprit malfaisant, dans les traditions populaires bretonnes.

Laie

1. Femelle du sanglier.
2. Partie inférieure du sommier de l'orgue qui abrite aussi les soupapes.
3. Poème narratif ou lyrique, au Moyen Âge.

Lamier

1. Plante herbacée (*labiacées*) aux fleurs rouges ou blanches, commune dans les champs et les haies.
2. Monstre fabuleux à buste de femme sur un corps de serpent, qui passait pour dévorer les enfants.
3. Mammifère ongulé (*camélidés*) plus petit que le chameau et sans bosse, qui vit dans les régions montagneuses d'Amérique du Sud, sauvage ou domestique.

Lapiaz

1. Pierre fine d'un bleu d'azur ou d'outremer, silicate composé de la famille des feldspaths.
2. Rainure superficielle de formes variées, creusée par les eaux en terrain calcaire.
3. Plaisanterie, moquerie bouffonne.

Lice

1. Palissade.
2. Pièce du métier à tisser, dans laquelle passe un fil de chaîne.
3. Femelle du chien de chasse.

Limes

1. Zone frontière d'une province de l'Empire romain.
2. Petite pièce en vers d'un comique absurde, à la mode en Angleterre après 1900.
3. Fruit, à saveur douce, du limettier.

Machaon

1. Grand papillon (*lépidoptères*) aux ailes jaune vif rayées de noir, appelé aussi *grand porte-queue*.
2. Nombre du même nom : rapport entre la vitesse d'un mobile et celle du son se propageant dans le même milieu.
3. À Lyon, restaurant où l'on sert un repas léger.

Madapolam

1. Étoffe de coton, calicot fort et lourd.
2. Étoffe à chaîne de soie et trame de coton, de couleurs vives.
3. Polype des mers chaudes, à squelette calcaire, vivant le plus souvent en colonie.

Man

1. Larve du hanneton, ver blanc.
2. En Provence, Camargue, troupeau de bœufs, de chevaux, de taureaux conduits par un gardian.
3. Au Moyen Âge, habitant d'un bourg ou d'un village.

Maté

1. Variété de houx qui croît en Amérique du Sud et dont les feuilles torréfiées et pulvérisées fournissent, infusées dans l'eau chaude, une boisson stimulante.
2. Personne vaniteuse.
3. Mât de longueur réduite et de faible diamètre.

Mousmé

1. Marin toulonnais.
2. Jeune fille, jeune femme japonaise.
3. Monument de l'Amérique précolombienne (bassin du Mississippi) constitué par un tertre artificiel.

Moye

1. Couche tendre au milieu d'une pierre, qui la fait déliter.
2. Bâtonnet ou branche d'armoise, employé en médecine traditionnelle chinoise, qui est brûlé au contact de la peau dans des régions bien déterminées et dont les effets sont comparables à ceux de l'acupuncture.
3. Misère, pauvreté.

Nichet

1. Œuf factice (en plâtre, en marbre) que l'on met dans les nids, les poulaillers pour que les poules y aillent pondre.
2. Autorisation officieuse d'exercer une activité illégale accordée par la police, en échange de services.
3. Cage pour faire couver les canaris, les serins.

Nizeré

1. Génie ou nymphe des eaux, dans les légendes germaniques.
2. Essence de roses blanches.
3. Plante des marais et tourbières des régions froides (*ériracées*), arbuste à feuilles persistantes, à baies comestibles.

Nolis

1. Fret.
2. Ulcère cutané que les divers topiques ne font qu'irriter.
3. Querelle, dispute.

Norrois

1. Ancienne langue des peuples scandinaves, appelée *nordique* ou *germanique septentrional*.
2. Vent du nord-ouest.
3. Machine hydraulique à godets qui sert à élever l'eau et qui fonctionne suivant le principe du chapelet hydraulique.

Œnanthe

1. Reptile aquatique.
2. Figure de rhétorique qui consiste à dissocier en deux noms coordonnés une expression unique (nom et adjectif ou nom et complément).
3. Plante dicotylédone herbacée (*ombellifères*) aux racines vénéneuses, qui croît dans les près humides.

Opodeldoch

1. Médicament à base de savon et d'ammoniaque, utilisé en frictions contre les douleurs.

2. Sol cendreux, très délavé, des climats humides et froids.
3. Le fait d'avancer à ski en poussant simultanément sur les deux bâtons.

Opossum

1. Ville fortifiée, fortification romaine.
2. Espèce de sarigue (*marsupiaux*) à beau pelage noir, blanc et gris.
3. Plante grasse (*cactées*) à tiges aplaties en raquettes portant des tubercules épineux d'où sortent de grandes fleurs.

Ouaouaron

1. Au Canada, grenouille géante d'Amérique du Nord, pouvant atteindre 20 cm de long, et dont le coassement ressemble à un meuglement, appelée aussi *grenouille mugissante, grenouille-taureau*.
2. Au Canada, saumon d'eau douce.
3. Arbre d'Afrique tropicale originaire du Gabon et du Congo.

Padine

1. Algue brune, dont les frondes irrégulières s'étalent en éventail.
2. Riz non décortiqué.
3. Titre que portait l'empereur des Turcs.

Pampille

1. Branche de vigne avec ses feuilles et ses grappes.
2. Chacune des petites pendeloques groupées en franges, servant d'ornement.

3. Vaste plaine d'Amérique du Sud, dont le climat et la végétation sont ceux de la steppe.

Panne

1. Étoffe (de laine, coton, soie) semblable au velours, mais à poils longs et peu serrés.
2. Pièce de bois horizontale qui sert à soutenir les chevrons d'un comble, dans une charpente.
3. Bande de nuages près de l'horizon.

Pat

1. Se dit du roi, qui, sans être mis en échec, ne peut pourtant plus bouger sans être pris.
2. Petit navire de surveillance.
3. Onomatopée qui évoque un long bavardage.

Pékan

1. Chapeau d'été, large et souple, tressé avec la feuille d'un latanier d'Amérique.
2. Martre du Canada (*Mustela pennanti*), dont la fourrure est très recherchée.
3. Étoffe de soie ornée de fleurs ou représentant des bandes alternativement mates et brillantes.

Pipit

1. Petit passereau (*passériformes*) à plumage brun.
2. Jeune fantassin ; soldat.
3. Piment rouge très fort.

Pipo

1. Gros crapaud d'Amérique tropicale.
2. L'École polytechnique.
3. Tromperie, leurre.

Pouillard

1. Jeune perdreau ou jeune faisan.
2. Sous l'Ancien Régime, registre des biens et des bénéfices ecclésiastiques dans une région.
3. Injures, reproches.

Quebracho

1. Arbre d'Amérique du Sud (*anacardiacées*), dont le bois est très riche en tanin et en alcaloïdes.
2. Langue indienne comprenant plusieurs parlers, employée sur les hauts plateaux du Pérou et de la Bolivie.
3. Oiseau des forêts d'Amérique centrale au plumage brillant, vert et rouge.

Queusot

1. Futaille d'un muid et demi.
2. Tube de verre qui sert à faire le vide dans les ampoules électriques avant de les souder.
3. Maître queue : cuisinier.

Quipou

1. Plante herbacée annuelle des hauts plateaux des Andes (*chénopodiacées*) cultivée pour ses graines très nutritives.

2. Arbuste des déserts du Mexique et de Californie produisant des graines dont on extrait une cire utilisée en pharmacie et dans l'industrie des cosmétiques.
3. Chez les Incas (qui ignoraient l'écriture), faisceau de cordelettes dont les couleurs, les combinaisons et les nœuds étaient dotés de significations conventionnelles précises.

Ramie

1. Jeu de cartes se jouant généralement avec 52 cartes et un joker, et consistant à réunir des combinaisons d'au moins trois cartes du type des figures de poker ou de piquet, qu'on étale sur la table.
2. Se dit du cheval qui refuse d'avancer quand on lui fait sentir l'éperon.
3. Plante de l'Asie tropicale (*urticacées*), sorte d'ortie dont les longues fibres fournissent un textile résistant.

Ranz

1. Interjection exprimant le roulement de tambour.
2. Embarcation gonflable insubmersible manœuvrée à la pagaie et utilisée pour la descente des rapides.
3. Air de berger, chanson pastorale suisse.

Ratel

1. Mammifère carnivore, sorte de blaireau, très friand de miel.
2. Dans le Midi, réunion de gens que l'on invite à boire.
3. Indice répartissant les yachts en plusieurs classes, d'après leurs caractéristiques techniques.

Régale

1. Droit considéré comme inhérent à la monarchie.
2. L'un des jeux à anches de l'orgue.
3. Mélange d'acide chlorhydrique et d'acide nitrique qui a la propriété de dissoudre l'or et le platine.

Réméré

1. Rachat possible par le vendeur, moyennant la restitution du prix principal et le remboursement de certains accessoires.
2. Substance, opération, appareil qui est employé au traitement d'une maladie.
3. Petit oiseau dentirostre (*passereau*), de la famille des mésanges.

Rif

1. Feu.
2. Courte phrase musicale, d'un dessin mélodique et rythmique simple et marqué, répétée par l'orchestre dans l'exécution d'une pièce de jazz.
3. Bagarre.

Rob

1. Extrait de suc de fruit, préparé par évaporation, ayant la consistance du miel.
2. Homme de robe, homme de loi.
3. Arbre (*légumineuses papilionacées*) aux rameaux épineux, aux fleurs blanches très parfumées disposées en grappes pendantes, appelé couramment *faux acacia*.

Rotrouenge

1. Gardon rouge.
2. Rot par lequel un bébé rejette l'air dégluti pendant la tétée.
3. Poème au Moyen Âge, composé de plusieurs strophes et terminé par un refrain.

Roumi

1. Nom par lequel les musulmans désignent un chrétien, un Européen.
2. Langue romane, parlée en Roumanie par la majorité de la population, en Albanie et Macédoine, en Istrie.
3. Goutte qui pend au nez.

Rousseau

1. Dorade rose.
2. Oiseau passereau, plus petit que le moineau, vivant au bord de l'eau et dont certaines espèces portent le nom de *fauvette des roseaux*, *fauvette des marais*.
3. Policier.

Saï

1. Singe d'Amérique du Sud, du genre sajou.
2. Gymnastique chinoise, série de mouvements lents et très précis.
3. Danse polynésienne à deux temps.

Salmanazar

1. Ragoût de mouton, de poulet, d'origine nord-africaine.
2. Très grosse bouteille de champagne contenant l'équivalent de douze bouteilles champenoises.
3. Crin végétal provenant d'un agave du Mexique.

Sanve

1. Danse catalane à plusieurs danseurs qui forment un cercle.
2. Instrument de musique africain traditionnel, fait de lamelles vibrantes.
3. Moutarde des champs.

Schproum

1. Partie haute d'un marais littoral, constituée de vase solide, couverte d'herbe et submergée aux grandes marées.
2. Résidu très fin qui provient du concassage, du bocardage d'un minerai et de différentes opérations industrielles d'affinage.
3. Bruit de violentes protestations.

Segula

1. Danse espagnole, sur un rythme modérément rapide à trois temps ; musique et chant qui accompagnent cette danse.
2. Canal d'irrigation, en Afrique du Nord.
3. Adepte fanatique des doctrines et exécutant aveugle des volontés d'un maître, d'un chef.

Seine

1. Signature.
2. Maladie du sabot des équidés, fentes extérieures de la couronne à la sole.
3. Filets disposés en nappe et formant un demi-cercle.

Sévruga

1. Caviar, l'un des plus appréciés, fourni par l'esturgeon de la variété du même nom.
2. Grand arbre tropical de l'Asie du Sud-Est et de l'Afrique (*malvacées*), dont le fruit ovoïde, couvert d'une écorce de grosses épines dures, est comestible et savoureux, bien que malodorant.
3. En Afrique, bière de petit mil ou de sorgho.

Siffleux

1. Marmotte au Canada.
2. Oiseau de paradis (*passériformes*) à plumage noir, dont le mâle porte sur la tête six longues plumes minces.
3. Qui siffle.

Sizerin

1. Paquet de six jeux de cartes.
2. Oiseau voisin de la linotte (*passériformes*), commun dans les forêts du nord de l'Europe et de l'Amérique.
3. Position de la Lune en conjonction ou en opposition avec le Soleil (nouvelle lune et pleine lune).

Smurf

1. Fromage de lait de vache à pâte persillée, d'origine anglaise.
2. Onomatopée désignant un bruit de reniflement.
3. Danse caractérisée par des mouvements syncopés et ondulatoires, évoquant ceux du robot ou du mime.

Spalax

1. Petit rongeur d'Europe centrale et orientale, sans queue, à oreilles courtes, à fourrure épaisse, appelé aussi *rat-taupe*.
2. Réaction nucléaire provoquée par des particules accélérées avec une si grande énergie que le noyau « éclate » en éjectant diverses particules.
3. Brosse de peintre en bâtiment, utilisée pour faire les faux bois.

Spica

1. Lavande dont on extrait une essence odorante.
2. Alliage de fer, manganèse et carbone, employé dans la fabrication de l'acier par le procédé Bessemer.
3. Bandage croisé (à la façon des épillets de blé), appliqué au niveau de la racine d'un membre.

Tablar

1. Étagère suisse.
2. Ouvrier spécialiste du travail de certains bois, du corozo, de l'os, de l'ivoire pour la fabrication des articles de jeu (damiers, échiquiers...).
3. Instrument de musique indienne, petites timbales dont on joue sans mailloches, avec la main.

Tacon

1. Poisson de petite taille (*gadiformes*), commun sur les côtes de l'Atlantique.
2. En Suisse, pièce servant à raccommoder les vêtements.
3. Rythme de martèlement des talons, dans la danse flamenco.

Tanagra

1. Petit chardonneret jaune, vert et noir qui vit surtout en Europe septentrionale.
2. Statuette, figurine en terre cuite de ce bourg, d'une grâce simple.
3. Tapis, natte couvrant le sol des locaux où l'on pratique les sports de combat japonais.

Tarpan

1. Gros poisson marin très primitif (*élopiformes*) de l'Atlantique tropicale, recherché pour ses écailles.
2. Cheval retourné à l'état sauvage, dans les steppes de l'Asie occidentale.
3. Plante tropicale (*aracées*) cultivée pour son tubercule alimentaire.

Téléga

1. Bois d'Afrique, résineux et grossier, brun-rouge, utilisé en menuiserie et pour le contreplaqué.
2. Fibre textile polyester fabriquée en France.
3. Charrette à quatre roues, utilisée en Russie.

Tendelle

1. Genre poétique dialogué au Moyen Âge, où les interlocuteurs s'opposent sur un sujet donné.
2. Structure conjonctive fibreuse, blanche nacrée, par laquelle un muscle s'insère sur un os.
3. Collet pour prendre les grives.

Téterelle

1. Mamelon du sein.
2. Pièce d'armure couvrant entièrement la tête du cheval.
3. Petit appareil que l'on applique au bout du sein pour faciliter l'allaitement de l'enfant.

Tourin

1. Confiserie aux amandes, aux noisettes, sorte de nougat très tendre.
2. Soupe à l'oignon, à l'ail, généralement liée avec un jaune d'œuf, spécialité du Périgord.
3. Nom donné à divers rouets, dévidoirs, moulinets, etc.

Tribart

1. Route, chemin.
2. Outil d'orfèvre servant à arrondir.
3. Bâton ou ensemble de bâtons que l'on attache au cou de certains animaux pour les empêcher de passer au travers des haies.

Trisser

1. Crier (en parlant de l'hirondelle).
2. Répéter ou faire répéter trois fois de suite (un morceau) au concert, au théâtre.
3. Partir.

Trottin

1. Jeune employée d'une modiste, d'une couturière…, chargée de faire les courses en ville.

2. Piste où l'on fait trotter les chevaux.
3. Chemin assez long à parcourir à pied.

Ubac

1. Versant d'une montagne exposé au nord (opposé à *adret*).
2. Bateau à fond plat servant à passer un cours d'eau, un lac, un bras de mer.
3. Poison végétal, utilisé par les indigènes des îles de la Sonde pour empoisonner leurs flèches.

Uléma

1. Oiseau rapace nocturne d'Europe de la taille d'un corbeau, qui se nourrit principalement d'insectes et de petits rongeurs.
2. Docteur de la loi, théologien musulman.
3. Cavalier, mercenaire des armées de Pologne, de Prusse, d'Autriche et d'Allemagne.

Vélaire

1. Se dit des phonèmes (voyelle ou consonne) dont le point d'articulation est proche du voile du palais.
2. Sisymbre officinal (plante).
3. Grande toile formant tente amovible (sur un amphithéâtre, un cirque).

Velvote

1. Poudre de toilette qui veloute la peau.
2. Velours de coton uni (par trame) imitant le velours de soie (à deux chaînes).
3. Plante à feuilles velues (linaire, etc.).

Venet

1. Petite rue étroite.
2. Enceinte demi-circulaire de filets verticaux pour retenir le poisson à marée basse.
3. Peur.

Viorne

1. Arbrisseau des haies et des clairières (*caprifoliacées*) à floraison en bouquets blancs et à petites baies.
2. Femme d'allure masculine, aux manières rudes et autoritaires.
3. Vieux.

Volis

1. Petite tablette, planchette servant à trier des graines, de petits objets.
2. Cime d'un arbre rompue, arrachée par le vent.
3. Qui vole çà et là.

Walé

1. Jeu africain qui consiste à faire passer des pions (graines, cauris) d'un trou à l'autre, selon des règles précises, dans une table évidée de douze trous.
2. En Algérie, haut fonctionnaire responsable d'une wilaya (homologue du préfet en France).
3. Kangourou de petite taille, de diverses espèces.

Yaka

1. Ruminant (*bovidés*) au corps massif, à longue toison soyeuse, qui vit au Tibet où il est domestiqué.
2. Membre d'une organisation japonaise comparable à la Mafia.
3. Attitude de ceux qui disent Y A QU'À (faire ceci, cela), proposent des solutions à tous les problèmes.

Youyou

1. Petit canot court et large utilisé pour la navette entre les bateaux au mouillage et les quais.
2. S'emploie pour exprimer l'allégresse.
3. Trotteur.

Zellige

1. Petit morceau de brique émaillée servant à la décoration de monuments ou d'intérieurs marocains.
2. Patriote juif du Ier siècle après J.-C., qui prônait l'action violente et la révolte contre l'occupant romain pour défendre la Loi.
3. Petit siège bas sur lequel on faisait asseoir les accusés pour les interroger.

Zend

1. Appartement des femmes, chez les musulmans de l'Inde.
2. Langue de l'*Avesta* (livre du mazdéisme), probablement dialecte iranien de l'Est.
3. Variété de bruant commune en France.

RÉPONSES

Abasie
3 (1 Frisbee. 2 Baside)

Ache
1 (2 Achards. 3 ha)

Ahan
3 (1 Hibou. 2 Hanap)

Apex
3 (1 Hapax/apax. 2 Apion)

Apparaux
1 (2 Parages. 3 Appareil)

Arroche
2 (1 Rochet. 3 Arroi)

Bagad
1 (2 Bachi-bouzouk. 3 Bagasse)

Bajoyer
3 (1 Jonkheer. 2 Joual)

Basoche
2 (1 Basin. 3 Basse)

Baud
2 (1 Baudroie. 3 Bau)

Bêcheveter
3 (1 Bêcher. 2 Chevroter)

Bélouga
2 (1 Baobab. 3 Arroyo)

Biset
2 (1 Biseau. 3 Bisou)

Bobèche
1 (2 Bobinoir. 3 Pimbêche)

Brocard
1 (2 Brocard. 3 Brocard)

Cade
1 (2 Cadi. 3 Cadence)

Canezou
3 (1 Zorille. 2 Cacaoui)

Carlin
1 (2 Carline. 3 Carlingue)

Chiclé
3 (1 Chichi. 2 Chicon)

Chott
1 (2 Chouquette. 3 Chow-chow)

Conga
3 (1 Colibri. 2 Cha-cha-cha)

Cornillon
3 (1 Cornouille. 2 Cornet)

Criss
3 (1 Crincrin. 2 Crispin)

Dariole
1 (2 Daraise. 3 Dourine)

Derny
3 (1 Dingo. 2 Derrick)

Diaule
3 (1 Diabolo. 2 Javelle)

Doleau
2 (1 Dolman. 3 Doloire)

Drageon
2 (1 Drageoir. 3 Drache)

Drome
2 (1 Dromadaire. 3 Drone)

Écale
3 (1 Échalote. 2 Échalier)

Effarvatte
2 (1 Effraie. 3 Dare-dare)

Électuaire
3 (1 Électrum. 2 Lectorat)

Émissole
1 (2 Émission. 3 Mistelle)

Ennéade
1 (2 Endymion. 3 Nebka)

Éparvin
3 (1 Parurier. 2 Épervière)

Époutir
2 (1 Époustoufler. 3 Épointer)

Faluche
3 (1 Falun. 2 Falzar)

Fardoches
3 (1 Fargues. 2 Farfadet)

Faubert
3 (1 Fauchet. 2 Faubourien)

Feuilleret
1 (2 Feuillée. 3 Feuillette)

Flache
2 (1 Flagada. 3 Flafla)

Flein
1 (2 Fléole ou Phléole. 3 Flétan)

Fouage
1 (2 Fouace. 3 Fouaille)

Frette
1 (2 Freux. 3 Frichti)

Gabier
1 (2 Gabion. 3 Gabegie)

Gecko
1 (2 Ginkgo. 3 Geai)

Glossine
2 (1 Gloxinia. 3 Gloussement)

Gorgerin
1 (2 Gorgerette. 3 Gorget)

Griset
2 (1 Grisé. 3 Grisard)

Guignard
1 (2 Guigne. 3 Guignette)

Haïk
2 (1 Haïku. 3 Stûpa)

Hocco
1 (2 Hochequeue. 3 Ho)

Horion
1 (2 Orin. 3 Yeoman)

Hostopodar
1 (2 Horsain. 3 Stathouder)

Immelmann
1 (2 Stick. 3 Stokes)

Indri
2 (1 Soutra ou Sûtra. 3 Surimi)

Isatis
2 (1 Pelagos. 3 Sati)

Ivraie
1 (2 Ive. 3 Ixia)

Jacobus
1 (2 Jacques. 3 Jacquot, Jacot, Jaco)

Jamboree
1 (2 Jambose. 3 Jambonnette)

Jan
1 (2 Jangada. 3 Janissaire)

Jar
2 (1 Jarre. 3 Jard)

Javeau
1 (2 Javeline. 3 Javart)

Julep
1 (2 Jules. 3 Jumel)

Kabig
1 (2 Kabuki. 3 Kamala)

Kami
3 (1 Kakémono. 2 Kamichi)

Koré
2 (1 Kora. 3 Korrigan, âne)

Laie
1 (2 Laye. 3 Lai)

Lamier
1 (2 Lamie. 3 Lama)

Lapiaz
2 (1 Lapis. 3 Lazzi)

Lice
1 (2 Lice. 3 Lice)

Limes
1 (2 Limerick. 3 Limette)

Machaon
1 (2 Mach. 3 Mâchon)

Madapolam
1 (2 Madras. 3 Madrépore)

Man
1 (2 Manade. 3 Manant)

Maté
1 (2 M'as-tu-vu. 3 Mâtereau)

Mousmé
2 (1 Moco. 3 Mound)

Moye
1 (2 Moxa. 3 Mouise)

Nichet
1 (2 Condé. 3 Nichoir)

Nizeré
2 (1 Nixe. 2 Canneberge)

Nolis
1 (2 Noli me tangere. 3 Noise)

Norrois
1 (2 Noroît. 3 Noria)

Œnanthe
3 (1 Eunecte. 2 Hendialys)

Opodeldoch
1 (2 Podzol. 3 Stakning)

Opossum
2 (1 Oppidum. 3 Oponce)

Ouaouaron
1 (2 Ouananiche. 3 Okoumé)

Padine
1 (2 Paddy. 3 Padischah)

Pampille
2 (1 Pampre. 3 Pampa)

Panne
1 (2 Panne. 3 Panne)

Pat
1 (2 Patache. 3 Patati, patata)

Pékan
2 (1 Panama. 3 Pékin)

Pipit
1 (2 Pioupiou. 3 Pili-pili)

Pipo
2 (1 Pipa. 3 Piperie)

Pouillard
1 (2 Pouillé. 3 Pouilles)

Quebracho
1 (2 Quechua. 3 Quetzal)

Queusot
2 (1 Queue. 3 Queux)

Quipou
3 (1 Quinoa. 2 Jojoba)

Ramie
3 (1 Rami. 2 Ramingue)

Ranz
3 (1 Rantanplan. 2 Raft)

Ratel
1 (2 Rastel. 3 Rating)

Régale
1 (2 Régale. 3 Régale)

Réméré
1 (2 Remède. 3 Rémiz)

Rif
1 (2 Riff. 3 Rififi)

Rob
1 (2 Robin. 3 Robinier)

Rotrouenge
3 (1 Rotengle. 2 Rototo)

Roumi
1 (2 Roumain. 3 Roupie)

Rousseau
1 (2 Rousserolle. 3 Roussin)

Saï
1 (2 Taï chi. 3 Tamouré)

Salmanazar
2 (1 Tajine. 3 Tampico)

Sanve
3 (1 Sardane. 2 Sanza)

Schproum
3 (1 Schorre. 2 Schlamm)

Segula
2 (1 Séguedille. 3 Séide)

Seine
3 (1 Seing. 2 Seime)

Sévruga
1 (2 Durian. 3 Tchapalo)

Siffleux
1 (2 Sifilet. 3 Siffleur)

Sizerin
2 (1 Sizain. 3 Syzygie)

Smurf
3 (1 Stilton. 2 Snif)

Spalax
1 (2 Spallation. 3 Spalter)

Spica
3 (1 Spic. 2 Spiegel)

Tablar
1 (2 Tabletier. 3 Tabla)

Tacon
2 (1 Tacaud. 3 Taconeos)

Tanagra
2 (1 Tarin. 3 Tatami)

Tarpan
2 (1 Tarpon. 3 Taro)

Téléga
3 (1 Tchitola. 2 Tergal)

Tendelle
3 (1 Tenson. 2 Tendon)

Téterelle
3 (1 Tétin. 2 Têtière)

Tourin
2 (1 Touron. 3 Touret)

Tribart
3 (1 Trimard. 2 Triboulet)

Trisser
1 (2 Trisser. 3 Trisser)

Trottin
1 (2 Trottoir. 3 Trotte)

Ubac
1 (2 Bac. 3 Upas)

Uléma
2 (1 Hulotte. 3 Uhlan)

Vélaire
1 (2 Vélar. 3 Vélarium)

Velvote
3 (1 Veloutine. 2 Velvet)

Venet
2 (1 Venelle. 3 Venette)

Viorne
1 (2 Virago. 3 Vioque)

Volis
2 (1 Volet. 3 Voletant)

Walé
1 (2 Wali. 3 Wallaby)

Yaka
3 (1 Yack. 2 Yakusa)

Youyou
1 (2 Youp. 3 Youpala)

Zellige
1 (2 Zélote. 3 Sellette)

Zend
2 (1 Zénana. 3 Zizi)

Index

Remerciements

Noëlle Audejean • Frédéric Beigbeder • Alain Bladuche-Delage • André Blavier • Michel-Antoine Burnier • Jacques Cellard • Maryz Courberand • Christiane Courbey • Michel Courot • Patrice Delbourg • Philippe Delerm • Jacques Drillon • Jérôme Duhamel Claude Duneton • Alain Duchesne • Pierre Enckell • Paul Fournel • Jean-Louis Fournier • Claude Gagnière • Bernard Giraudeau • Pierre Janton • Marc-Olivier Jeanson • Pierre Jourde • Emmanuel Kamboo • Nathalie Kristy • Raoul Lambert • Jacques Lapoussière • Thierry Leguay • Pierre Légaré • Hervé Le Tellier • Patrice Louis • Corinne Maier • Florence Montagnac • Georges Mounin • Laurent Moussard • Éric Naulleau • Jean d'Ormesson • Robert Paranan • Patrick Rambaud • Alain Rey • François Rollin • Alain Schifres • Ninon Signoret • Alain Stanké • Sylvain Tesson • Pierre Vavasseur • Magali Veyrier • Véziane de Vezins • Henriette Walter

Table

DU MÊME AUTEUR

La Théière de Chardin : jeux de noms
(en collaboration avec Gilbert de Goy, illustrations de Clab)
Garnier, 1979

Agenda du V.I.P. (Very Important Person)
Garnier, 1981

Almaniaque de la France profonde
AMP Éditions, 1982

La Khomenie du pouvoir
Scorpio, 1982

Mon carnet secret F.M.
(illustrations de Michel Boucher)
Carrère, 1986

FDG, Le Guide du Futur Directeur Général
(en collaboration avec Marie Garagnoux, illustrations de Yan Nascimbene)
Hermé, 1986

Culture + : un livre-jeu pour tester vos connaissances
(en collaboration avec Marie Garagnoux et Patrick Michel Dansac)
Carrère, 1987

Les Meilleures Histoires de bonnes manières
et autres préceptes auxquels vous avez échappé !
Carrère, 1987

Sky ! my teacher : cours d'anglais très particulier
(illustrations de Clab)
Carrère, 1987, 1988

Culture + : préparez le bac en jouant
(en collaboration avec Marie Garagnoux et Patrick Michel Dansac)
Carrère, 1988

Almanach Hachette 1989
Hachette Pratique, 1988

Heaume sweet home
Dictionnaire illustré des homonymes franco-anglais
Harrap, 1989

Almanach Hachette 1990
Hachette Pratique, 1989

L'Agenda du Jet set
Le Cherche-Midi, 1990

Almanach Hachette 1991
Hachette Pratique, 1990

Édouard, ça m'interpelle !
Le français nouveau est arrivé
(en collaboration avec Pascale Leroy)
Belfond, 1991

Le Dictionnaire des mots qui n'existent pas
(en collaboration avec Nathalie Kristy,
illustrations de Gilles Bachelet)
Hors Collection, 1992

Un si gentil petit garçon
mémoires
Payot, 1992
et « Points », n° P1912

L'Anglais saugrenu
(illustrations de Christine Géricot)
Payot, 1993
édition revue et augmentée sous le titre
Guide farfelu mais nécessaire de conversation anglaise
Points, « Le Goût des mots », n° P2603, 2011

Sky Mr. Allgood ! Parlons français avec M. Toubon
Mille et Une Nuits, 1994

Quarante ans et après...
Le livre de ma vie
Hors Collection, 1994

Y a-t-il une courgette dans l'attaché-case ?
Comment parler anglais en parlant français
Belfond, 1994

Élysée, première année : cours élémentaire
Jean-Claude Lattès, 1995

Sky ! my friend : petit traité de la mésentente cordiale
(avec Mike Sadler, illustrations de Harvey Stevenson)
Robert Laffont, 1995

Victoria en son temps
(en collaboration avec Alain Beaulet)
Fontaine/Mango Jeunesse, 1996

Le Nouveau Guide du VIP
(Very Important Prisonnier)
Archipel, 1996

J'apprends l'anglais avec la Reine
(dessins de Clab)
Payot, 1997

Rien à foot
(illustrations de Cabu)
Mille et Une Nuits, 1998

La Femme du train
roman
Anne Carrière, 1998

Sky my husband ! 2 : the return
(illustrations de Clab)
Hermé, 1998

Et si on appelait un chat un chat ?
Le correctement incorrect
Mots & Cie, 1999

Ad aeroportum ! (À l'aéroport !)
Le latin d'aujourd'hui
Mots & Cie, 1999

Le Cafard laqué : les mots-portemanteaux
Mots & Cie, 1999

Nouilles ou pâtes ?
Le bon sens des mots
Mots & Cie, 1999

Mes perles de culture : un catalogue déraisonné
Mots & Cie, 2000

Wit spirit vol. 1 : L'humour anglo-saxon
Mots & Cie, 2000

L'Almanach Chiflet 2001
Mots & Cie, 2000

Ciel ! Blake : dictionnaire français-anglais
des expressions courantes
Sky ! Mortimer : English-French dictionary
of running idioms
Mots & Cie, 2000

Wit spirit vol. 2 : L'humour anglo-saxon
Mots & Cie, 2001

Roger au pays des mots
(illustrations de Cabu)
Mots & Cie, 2001

On ne badine pas avec l'humour
(en collaboration avec Maryz Courberand)
Mots & Cie, 2001

Schtroumpfez-vous français
Les schtroumpferies de la langue française
Mots & Cie, 2002

Antigone de la nouille
Mots & Cie, 2002

J'ai un mot à vous dire : un mot se raconte…
Mots & Cie, 2002

Réflexions faites… et autres libres pensées
Mots & Cie, 2003

Le Mokimanké : le dico des mots qui existent enfin !
(avec Nathalie Kristy)
Mots & Cie, 2003

Malheur au bonheur !
Le guide du sous-développement personnel
Mots & Cie, 2004

Nom d'une pipe ! : dictionnaire français-anglais
des expressions courantes (2)
Name of a pipe ! : English-French dictionary
of running idioms (2)
Mots & Cie, 2004

Petit dictionnaire des mots retrouvés
(préface de Jean d'Ormesson)
Mots & Cie, 2004

L'Agenda du V.I.P.
Mots & Cie, 2004

Le Diconoclaste : dictionnaire espiègle et saugrenu
Chiflet & Cie, 2005

Loftum Vaticanum : le vade-mecum du conclave
(en collaboration avec Lise Fitaire et Anne Camberlin)
Chiflet & Cie, 2005

So irresistible ! Deux siècles d'humour anglo-saxon
Chiflet & Cie, 2005

So incredible ! Toujours plus d'humour anglo-saxon
Chiflet & Cie, 2006

Le Coup de Chiflet
Chiflet & Cie, 2006

Les mots qui me font rire
et autres cocasseries de la langue française
Points, « Le Goût des mots », 2007

Comment résister aux fêtes de fin d'année
Chiflet & Cie, 2007

... Suites et fins
Chiflet & Cie, 2008

Sky my husband ! the integrale
Dictionary of the running English
Ciel mon mari ! l'intégrale
Dictionnaire de l'anglais courant
(illustrations de Pascal Le Brun)
Points, « Le Goût des mots », n° P2037, 2008

Porc ou cochon : les faux-semblants
Chiflet & Cie, 2009

Un éclat de rire par jour
Calendrier 2010
Hugo Image, 2009

99 mots et expressions à foutre à la poubelle
(illustrations de Pascal Le Brun)
Points, « Le Goût des mots », n° P2268, 2009

J'ai encore un mot à vous dire
Chiflet & Cie, 2010

99 clichés à foutre à la poubelle
(illustrations de Pascal Le Brun)
Points, « Le Goût des mots », n° P2503, 2010

Le Mokifo
(avec Nathalie Kristy)
Chiflet & Cie, 2012

99 proverbes à foutre à la poubelle
(illustrations de Boll)
Points, « Le Goût des mots », n° P2915, 2012

Dictionnaire amoureux de l'humour
Plon, 2012

Français, mon amour !
vol. 1 : Allégorie… ma chérie
vol. 2 : Concanétation… ma passion !
vol. 3 : Métonymie… mon amie !
Chiflet & Cie, 2013

C'est l'histoire d'un mot
Chiflet & Cie, 2013

Mes anti-dictées
Chiflet & Cie, 2014

Sky my boss !
Guide insolite de l'anglais des affaires
Chiflet & Cie, 2014

COMPOSITION : NORD COMPO À VILLENEUVE-D'ASCQ
IMPRESSION : CPI BRODARD ET TAUPIN À LA FLÈCHE
DÉPÔT LÉGAL : OCTOBRE 2014. N° 121074 (3006476)
IMPRIMÉ EN FRANCE